焰火红

海男 著

天津出版传媒集团

百花文艺出版社

图书在版编目（ＣＩＰ）数据

焰火红 / 海男著. -- 天津：百花文艺出版社，
2025. 5. -- ISBN 978-7-5306-9096-3

Ⅰ. I267

中国国家版本馆 CIP 数据核字第 2025BL5050 号

焰火红
YANHUOHONG

海男　著

出 版 人：薛印胜

策划统筹：王　燕

责任编辑：王　燕　徐　姗

装帧设计：彭　泽

出版发行：百花文艺出版社

地址：天津市和平区西康路 35 号　邮编：300051

电话传真：+86-22-23332651（发行部）

　　　　　+86-22-23332656（总编室）

　　　　　+86-22-23332478（邮购部）

网址：http://www.baihuawenyi.com

印刷：天津新华印务有限公司

开本：880 毫米×1230 毫米　1/32

字数：180 千字

印张：8.125

版次：2025 年 5 月第 1 版

印次：2025 年 5 月第 1 次印刷

定价：68.00元

如有印装质量问题，请与天津新华印务有限公司公司联系调换

地址：天津东丽开发区五经路 23 号

电话：(022)58160306　邮编：300300

目录

上部：焰火红

下部：法依哨

焰火红

太阳是有色彩的

在我梦醒之前,我并不知道在追索着什么。这冬天的南方被褥很厚重,因为整个大西南都不供暖,还有更多的地区也没有供暖。冬天,对于这座城市,偶有寒风刺骨的温度,在多数时间里,都有蓝天白云笼罩。城里的中老年人都喜欢晒太阳,父亲用过的那把旧藤椅还在院子里。

有时候,一把藤椅的寿命超过了人本身的年轮。弹指间,父亲已经过世三十多年了。从前,父亲总喜欢将一把藤椅移到单位的院子里,他摊开报纸,那时候父亲正值中年。他身穿卡其布裤子,灰色的确凉衬衣,慢慢地将《参考消息》摊开在膝头,这是他私人订阅的报纸,也是他长时间阅读的报纸。他手里拿着一支蓝色圆珠笔,凡被父亲看过的报纸,都会留下圆珠笔画过的痕迹。那个时代,报纸很流行,只要订过的报刊,骑着自行车的邮递员都会送到家门口。报纸从穿绿制服的邮递员自行车后座上的绿包中取出来时,散发出一阵来自印刷厂的油墨香味。

坐在藤椅上看报的父亲成为了永久的回忆,随同时光飞逝,那把藤椅随母亲迁往了省城,最后迁往了我的小书房。我坐在藤椅上读书写作,仿佛父亲并没有离世。我又听见了父亲在滇西小县城将藤椅移动的声音,他不需要太用力,就能让藤椅寻找到阳光,那冬日午后的阳光。父亲从包里掏出一盒火柴,用手指划火柴棍时,阳光也过来了。

阳光是公平的，对每个角落、每个人都公平对待，阳光从没有仇恨和阴郁，只要升起来，它总是按照规定的速度一片片地辉映人间。父亲每天只吸一支烟，而且都在午后划燃火柴。香烟，从父亲的鼻孔嘴里冒出来时，我们都在成长。

晒着太阳的中老年人们，看上去平静而满足。我更喜欢衣物在晒衣杆上被铺平拉直的时刻。一生中总会搬迁几次住宅，我最注重的是晒衣杆……我从少女时代就跟随母亲将手洗衣物晒在铁丝上，那时候，铁丝被拴在两棵树之间，就是稳定的晒衣绳子了。麻雀们会飞到铁丝上走路，真神啊。一群一群的麻雀们从空中飞到铁丝上，如此好的平衡力，让我们眼球发热。

每次晒过太阳后的衣服，从铁丝上被收回到怀中时，母亲便忍不住低头，这最初是母亲的习惯。那时候，我们的个子，还没有长到母亲的双肩头，但看见母亲将衣服收到怀中低下头时，感觉到母亲在嗅什么，这使我们好奇心上升。母亲看着我们说道，太阳晒过的衣服有一种太阳的味道。太阳也有味道吗？太阳的味道是什么样的？母亲将衣物交给我，又去收床单了。家里并非每天洗衣物，如果碰到母亲休息，又遇到一个好天气的时候，母亲就开始将衣物收到两个铝盆中，那两个大铝盆，就像两个用篾织出的簸箕一样大，圆圆的，银白色的，像月亮。

门外有一眼井水，我们的饮用水、洗衣物的用水都来自井水。洗衣物时必须从井里取水，现在想起来简直太奢侈了，因为井水太甜了，天然的甜，没有受漂白粉污染。井水洗过的床单衣物被太阳晒干以后，就有了太阳的味道。当我低下头穿上干净衣服时，仿佛太阳的味道就来到了体内，有一种杀菌的功能。最重要的是有了阳气，我们通常说的阳气就来自太阳吧,阴气则来自月光。后来我才知道,宇宙极万物万灵,有阴有阳才形成了白昼和黑夜。

晒着太阳看报纸、吸着一支烟的父亲,已经离开我们三十多年了。这就是命运吧,母亲九十多岁了,她比父亲整整多活了三十多年,虽然不能在阳光下行走,却依然能坐在有阳光照着的窗户下晒太阳。太阳经过的地方,都有生命的存在。父亲走的那天,太阳也很明亮,当我们感觉到他身上无气息时,似乎早就从心理上做好了准备,因为父亲昏迷已经二十多天了,全靠输液维系生命。每天我守候在父亲身边时,总伸手去抚他手腕上的静脉,再就是将手放在他口腔和鼻孔处,去感受他的气息,但终于还是有了那么一天,这一天无疑是父亲告别人世的时刻:早晨五点钟,轮到我守护时,刹那间,我的手再也没有像往常那样感觉到父亲的气息。母亲常说,人活着就是一口气,如果那口气没有了,人就走了。当时的我,很平静,一种超出我年龄的平静,我竟然没有叫喊,只是走到刚闭上眼睛休息的母亲身边,轻声说,父亲的那口气没有了……母亲没有慌乱,她看上去比我想象的更勇敢、更冷静。

父亲走了,我们将他送到了墓地,那是一片洒满阳光的坡地。后来,我才明白,人去的地方也需要房间,也需要阳光。有阳光灿烂的地方就有好风水,父亲也就不会感觉到寒冷。所以,生者为过世者择墓地时,就像今天的人们买房子一样,也要讲究风水。在我看来,所谓的风水就是有山有水,有阴有阳,这是风水的一个基本元素。

喜欢晒太阳的父亲告别人世以后,我们继续成长和生活着。经过了父亲的死亡后,时代的面貌变得很快,从前的青年人变成了中老年人,这一部分人更喜欢坐在阳光下晒太阳。坐在太阳下的人们都将脊背迎向太阳。有时候,我会在村寨里看见晒太阳的老人们,他们都坐在自己家门口的石凳上，旁边放着一根拐杖，看上去他们一个个仿佛都是守护神。无论在城市还是乡村，当一个人日渐衰老时，我总觉得他们似乎已经进入了某种状态，在我看来，他们就是我看见的神。就像我的母亲，她八十九岁之前，一直不用拐杖，我递给她拐杖时，她总推开，眼神中充满了抗拒。

母亲抗拒各种拐杖，而我们却总是在旅途中给她带来拐杖。有一天，那是在哀牢山中部，我们刚走完了一片原始森林，身心已很疲惫，我把一根在路上随便捡到的松木拐杖放下地。说真的，我竟然想把那根粗糙的松木拐杖带回去，这一路上如果没有它的存在，我真的无法走出那片幽暗的原始森林。这并非是我第一次用拐杖。在我很年轻的时候，曾经参与了一次全国人口普查，那时候我刚参加工作不久，也就十八岁左右的年纪，被分配到了永胜县松坪乡的一座傈僳族的山寨。那段历史我基本上已经忘却了，人的遗忘太快了，因为我们只有在不经意的遗忘中，才能迎接一个陌生的新世界。那次人口普查，我们住在山里，门外有一条小河，当地人将这条河称为箐子河，言意传达出了小河的源头，它是从山箐中流出来的。不错，在不远处，就能看见从高山倾泻而下的各种形状的瀑布。我们做饭洗菜都用小河里的水，我和另外一个女人还走到另一条溪水边洗澡，进入树林里再往前走，就会遇见很多无名的溪水。如果害怕，我们会带上林子里的一根松木作为拐杖，树林里有许多天然的松木，只须稍为修整，就可以撑在手中当拐仗了。

走向山冈上一座座傈僳族人居住的山寨时，我们要面对一群群守护在村寨口的土狗，它们形色各异但都英武高大，如果手里没有拐杖，心里会发怵的。那时候，我就知道了，将拐杖往空中挥舞下，奔向我们的土狗就往后撤离了。

太阳照着山冈上的木楞房，土狗成群结队，先是朝着我们狂吠，后来就友好地站在我们身边了。赤着脚走出来的傈僳族男人女人们，身穿他们自己纺织出来的麻布服装。山冈上到处都是织布机，也有老人坐在织布机前，一边晒太阳一边织布。那真是天堂般的场景，像是到达了佛国中的净土。

如果不是拐杖的故事，我早就忘却了这段人生。人，总是边走边看，以此让自己能活出自己的风范。除了晒太阳的脊背，人更多的时间都面对时光的无常变幻。母亲大约是在八十九岁那年用上拐杖的，她之前的拒绝消失了，因为这一年她的腿突然就变得虚弱了。其实，人生多数时间，我们所面对的都是无常和虚弱，这才是人生的真实面貌。

在哀牢山的中部，当我们几个人走出了身后的原始森林时，我突然看见了一根奇异的手杖，太奇妙了，我的全身突然间涌起波涛。我一生离海洋很遥远：这正是我的遗憾，也是我可以驰骋想象力的命运。那是一根黑色的檀香木手杖，相隔几米，我就闻到了黑檀香木的奇香。那也是一件雕作精致的艺术品。我奔向前，对于黑檀木我本就有一种难以诉说的迷恋，它就是一种乐器、一种色香、一件时空之器。我想把它带给母亲，因为母亲年岁已高。之前，母亲尽管拒绝手杖，但我知道手杖是一门艺术，带回去收藏也好。我将手杖握在手中。卖手杖的中年男人身边还有个紫檀木的盒子，里面竟然还有雕刻出来的弥勒佛，以及一只蝴蝶和雀鸟……中年男人告诉我说，这都是他自己亲手雕刻出来的，从大山里带出来想寻找有缘人。

这些是眼前这个大山里的中年男人亲手雕刻出来的艺术品，我真想把它们全部带回去，但是我还有未走出的哀牢山，这几天我们都还要行走，并且大都是原始森林。一个朋友说，世间的好东西太多了，你只能选择可带走的……我懂的，这些道理我都明白。所以，我只带走了几件可以带走的东西：黑檀木手杖、紫檀木盒子、松木蝴蝶、松木雀鸟。

总共四件物品，它们对于我来说就是艺术品。手杖可以直接为我服务，我走过很多山脉，都是从山林里寻找一根掉下的树枝做手杖，我知道，有了手杖就有了更多的力量。另外的三件艺术品放进包里就行了。中年男人很高兴我带走了他亲手雕刻的物件，我将其称为艺术品，这也算是结缘吧。我将那根黑檀木手杖撑在手中时，不断地想起年岁越来越高的母亲，我知道，把这根手杖带回去，母亲会有用处的。果然，几天以后，我将留有我手纹的黑檀木手杖带到母亲身边时她没有再拒绝，面对岁月，她已经开始妥协，并试着开始撑起手杖。她说，有了手杖就不害怕头晕了。

母亲撑着手杖的岁月开始了，她一生都喜欢太阳。从青年到中年时代，母亲每天都奔向太阳，尽管并不是每天都有太阳照耀着通向乡村的小路。作为农艺师的母亲，春夏秋冬都戴着一顶篾竹编织的宽边帽子，既可以遮挡夏季的烈日和暴雨，也可以挡住高原上最强烈的紫外光线。母亲在光热和雨季不断交织变化的乡野间走尽了最好的年华后，终于退休了。

当她晒着太阳时，她又像父亲一样开始看报纸。母亲不戴老花镜，竟然也能在九十多岁以后继续读晚报，这是一个让我欣慕的现象。阴天时，我就想念母亲，以及喜欢晒太阳的老人们。太阳对于生命来说，不仅带来了热烈的光线，更重要的是让万物万灵都在生长，如果地球没有太阳，只有黑暗，那是一个无法想象的问题，所以，造物主创造了阴阳学，就是为了让每个生物体绕着有明有暗的世界行走。

只有在一个有黑暗和光明的世界里,庄稼才能生长,雀舌才能觅到粮食,人才能挺立行走。当我一次次地从晾衣架上收回被太阳晒干的衣服时,我总会想起幼童时代,母亲在两棵树之间拴起来的那根铁丝,麻雀们从空中飞到铁丝线上练习着空中芭蕾舞,每次晒衣前都需要用湿布擦干净铁丝上残留的鸟粪。母亲每次收衣服时,都会低下头嗅一嗅衣物上留下的阳光。

阳光明媚的一天,对于所有人来说都是好天气,阳光慷慨地给予时间以光亮时,黑暗与我们产生的关系使我们获得了充足而安心的睡眠。梦与黑暗绵绵不断地造就了梦中的场景。在乡村,在庭院里,妇女们将收割的玉米晒干后再剥下颗粒,放在竹篚笆上,门口的乡间公路上是晒谷物麦穗的好地方。有车子碾过后,村人们会去翻一翻,所有谷物都需要晒太阳,只有太阳能消除霉迹。

太阳无处不在,凡是太阳经过之地,都会有生命的气象。坐在阳光下晒过太阳的老人们,站起来时都会伸伸腰,仿佛骨骼在响。太阳能疏筋活血化瘀,让生命蕴藏能量靠的就是太阳。母亲只能坐在窗前晒太阳了,我看见阳光在她青筋纵横的手臂上停留了很长时间,太阳总是要走的,母亲就像父亲一样用圆珠笔在报纸上画着横线,在她认为最重要的地方必用笔画出横线。这生活属于她的九十多岁,属于太阳从指头下途经的地方。我不知道我是否能活到母亲的年纪,人生不过就是一个幻梦,我们不断地轮回在幻梦中,活过了一天又一天后,总感觉太阳每天都是新的。因为只有新的太阳,让我们不断重生。

太阳掠过了母亲的白发和脸上的表情,我总觉得母亲越来越安静,在安静时她像一个孩子。最近,母亲有时会混淆很多事情,包括我们的名字也会遗忘。是的,在漫长的岁月中,我们总要让身心变得轻盈些,所以上苍让我们有遗忘的能力。

每每看见乡村公路上晒太阳的谷物被一辆辆车子碾压过后,农人赶上来用竹耙翻谷物时,我感受到了一种平凡幸福感的存在。每一天都有各自的活法,人间疾苦都是一种种调味品;如果没有苦厄,那么人生不过就真的是一场场虚空幻梦了。所以,感恩在这个越来越被高科技所笼罩着的时代,我还能看见九十多岁的母亲仍在阅读晚报,父亲的习惯被母亲延续下来。在报业、纸质书萧瑟的年代,我每年秋天最重要的一件事,就是为母亲订晚报。母亲已经习惯了早餐以后,坐在临窗的藤椅上晒着初升的太阳读报纸,倘若没有太阳,母亲的身体会感觉到凉意。

母亲的活着,对于我来说,是一件人生大事。只要母亲活着,我就能每天看天气预报。晴天对于我来说,是一个苹果般的祥和的日子,我能感受到太阳穿越了上千亿光年的轮回,仍然将巨大的光泽普照人间。从母亲的身体中我感受到了人间的美意,母亲身体的温暖对于我来说,就是人间的温度。

阴天的时候,尤其是阴雨绵绵的日子,我会变得很忧郁。我的身体需要这种天气变幻中的忧郁,它是一种幸福的黑暗沦陷于天气中的广袤无边的诗学符号。生而为人,沉迷于写作对我来说,就是太阳和月光的折射率,它使我忽然间像一朵花凋零,也会在某个神秘的时刻又一次绽放。我很少去想象寒冷的季节母亲是如何度过寒冬的,写作耗费了我人生中多数的时间,但我深信,只要有光明和黑暗的交替转换,人生就有天堂和地狱的存在。我们驻留人间的时间只不过是一个幻梦,是的,我们都需要另一个虚无缥缈的世界,也许它就是光明和黑暗交替使用的某一个瞬间。母亲住在城市的中央地带,她已经结束了去乡村做农艺师的生活,她每天都在窗前看报,看窗户外面的白云和蓝天,当然也会适应各种天气预报的变化。在很多年前,母亲就很关心天气预报,如果看电视,她最喜欢看的就是电视屏幕上出现的天气版图,她会跟随天气预报播音员的声音自言自语,并提醒我们根据天气的变化增减衣服。

太阳下变幻无穷的是自然界的风貌,这是与我们视觉息息相关的色彩。人,为什么喜欢向日葵?想起来幼年时,住的小镇上有一个小小的后院,有一天突然就长出了向日葵,以为是天边来的风景,因为上学好几天都没有打开后院的小门了。如果假期的话,我们都会在后院中玩泥巴,用泥巴捏出猫和狗,这是我们那个年代没有塑料玩具的好处。用泥巴捏出的猫和狗放在阳光下被晒干后,就成为了天然的雕像,很让我们开心。

那天推开门,突然就发现了院子里已经长出一片向日葵,母亲笑眯眯地说,这是从天上飞来的向日葵。母亲说,向日葵开花的模样就是太阳的模样。这似乎是一个童话,春天以后,院子里多了很多植物野花,都被母亲归于风中吹来的种子,落在了院子里。风中真的会飘来种子吗?在阳光下只要有种子落在泥土中,都会有生长的机会。从那时开始,我就喜欢上了向日葵。

那年去丽江石鼓,去老金山的路上,看见了金沙江岸上一大片望不到尽头的向日葵,我们几个人偏离了主路,将车子开向了有向日葵的乡间小路。那一天,我太高兴了,钻出车厢,就奔向了向日葵。那是我此生见过的最热烈的向日葵,天上的太阳照耀着每一朵向日葵的根茎和叶片,宽大的向日葵叶片看上去毛绒绒的,因正值向日葵由盛夏向着伟大的秋季前行的节令,每一朵向日葵都在悄无声息地生长,并以金黄色的各异形态,向着地远天偏的金沙江沿岸的那一片坡地幸福地绽放着。这世间所有人都知道向日葵就是尘土中生长出的太阳,所以,这世间又增加了一轮太阳的色彩。

那天上午,我们都想走遍这向日葵的坡地,只有用脚趾头丈量高低不平的坡地时,我们才能感受到每一棵向日葵的不同形状和长势。有一点是共同的,每一棵向日葵都在微笑着,从那天开始以后到现在,我画布上出现最多的就是向日葵。那天上午,我们最终还是走出了看不到尽头的向日葵,它看上去就像一片向日葵的丛林,因为日照光线好,又依赖金沙江岸热烈的地热带生长,所以,这片向日葵长势健康向上。我们穿过犹如向日葵王国的这片山坡,当我们走出去时,站在最高的那片山坡,往下看见了金沙江。这片向日葵仿佛就是为了金沙江而绽放的。江岸是一座座村庄,我们朝另外一条小路走上去时,遇见了一间小屋,门口坐着一个男人正在劈柴,女人正在做饭,聊天以后才知道,这片向日葵就是这一对中年夫妻种植的。

每一个你偶遇的壮丽风景,都是生命所造的梦幻。我们看见了老屋外立起的锄头等一系列工具,还看见了山地摩托车和一辆蓝色的手扶拖拉机。夫妻俩告诉我们,这是他们租用的土地,按照不同的季节,他们会种上不同的粮食和果物。这些正在趋向成熟的向日葵很快将被一座向日葵加工厂带走。这是世界的尽头吗?我感觉到已经走到了世界的尽头,因为,走出这片山坡时,我们已经感受到了人间的繁荣和劳动者的欢喜。

太阳滚动在金沙江沿岸的热带山地,我们慢慢地离开了向日葵生长的地方。将目光移向别处时,太阳也在移动中变幻出另外的色彩。当我的调色盘上出现了金黄色时,画布上出现了我身体中的向日葵。在很多忧郁的日子里,我自己也会在太阳下散步,云南高原的太阳似乎离尘埃更近一些。

人类为什么要把狗狗带回家

　　许多年前,我是一个怕狗的人。但凡途经乡村时,我的手里总有一根木棍,用来防身或吓唬乡村土狗的。但现在的我,院子里竟然有三只狗,还有两只狗狗寄养在宠物医院。狗狗们是怎么进屋来的? 现在的我,可以带着高大的秋田犬行走,这对于我来说,是一件不可思议的事情。

　　从第一只蝴蝶犬讲起,它是怎么到来的。这只蝴蝶犬已经经历了生育,它是一只母狗。那个黄昏,我回家时就看见了狗狗,男孩儿说,狗狗的名字叫甜甜。男孩八岁左右,怀里抱着甜甜,并告诉我甜甜才出生三个月。我的头开始发晕,这是一个无法抗拒的事情。男孩儿走过来,将怀中的甜甜放到我怀中,让我抱抱甜甜。我们带狗狗去诊所打疫苗,诊所的医生都穿着白大褂,年龄都在三十岁左右。除了医生外,还有帮狗狗洗澡的、剪指甲和修剪毛发的。店里有狗粮及各种咬牙棒的骨头等等。男孩儿告诉我,狗狗最喜欢吃的就是骨头……

　　我嗅到了一只幼犬的味道,男孩儿又坐到我身边,拉起我的手让我去摸一摸甜甜。这只仅有三个月的狗狗就这样来到了房间,我的手还抚摸到了狗狗的身体。它的身体好温暖,那是一个冬天,它的味道和温热使我的头晕目眩慢慢地消失了,我已经在不知不觉中接受了甜甜的到来。

我们带甜甜去打疫苗。街对面就有一家宠物诊所，这也是我第一次跨进宠物诊所。诊所的狗狗很多，男孩儿都能说出狗狗们的属性，在那里我第一次看见了泰迪、金毛、拉布拉多、牧羊犬等等。男孩儿将甜甜交给我，转眼之间就去抚摸那些狗狗，我想制止他，但他天生就有一种与狗狗和谐相处的能力。

给甜甜打了第一针疫苗后，我们就有了一个绿色的本本，上面记录了打疫苗的时间。从此以后，房间里有了甜甜的身影。首先要培养狗狗大小便的习惯，这需要半年的时间，习惯培养好了，房间里就不会到处留下狗狗的尿和粪便了。人类为什么要养狗？都说狗狗是人类最好的朋友，狗一旦进入你的家，就需要你投入时间去喂养，这是一个长久的现实。

是的，人类为什么要把狗狗带回家？是因为人的孤独。从孩提时代起，人就是孤独的，所以，人，哪怕是一个孩子也希望寻找到除了人类之外的伙伴，这就是为什么男孩儿将甜甜抱回了家——这只三个多月的狗狗只花了六十块钱就从宠物小摊上被抱回来了。之后，我们都忍不住要抱着甜甜外出，每天有几次都给甜甜拴上遛狗绳，让它去草地上奔跑。外出旅行时要带上甜甜。初次乘车时，甜甜也会晕车，所有晕车人的症状都会发生在甜甜身上。三次以后，甜甜就习惯了昂起头来，将头搭在车窗上看路上的风景，这时候，我们都感觉到狗狗真是我们的旅伴。

我们将甜甜带到了一座果园。刚下车，甜甜就被许多高大英俊的大狗所包围，其中有一只还算有名的昆明犬。这是特警们喜欢的大犬，嗅觉敏锐，能帮助特警们寻找疑迹。这只昆明犬在果园生活得自由又狂野，但我发现昆明犬看见甜甜时，就温柔地迎向前。狗狗相互喜欢时，就会去嗅对方的身体，从脖颈往后再到屁股。与昆明犬相比,甜甜就是一个体形玲珑秀气的小姑娘。昆明犬的眼睛充满了深情,它开始向甜甜示爱,而甜甜有些胆怯又羞涩。狗狗的表情只有当你成为了它们的朋友后,才能够猜测出狗狗在想什么。

多少年过去了,甜甜度过了很多发情期。什么叫狗狗的发情期?母狗每几个月会来一次例假,当甜甜体下分泌出红色的液体时,危险的发情期也就到来了,这个时间内只要遇上求偶者,它们很容易因动情而交配。母狗来例假时,对公狗有一种强烈的诱惑力,这个阶段,只要交配,母狗百分之百都会怀孕,这一切,是我们后来才知道的。那是一次意外的遛狗,黄昏时分在小区里,我们没有给甜甜系上绳索,想让甜甜自由地跑一跑,但转眼间,甜甜就跑到花台上去了。另一只狗狗也追着甜甜去了,我们叫着甜甜的名字,往常甜甜听到叫声就会快速地跑出来。这一次很诡秘,看见花台上的植物在晃动时,我们迅速地跑过去,哇塞,甜甜在跟另一只小狗示爱,说得文明点儿是示爱,说得原始点儿是在交配。我们走上前,让两只小狗终止了交配。

将甜甜带回家时,我们才意识到甜甜正值发情期。这时候已经是夜色阑珊的时辰了,我们忽略了发情期的危险性。何况,交配后的甜甜看上去既甜蜜又疲倦,回到家以后,它就趴在沙发上安静下来了。第二天九点半钟,我在窗玻璃下看见街对面的宠物诊所开门了,突然就想起了甜甜昨晚的故事,于是打通了宠物诊所一个医生的电话,跟她说起了甜甜昨晚的情事。医生告诉我说,狗狗发情时的交配,百分之百都会怀孕的。我问现在是否还可以避孕,医生说,来不及了,百分之百已经怀孕了。尽管如此,我仍然带有侥幸心理,猜想也许甜甜会避孕的。也许,很多个也许以后,我们在忙碌中通过黑暗来认知明天。于是,太疲惫的身体等待着一场睡眠,并深信,梦醒以后,又将迎来一轮新的太阳,又将有一个新的世界。

我们忙于生存,它需要我们日复一日的劳动。只有劳动能带来芬芳,带来快乐;只有劳作以后,我们才可能将狗狗一次次从地上抱起来。推开门,甜甜就睡在门口,它每晚都会从沙发挪到门外的地板上,尽管沙发很舒服,甜甜却总想离我们更近些,更近些。男孩儿总想将甜甜带到他房间里去。他最终还是将甜甜带进了房间,并将甜甜温暖的小狗窝也带进了房间。对于男孩儿来说,这是一个历史性的时刻,他对于动物的热爱,使他的人生充满了速度和激情。

甜甜怀孕了,它的小腹越来越圆润,但起初我们以为甜甜只是长胖了。后来,日复一日,我们带甜甜到诊所,医生说甜甜怀孕了,小区花台的黄昏甜甜和另一只公狗的示爱,必须让它承受后果。这是一个难以回避的问题,时间过得很快,甜甜分娩的日子越来越近。它开始行走缓慢,但甜甜的性格天生温良和冷静,它趴在草地上晒着太阳,目光中有一种期待和母爱,我知道,甜甜快生了。我们都需要去接受甜甜即将分娩的事实,为它准备好了产床后,甜甜走了进去,它需要安静,几天来它不断地呻吟,这是产前疼痛症状。不过,甜甜找到了产床后,就有了一种安宁的感觉。

人为什么要养宠物?为什么要如此耐心地养一只猫或一只狗,除了人本身的孤独之外,人惯有的热情和爱,是把动物带回家的最大原始之力。多少年过去了,我仍然能想起来许多年前甜甜幸福而痛苦的分娩现场:甜甜不需要任何人帮忙,它是天生的分娩师。一只又一只幼犬滑出了甜甜的子宫,甜甜集中了全部爱和力量,不依赖于任何外在之力和工具,用嘴巴舔舐着五只幼犬的胎衣;那是一层乳白色的胎衣,之后,幼犬们便一只只相继出生。尽管如此,有一只黑色的幼犬还是死了,我们将它埋在小区花园的泥土下,它的上面是盛开的红色杜鹃花。

甜甜总共生下了五只幼犬,一只死亡,另外四只已经睁开眼睛。这是一个良好的状态。我们给幼犬们准备了牛奶后,才知道甜甜已经有奶水了。生命真奇妙,四只狗狗已经趴在甜甜的身体下面去吮吸奶水。

在甜甜为四只小狗哺乳的日子里,甜甜不让任何人去碰小狗,它的母爱使它的眼神充满了防护和警觉,天生的母爱使它舍尽全力地哺育幼犬。不过,这四只狗狗长得太快了,几十天以后它们跳出了产床,已经想独立地行走了。又过了一段时间,狗狗们已经可以在院里奔跑了。接下来的问题是让四只小狗与外界接触,因为若要全部留下它们的话,我们会面对很多新的问题。商量了一下,只能留下一只小狗,其余的三只送人。

我至今还记得,那只白色的狗狗被小区的保安抱走了,他要送给他正在上小学的儿子。后来,那只小狗狗又被他们带回了乡村的老家去陪伴爷爷奶奶,听说现在还生活在乡村的院子里。那只敏感的小黑狗被一个叫陈露的女孩儿抱走了,有很长一段时间,陈露将小黑狗留在出租房中一起生活。陈露姑娘的职业是小学教师,每天早出晚归。每次她开门回家时,出租屋中到处是大小便,小狗还咬烂了好几双鞋子,陈露便把狗狗带回了乡村老家。后来那只小黑狗怀孕了,再后来出走消失了。还有另外一只棕黄色皮毛的狗狗,被朋友的朋友抱走,至今也不知道下落。还有另外一只卷毛的狗狗看上去憨厚可爱,男孩儿一定要留下它,它的名字叫大毛。

男孩儿长大了,读初中时一定要买一只他喜欢的名狗。在男孩儿生日的那天,这只秋田犬出生半岁后,被男孩儿抱回来了。秋田犬以我们无法想象的速度在成长,甜甜生活在两只公狗之间,为了避免它再怀孕，我把甜甜抱到了宠物诊所，做了绝育手术。这是甜甜又一次经历的身体疼痛，但必须这样做。甜甜分娩以后，身体恢复了很长时间，不能再让它怀孕了。绝育后的甜甜，生活在两只公犬之间就有了安全感。

秋田犬名为可可，正值好年华，每次带可可出门时，都有少女少男们走过来抚摸它。我发现了，年轻人都不害怕狗狗，很多年轻人家里也都在养宠物。中老年人很明显地在抗拒狗狗，但也有一些中年人拉着名犬在散步。年轻人都喜欢跟可可照相，可可在很长一段时间里成为了龙翔街的一只有颜值的狗狗。后来，我们搬走了，又回到原来住的小院生活，就不让狗狗们进屋来了。养狗的人都知道，狗毛太多，如果三只狗狗都在房间里，每天不知道要清除多少狗毛。而且狗毛也会飞行，一旦落地，只要遇上浮力就会在空中飞舞，所有的尘屑都具有飞行之力。

三只狗足够多了，甜甜已经进入老年期，很安静，三只狗狗都很省心，可以跟我们和谐相处。狗狗只是不会说话而已，其实只要跟狗狗用心交流，狗狗们都会知道你表达的用意。是的，三只狗狗已经足够了。那天夜晚，男孩儿打开门，怀里抱着一只新的狗狗。我拒绝说，不能再增加任何狗狗了，我们的负担已经很重了。我说话的语气很坚决，因为养三只狗的日常生活是充满细节的，首先每个月要订狗粮，要带狗狗出去溜达，要带狗狗去诊所打疫苗、洗澡等等。这无限苍茫的时空中，我们要生存，也要有喘息的时间。

男孩儿说，这是他在高架桥下捡到的狗狗，刚下过大雨，如果他不抱回来，这只狗很可能被来来回回的车碾死……男孩儿刚说到这里，我就制止他往下说。男孩儿走近，像多年前一样对我说："抱抱小狗吧，它太可怜了。"他一边说，一边将狗狗放到了我怀里。人都是有软肋的,我抱着这只很轻的小狗,它看上去有一双无助而忧郁的眼睛,但很漂亮。男孩儿说,就留下来吧!

第四只狗就这样进来了,后来我们才知道这是只柯基犬,而且是一只母狗。必须将狗狗先放在室内的笼子里养一段时间再说。我们给这只狗狗取名叫欢欢。人,面对动物时,总会产生无数的怜悯感动,这也是很多人收养流浪狗的原因。社会上很多人不理解养宠物者的心情,因为他们没有养过狗狗。只要你让第一只狗狗进了家门,你这一生都会与狗狗结缘相伴。你也不会去嫌弃狗毛,你会像认真对待生命一样,用心去爱狗狗。

狗狗最终留在了笼子里,因为太忙,没有时间训练欢欢的大小便问题,但只要我们有时间,都会带欢欢去小区内溜达。每次抱着欢欢出门都必须经过小院,这时候三只狗狗就会跳起来,看上去它们多么希望欢欢生活在它们之间。狗的问题太复杂了,就像人性一样复杂。我抱着欢欢穿过小院,到门外便放在地上,一个生活在笼子里的狗狗是多么渴望自由的奔跑。

欢欢的身体很轻盈,我可以拉着狗绳,跟着欢欢自由奔跑。欢欢每每出狗笼子就钻进我怀抱,它很喜欢我抚摸它的脖颈脊背。你抱着它时,欢欢会用亮晶晶的眼睛看着你,狗狗年少的眼睛都很明亮。狗狗一生最多活几十年,人的一年是狗狗的七年,也就是说人一岁时,狗狗已经七岁了。生命短,是狗狗一生最大的遗憾。所以,养狗的人都知道,狗丢失或离世,养狗的人会非常悲伤。欢欢很懂事,但每次抱它出笼子时,我也很纠结,为了让欢欢与更多狗狗在一起,还是给欢欢做了节育手术。

春天以后,夏季降临,本想将欢欢放在院子里,但发现蚊虫太多。时间长了,无论是可可,还是大毛和甜甜,脸上都有被蚊虫咬过的痕迹。欢欢的年龄偏小些，让它在笼子里生活一段时间再说。刚喘口气，又一个晚上，男孩儿又抱回了一只狗狗，同样是柯基。男孩儿说，这只狗跟着他走了很长时间，又是流浪狗。他说已经去诊所检查过了，很健康，也给狗狗洗过澡了。柯基半岁了，如果流浪在外面，不知道会有什么样的命运。我看见了男孩儿很坚定的样子，他说留下柯基吧，就叫它荣荣，因为是一只公狗，会很省心的。他说完就将荣荣放在了院子里，跟三只狗在一起了。男孩儿说，这是他最后一次收养狗狗了，再以后，无论如何，遇到什么样的情况，他都不会动恻隐之心了。刚洗过澡的柯基看上去充满了活力，那天晚上，还算安宁，几只狗相处得似乎也还算和谐。第二天，我像往常一样给可可系上狗绳，准备去遛狗，几只老狗早就不遛了，因为精力实在有限。男孩儿偶尔也会带狗狗去洗澡，但很多时间都是我在管理狗狗们的生活。

　　新来的欢欢和荣荣真的太有活力了，它们的到来给院子的狗狗们增加了动感状态。荣荣在院子里也会跑来跑去的，荣荣还会跑到甜甜身边去嗅甜甜的味道；甜甜虽然是绝育过的，但身体中仍然散发着母狗的味道。我敏锐地发现了，只要荣荣走到甜甜身边，大毛就会发出抵抗的声音，荣荣听到这声音就显得有些烦躁。就这样，荣荣奔向大毛做出了挑衅的动姿，大毛看上去很快就被年轻力壮的荣荣压在地上了。

　　两只狗狗的战争必有伤痕累累，只要听见狗狗们的争战，我总会迅速奔出门外，用棍棒吆喝着将两只狗狗分开……我似乎已经不得已而参与了两只狗狗的战争，是的，我也在叫喊，让两只狗狗转移目标。人类的每一次战争都是在伤痕累累下转移了目标，然后，才平息了战争。是的，两只狗狗终于累了，大毛显然是弱者，它虽已经高龄却总想挑起战争，所以，受伤者总是大毛。两只狗狗一次又一次的战乱，让我心慌意乱，幸好都被我及时阻止。不过，每次战事结束后，我全身大汗淋漓，仿佛翻越了一座大山。

我总有外出时，对于我不在场的想象画面一遍遍出现，我害怕大毛和荣荣发生战争时，如果没有我的阻止，大毛会战死。所以，在不得已的情况下，我做出了一个决定：将荣荣和欢欢先送到宠物诊所去寄养一段时间。我拉着两只小狗出发，它们看上去很快乐，凡是带它们出门时，狗狗们都很快乐。这一点，很像人的旅行。狗狗的出门都是旅行，它们乐意在更陌生的天地，遇见许多陌生的面孔，还有走在更开阔的路上。但两只狗狗并不知道，走完几十分钟的路程以后，等待它们的是什么？后来，它们在很不情愿中，往那条通往宠物诊所的路走过去。两只狗狗都来这间诊所打过疫苗，虽然疼痛的记忆很短暂，但凡是有关疼痛的记忆，对于生命来说都是身体上的烙印。所以，到诊所门口时，两只狗狗将头强行扭出门外，这点很像人，与健康者都不喜欢上医院，只有患者无奈时才不得不进医院是同样的。

诊所楼上很低矮的空间，两个青年男子在给狗狗们洗澡，旁边就是一只只寄养的笼子，还有打吊瓶的狗狗也睡在笼子里。当欢欢和荣荣进入各自的笼子里时，它们突然感觉到离别和自由的丧失，刹那间，两只狗狗用脚趾头勾住笼子，对着我叫喊。我抚慰着它们，但必须离开。我知道，离开是必须的，我已经想好了，待我弥勒法依哨的乡村书画院可以入住后，再将两只狗狗带到书画院去。这不是虚拟而是现实，如今，离我入住书院的时间很近了。不过，两只狗狗已经在诊所的笼子里生活了一年时间，时间太快了。书画院有一个宽敞的院子，可以让两只狗狗在阳光下尽情地晒太阳。自它们去诊所后,三只狗狗间就没有了战争。人类,我们为什么需要宠物？为什么狗是人类的朋友？养狗几十年来,我体验最真实和深厚的东西都已经在时间中过去,我已经与狗狗达成了美好的契约,我们彼此珍惜在人世间的每一天时光。

就像我此刻的现状:今天的写作激情,融入时代碎片中,所追忆的是过去和现在的忧伤。未来是一个星球,我们得从此刻开始,从时代的碎片中,缝补好我们的衣服和营地上升起的帐篷。

不过,几个月前,男孩儿又带回了两只缅因猫,并养在他自己的房间里。男孩儿是天生的与宠物共同融入其中的新青年。一个塑料箱里有猫砂,猫每天在里边大小便,我又看见了关于猫的世界。不过,房间里的猫毛总是在阳光透进窗时飘在空中,我只能协助男孩儿清理卫生。无穷无尽的与宠物小精灵们的生活状态,总让人感觉到有快乐,也有烦琐事,然而,这就是生活的一部分。令人欣慰是再过几十天,我就可以去宠物诊所接荣荣和欢欢了,我会将两只狗狗带到乡村书画院去,院子里已经为两只狗狗盖好了一间小房子。想到这里,一切人间美好都值得你去付出代价,付出的所有代价都是值得的。

花的罗曼史

　　花,睁开眼睛就是花,它是有生命的,在攀越高岭贡山的路上,刚上坡,就看见平缓的山坡上有一片蓝紫色的鸢尾花。那时候手机还无法照相,我天生就喜欢鸢尾花的颜色,那也是我第一次大面积地看见这么多的花在初春的森林草坡上生长。我看见的是西南鸢尾花,它是鸢尾科尾属的一种无髯鸢尾,需要两千五百到三千五百米的海拔高度才能生长。跟往日所见的鸢尾花色彩和花冠都不一样,它看上去更显紫蓝色,有一种说不清的忧郁,看见它就像看见我自己。

　　走上前着膝而地,离成片成片的鸢尾花就更近了些,旁边的人告诉我,鸢尾花有清热解毒、祛风活血的药效。这大山里的很多植物都有药性,只是我们不知道而已。我喜欢俯下身嗅花的味道,鸢尾花有一种淡淡的芬芳,很想带上它跟我走。这么从容淡定绽放的花,在初春的高黎贡山往上攀走时,突然又会出现一大片,它们就长在向阳的山坡上,似乎有绵延不断向外生长的能力。

　　我发现了三个战壕,它们竟然被鸢尾花全部覆盖了洞口,同行者告诉我,这是中国远征军的战壕,如果跳下去,也许还能找到子弹壳。我轻轻地将盘桓过来的鸢尾花移开。我写过许多关于滇西抗战的作品,对这种线索,我感觉到很有可能存在着某种有时间感的现实。我跳下去,战壕用于战事,可以想象当时远征军曾在战壕中架起过机关枪，当然，也会有子弹在密林中嗖嗖地飞过来。战争带来的就是死亡和活下来的现实。

我蹲下去用手扒着战壕中的泥土，如果真的有一颗子弹存在，意味着什么呢？手指突然间就触碰到一种冰冷的坚硬，我再用双手继续扒泥土，果然就出现了一个子弹壳。真是奇迹再现。许多年前，为了寻找战事轶闻，我沿着滇西再到缅北见到了许多当时的遗物，但那些物品都以各种形式存列在博物馆里，而此刻，我却亲手将这个子弹壳从泥土中扒了出来。尽管如此，我却悄然又将子弹壳埋在了泥土里。我不想带走它的过去和现在，对于我来说，它就像一个人告别世界之后，归于尘埃。子弹壳的存在跟当时战壕中的远征军战士有密切的关系，只有天或地是最好的目击证人，时间早已过去。我悄悄从战壕爬上来，上面的人问我有没有捡到子弹壳，我沉默不语。

我又将紫蓝色的鸢尾花环又按照原样，盘桓在战壕之上。也许，这些花儿就是用来祭祀和陪伴的。时空的忧伤突如其来，花儿们开够一段时间后也会凋零。然而，来年它们又会从不远处一边绽放一边蔓延过来。

山坡上的所有植物都在独自生长，也不需要园艺师。也许风和温度还有阳光、黑暗，都是潜在的园艺师：风来以后，会吹开它们的花蕊；雨不仅滋润根须，也会洗干净它们的容颜；阳光让它们获得能量；黑暗让它们休冥。我无法带紫蓝色的鸢尾花走，但我能够观赏它们，将它们的美铭记在心底。往上走，还看见了红、黄、粉的几种大树杜鹃，它们的出生地位于湄公河—萨尔温江—怒江分水岭的杜鹃花林中……是的，我们曾在昨天刚途经了高黎贡山脚下的怒江坝子。

大树杜鹃长在树枝上，我们刚告别了鸢尾花又进入了另外一种植物花卉的世界,它们忘却了世间的繁芜正在欢喜地绽放。

而我们站在大树杜鹃花丛中,当然也创造了奇迹,早就想来行走高黎贡山了。外出行走,倘若沿着一座山脉,内心深处想朝圣的就是自然界中的奇观。就像大碗般硕大的杜鹃花长在海拔深处的现象学,大树杜鹃有无言以对的壮丽,它的每朵花冠里都有尚未融尽后的露水,它就像一个天然的器皿可以接纳天地间的气息。高黎贡山是南方丝绸之路的古道,我们一直沿着古道往前走,两边是正在绽放的杜鹃,它们面朝天地,不需要更多人打扰,当然,也不会有更多人扰乱这番壮丽的景象。我走向前,想摘下一朵鲜红色的杜鹃花,但我的手又忍住了,我知道离开了树枝,它们凋零的时间就加快了。

鸟来了,高黎贡山也是鸟的天堂,就我知道的几种著名的鸟有翠金鹃、林雕、金喉拟啄木鸟、白鹇、栗喉蜂虎等等。其中,翠金鹃出奇地漂亮,飞过杜鹃花丛中去寻找更高大的乔木树枝,因为在树枝上,鸟儿们可以寻找到树上的昆虫。我们又离开了大树杜鹃,一路前行,风景都在变幻。

那夜宿于南斋公古道,这也是海拔最高地方,山地上积满了薄薄的霜雪,空气中还飘忽着雾雨。我们在火塘边睡过一夜,身体像结了冰一样,不过,第二天我们下到山脚下已经是正午,阳光明媚的时刻,山脚下的田野里都是金黄色的油菜花,蜜蜂们在田野上飞行采蜜……我突然感觉到了花的命运是依赖于它们生长的不同版图而变化的。回过头去,再看不见海拔高度中的大树杜鹃和紫蓝色鸢尾花,它们只生长在该生长的地方,只有鸟在观赏它们的美和存在。

回过头去,高黎贡山只成为我记忆中的海拔印记和南方丝绸之路的一段时间记忆。我们已经走到了金黄色的油菜花小路中间,每种花都有自己的命运,相对于高黎贡山海拔高度中的鸢尾花和大树杜鹃来说,油菜花离人间众生要更近一些,而且油菜花的花粉可以被野蜂们带出。凡是有花香的地方,就会遇见成群结队的野蜂们在飞舞,它们对人的到来没有兴趣,所以,我们用不着害怕被野蜂们蜇伤。油菜花谢了后还可以被酿制成上好的菜油,所以,只要是初春时节,就会看见成片成片的油菜花。

花的存在是香料的来源,熔炼精华素后成为许多化妆品的元素。小时候,墙角边开着几株凤仙花,花色红艳。在那个大年三十前夕的晚上,母亲摘下几朵正在怒放的凤仙花,将花儿洗干净揉碎并拌上一勺盐巴。母亲说,凤仙花会将手指甲染红的,我惊喜地自语,这可能吗?这是真的吗?母亲说,民间就是这么染指甲的,她小时候,外婆就是用凤仙花帮她的指甲染红的。我伸出十个手指头,母亲便帮忙把凤仙花放在手指上,外面用桑叶包好,并用缝衣服的线一个指头一个指头地捆绑好。那天我做梦都好像梦见自己的十个指头变红了。醒来后,我发现十个指头是被捆绑着的,便解开指头上的线,奇迹出现了,十个指头都变红了。凤仙花除了绽放外的特殊功能,就是能将十个指头染红了,于是有人问奇妙之处时,我们就会列举出凤仙花染指头的秘诀。在那个年代,凡有女子的庭院内部,都有几盆凤仙花。

凤仙花染指效果非常持久,而且很环保。后来出现了各种颜色的化学剂染指,我也试过,但效果都很短暂,而且有味道。从那以后,我就不再染指了,心里总有几盆凤仙花盛放着,它属于我接近青春期的时光。自此以后,只有在村庄还能看见凤仙花,但现代人都已经随潮流而生活,很少有人用凤仙花染指了。曾经想过,如果有一天,我开一家凤仙花染指店,那一定古老而环保,但这都是幻想而已,毕竟我们的时代已经顺从于大流。我的记忆犹新,是因为喜欢凤仙花染指后醒来后的那个早晨,大年三十的早晨,院子里铺满了新鲜的松针,一串红炮竹挂在墙头,再过几个小时后,我们就要穿上新衣服过年了。

去参观一个二十三岁女孩儿的工作坊,她叫丹丹。许多年前,丹丹正值青春期,是一个非常逆反的女孩子,经常很晚回家,第二天睡懒觉、厌学,生活方式极为懒散。突然有一天,她到街头卖冰粉,后来又在网上卖衣服。很多年过去了,丹丹已经过了逆反期,我们到滇南小县城见她时,她已经有了自己的工作坊。穿过小县城的步行街,这是滇南最美的古城,我们穿过了各种时尚和古老的巷道,上楼梯时就嗅到了玫瑰花的味道,但这似乎不是绽放中的新鲜玫瑰花的味道。越往上走,味道越来越浓郁,就像我每次面对枯萎了的花瓶时嗅到的。

到了三楼,这应该是顶楼了,出现了一大间房子,里边全是干枯的花朵,三分之二都是玫瑰花。我终于明白丹丹在做什么了。对于干花,也就是经过熔炼术的干花,我有一种难以言喻的感伤,每次花瓶中的鲜花枯萎时,我手里已经抱着另外一束鲜花进门来。我对枯萎了的花怀有一种悲哀之感,只有当新花插入花瓶时,内心深处的喜悦才会油然而升。

丹丹和她的男朋友正忙碌着,他们告诉我,干花的市场需求量很大,因为干花更耐插放。是的,许多咖啡馆、酒吧、会所等地方都插有艺术化的干花。丹丹还告诉我,很多年轻人也喜欢干花。丹丹他们的厂房在县城外,每隔两三天他们都要到斗南花园进鲜花,将一车车的鲜花送到烤房去烘烤后,干花就出炉了。之后,就是发货。花品有向日葵、玫瑰花、满天星等等。我第一次看到了向日葵变成干花的模样,便想起在荒野上行走时看见的向日葵,成片的向日葵无人收割后干枯时垂下头来,颗粒被鸟啄走。还有枯干的各色玫瑰花,它们的叶片紧缩起来,仿佛纯毛的衣服经手洗后突然失去了张力,如此干枯却仍然散发出香味。一种经历了由绽放到枯萎之路的香味,在那一刻使我忧伤而又惊喜。

终于明白现代年轻人为什么喜欢干花了,除了能更长久地装饰空间之外,枯萎了的花朵其实也能让人获得醒悟安静的状态。能够接受鲜活和枯萎的心灵,才是更宽广的人生和修行。丹丹和她的男朋友正在接单和发货,一束束经过精美配制的干花,将发往不同的版图,呈放各种个人和集体化的空间。丹丹寻找到了她的职业和人生追求,她在不断学习的成长中,在众多的商品营销中创建了自己的干花市场。干花,从前在我认为像是花的僵尸,而现在却变成了另一种艺术品。在一座时尚的咖啡馆里,所有瓶中插花都是干花,咖啡馆的灯光照着枯萎弯曲的花枝,显得异常宁静。而在另一座酒吧,瓶子里插着的都是鲜花,带来的是另一种芬芳和活力。

现在突然流行喝玫瑰花茶,玫瑰花干枯后依然保持着很多元素,喝玫瑰花茶可以抗菌消炎,安神助睡眠,这些特质是女性喜欢的。那么多鲜艳夺目的墨红玫瑰花被采撷后,晒在了太阳下的篦器中,在云南大理、红河州弥勒,这似乎是一种现象。在一切玫瑰之上是什么?多少年来我一直沉浸在玫瑰的现实和意象中,从亲自插种玫瑰花开始,我总是在某个天蒙蒙亮的早晨醒来,突然间就看见了墙角花坛上的玫瑰花又开了一朵,昨天的花骨朵儿绽放后,它顿时给你带来了喜悦。

海拔高度中有各种不同颜色的野花,随同身形向上移动,在早春二月开的花,除了名贵的云南山茶花、大树杜鹃、梅花之外,就是山冈上那些无名的野花了。它们像米粒大的花形,甚是璀璨夺目。当然,如果你昂头挺胸是无法看见这些野花的,只有心存感激的人边走边看,才会刹那间发现人间竟然有如此细小的花朵。有时候,真想把它们带走,但如果采摘下一束花,最终的结局就是当花枯萎了后,不得不舍下它们。每次采集一束鲜花时,恨不得将手中的鲜花供奉起来,便产生出虚幻,如果从空中飞来一只花瓶,就可以将手中花束插在花瓶里;如果我抱着那只花瓶旅行,似乎又是一个新的魔幻。是的,花瓶中会插上芳香植物,所谓芳香植物就像空中飞碟,而我喜欢的花朵有许多种。关于花的罗曼史,如同夜间的桂花香,那从枝叶中冒出的花冠有淡黄色的或橘黄色的;如同高大的黄连木,冬芽是金红色的;如同栀子,淡淡的香味,白色的椭圆形或长圆形花朵;如同滇红玫瑰,具有催眠的芳香功能。还有硕大的墨红色玫瑰,细看有丝绒感,卷曲的叶边向外张开红色的嘴唇……花的罗曼史以它们的绽放和凋零开始在地球的版图上游走,花籽落在哪里花就在哪里开始了生长。我发现哪怕是在海拔五千米以上的寒冷冰川之地,仍然绽放着藏红花,还有拉萨的市花金露梅,还有高山杜鹃、雪莲以及离天空最近的花朵绿绒蒿……在海拔五千米以上,沿着雪的痕迹往上走,会感觉到大地如此宽厚,而在低海拔的热带,又会遇见什么样的花朵,在云南红河的热带遇见了攀枝花、苦刺花、栖花、蜜花……

在西双版纳的热带雨林还会遇见寄生花,那是一个壮观的花园,但只有很少人会看见这番景象:这一朵朵像红色蘑菇的鲜花,看上去就像史前的花萼,我着膝而下想看个究竟,它们寄生在苔藓和树丫之间,一朵朵深粉红色的花冠让我心绪迷离。刚怒放的寄生花就像寄生在人类的心脏,它们布满了红白色的斑点,这是我看见过的最隐密的花朵。当我走出了热带雨林再回过头去时,仿佛有隔世的屏障,使我再无法回到它们身边。在一些虚空的夜晚,我总会想起那些性感的花朵，它们寄生在原始森林的世界，与外部完全地隔离。

　　人生之谜犹如花朵，该绽放时就神秘地、热烈地绽放，该凋亡时就开始垂下枯萎叶片，向着世界悄无声息地告别。此刻，又面对夜幕降临，我深知人世孤独，也知道喧哗背后的无奈和腐朽，只有鲜花知晓明天的露水会融化，所以，我收敛住又一轮回，等待着夜梦，人生无论多么壮丽和繁华，终有一枯。我深信，夜幕历练了孤独和智者，也历练了璀璨夺目的星空。在此说声晚安，以美好心境回到梦乡，不再追究空中飞碟和万千虚空。

失眠症漫记

失眠症是从什么时间开始的？这个追忆太早了，我似乎又看到了金沙江畔的五七干校，一辆大货车将我们载到江边的山坡上。孩子和父母手牵手渡过一条可以漫过膝头的小河，我太小，是父亲背我渡河的。河的另一边就是汹涌澎湃的金沙江。我们又上了一条木船，我被大人们的身体簇拥着，几乎就看不见江水。那天下午灼热的江岸连同滚烫的石头在迎接我们，从此以后，江边就是母亲洗衣服的地方，也是我们在江边浅水中用手将石头投向江水的地方。一条小路通向山坡，在一公里的山坡上有几幢土坯房，这就是我们的住所，大人们在山坡上耕地牧羊，孩子们就在满山遍野中奔跑，男孩儿们爬到一棵棵野生橄榄树上晃动着树枝，枝上的绿橄榄就哗啦啦地往下掉，我们在树下捡着橄榄。这山坡最丰茂的就是橄榄树，还有走不完的热带灌木丛林，偶尔会突然看见一条布满花纹的大蟒蛇，我们屏住呼吸远远地观望着，几分钟后大蟒蛇就钻进灌木丛林中去了。

我的失眠症来自江边，那个午后我们从山坡往下奔跑，我们似乎一直在奔跑，因为山坡上没有学校，我们只有从早到晚地奔跑，才能让身体安静下来。我那时候才五岁，小哥哥七岁，我的两个妹妹还没有出生。那一次我们像往常一样跑过了布满砾石的小路，江水比以往似乎要平静些。江边突然出现了一个女人，她似乎睡着了，白花花的脸上没有任何表情,身体的一半还在水里。哥哥叫了起来,让我们快跑,说那个女人已经死了。我们惊恐万状地回过头,就往山坡上跑,死人,她已经死了。大人们来了,那个女人就是与我们同住一间土坯房的女人,她已经消失三天了。大人们所议论的事我都听不明白,自那天夜晚,我就开始在梦中尖叫,母亲说我是被吓着了。是啊,年仅五岁的我被一个死亡的场景笼罩着,自此以后,我每夜都会有一场梦魇降临,母亲到山冈上采些安神的药草煮水给我喝后,稍稍好了些。两年后,我们离开了江边的土坯房,又乘上一辆大货车回到了滇西小县城。

时间的源头,就是身体的源泉,我上小学后,失眠症状似乎就悄无声息地消失了。青春期开始后,失眠症又回来了,那时候我已经开始写作。十七岁的我已经在信笺纸上写作了,是从县百货公司买回来的信笺纸,本来想买方格稿纸,但没有买到。写作让我无法分辨白昼和夜晚的区别,白天上班,我当时在县水电局的打电室,用一台二十世纪八十年代的打字机,为水电工程师们打设计稿。晚上我就开始在信笺纸上写作,每次写作,心脏就会跳得很快,半夜三更入睡时,又一次次地感觉到了入睡困难。自此以后,我就成为了一个失眠症携带者。失眠症的顽固性在我的生命中注定了,我要与失眠症和谐相处。我带着失眠症游走在我身体的版图中,我发现在我行走的过程中,失眠症会减弱些。

我们从怒江坝的咖啡林中,行走到了高黎贡山脚下的白花林露天温泉。男女温泉之间隔着竹篱笆,水蒸气在空中飘荡。云南是天然温泉之地,几乎每个县境的版图中,都隐藏着地热温泉。白花林温泉以裸露在山坡上的林子里而著名,每次遇见地热温泉,我都会暗示自己,泡温泉对睡眠大有益处,于是,我会庄重地面对现实,将赤裸裸的身体沁入温泉池中。空中是蓝天白云,林子里奔跑着野兔和松鼠,在这样的自然环境中泡温泉,是真正的养身天堂。我将头仰向天空,感觉到白云就在我头顶变幻着色块,那一夜,我们宿于高黎贡山脚下的客栈,身体刚挨床就睡了一个好觉。睁眼时,已是拂晓,满山的雀鸟在飞翔。这一觉使我在第二天有了足够的力量攀越高黎贡山。所以,行走让肢体的血液循环更畅通无阻,这有利于睡眠,泡天然温泉确实有助于睡眠。

作为一个失眠症漫游者,我的一生似乎都在跟失眠症相互厮守,寻找新的良机摆脱它。十年前,或者更早些,在鲁迅文学院时,我经常失眠,旁边的内蒙古作家肖亦农有安眠药,那是我第一次看到瓶子里的安眠药,有了第一次,就会有第二次,每当我意识到那天晚上有睡眠危机时,就会提早跟肖亦农申请要安眠药。肖亦农是作家中最仁慈的,他从房间里取出安眠药瓶站在走廊上,那真是一只小小的魔瓶啊,他取出两粒给我说,不能多服。那两粒白色的安眠药被我悄悄用温水咽下去。服了安眠药,几十分钟药性就发作了,于是,我就有了一个踏实的睡眠。在此感谢肖亦农,我们已经很多年没有见面也没有联系了。

后来,我才发现在街面上的药店里是买不到安眠药的。药店里有许多安神的中药,我都买回来试了试,因为我认为所有中药材对身体健康是没有伤害的,只是治愈失眠症需长久坚持服用,尽管如此,我依然觉得太缓慢了,它无法让你迅速地入睡。后来,我慢慢地觉悟了,这世界到处都是让你陷入困境的问题,当然,也有让你的身心获得幸福感的状态。我的失眠症同样是一场一场修行,面对睡眠问题,我首先必须放下,就像旅途中将一只箱子提起来再轻轻放下。

越是身心放松时,你的身体越像是被历练过了,或者又一次地从历练中走了出来。每个黄昏，都面临着夜幕降临，我给自己启开一瓶红酒，那是二十世纪九十年代中期。那时候，我的身心状态极不稳定，经常会被来自现实的关系所干扰，从传呼机到手机的变幻，使城市里的许多报刊亭几乎是在一个春天结束后，就消失了。我记得传呼机响的年代，我去寻找报刊亭，因为报刊亭有电话。我记得我穿着牛仔裤、短短的上衣，站在报刊亭回电话时的场景。那些日子，我的写作或身体都在成长中，电话中如果传来一句不好听的话语，就像一箭穿心。我趁着蒙蒙夜色回家，冰冷的传呼机被我抛在一边，我听着张学友的《回头太难》，黑豹乐队的《无地自容》等歌曲，打开了一瓶红酒。正是在那段由流行歌曲所带来的伤感时光里，我发现了酒可以麻醉身体，也可以助睡眠。

酒，确实是好东西。除了红酒，还有啤酒，我开始跟朋友们去泡酒吧。二十世纪九十年代的酒吧充满了浪漫主义的格调，我们从二十世纪八十年代进入九十年代的人，被称为最后的理想主义者。那些年，我们还年轻，所有年轻人会经历的事情我们也必然会遭遇。几个朋友相约到酒吧时，都是周末。去酒吧之前，天空中飘来飘去的都是黄昏的色彩。我们仿佛乘着变幻无穷的色彩，去参加一场梦中的约会。走过还没有被挖掘机开发过的古老的街巷，我想，边走边融入城市的黄昏，犹如我们正在探索着一座遥远的城堡。赴约之路，也是一个失眠者的漫记，关于城市的印象就这样保存在记忆深处。在不远处寂静或喧嚣的街景中，就是我们相约的酒吧。

喝酒对于我的神经和身体来说，就像在血管中添加了另外的血液循环。在酒吧一侧坐下来，我们更喜欢选择幽静的角落，因为到酒吧来，更为现实的意义在于我们能彼此见面。酒的功能就像写作，让你产生虚幻和梦的功能。酒吧桌上摆放着一瓶瓶啤酒，有时候，我们也会试着坐在吧台前,像许多好莱坞的西部电影,来一杯白兰地和鸡尾酒。人类生活的基本走向,都是为了生命的某种召唤。

在酒吧边聊天边喝酒时,总有音乐陪伴。去酒吧时,我们都喜欢酒吧里的音乐音量放得很低, 就像蝉在窗外的树枝上微微地鸣唱。伴着酒意,如果赴约者都是女性,我们所谈论的大多都是关于男人和女人的问题。这个问题对于女性朋友来说,也必然是一生所要修炼的。在酒吧,我学会了慢慢的、小口小口的品饮,我学会了倾听别人的声音, 我学会了在低沉的爵士乐中体会一个感伤主义者的幻境。整个二十世纪九十年代,酒吧和咖啡馆成为了我们赴约的场所。从酒吧回家后,总会有一场身体被麻醉后的睡眠在等待着你。

咖啡馆就不一样了,对于我这样的人来说,如果夜里在咖啡馆喝一杯咖啡,那么等待我的必然是一夜的失眠。所以,即使到咖啡馆,我也知道,咖啡不适合我,我会要一杯果汁啤酒。这种清醒的态度,源自我对睡眠的守护。睡眠问题,被我随身携带,如同包里的唇膏和BB霜,如同枕边书。

你不知道会在什么样的情况下失眠, 这是一个艺术的问题,就像写作。每一次早晨开始写作时,我都要泡一壶云南的热茶,上午,如果没有茶饮,我似乎还在蒙蒙夜色中行走。云南的茶旅之路是我不断行走之路,在临沧和西双版纳等茶区,我都寻访过千年的古茶树,所以,茶给予了我身体的清醒及活力。上午喝过茶,晚上也不会失眠,每次泡茶时,我仿佛又一次行走在南糯山、基诺山等古茶山上,我们的行走必然带来留存在记忆中的色香。写着写着又临近暮色,如果在家里,黄昏是我散步的时间,我的肢体走遍了小区内的花园和人行道,我边走边甩手臂,这就是所谓的锻炼身体。人的身体,如果长久的伏案写作缺少运动,就会导致血液循环不畅通,所以,只要有一场足够多的行走,回到家时就能迅速地安静下来。

安静时,有多少事都在向外撤退?在这个时间中只剩下你自己,只剩下了身体,哪怕是从窗帘下扑进的飞蛾,也会找到火焰独自去扑火;有多少人需要被你遗忘,因为世界短暂如羽毛,只够飞翔,世界又那么大,需要把钥匙插进另外的孔道……安静和孤独都是你最好的享受。当安静后上床,洗了一个热水澡再上床,体内体外的污浊物都消失了,等待你的无疑是一场安心的好睡眠。

刚灭灯,手机有短信的响声,便侧过身。手机放在台灯旁,保持振动,手机二十四小时从不关机,也许这世上还有很多牵挂,比如,九十多岁的母亲、一个正值青春期的少年,以及亲眷和朋友……所有这一切都无法让手机在黑暗中关机。还好,可以在熄灯后调为振动,尽管如此,夜里轻微的响声都会让我惊醒,何况刚熄灯,这时候最害怕有人给你发来怨声怨气……来自别人的语言、声调、气息,都会影响睡眠。但人总是与这个世界上很多人保持着联系,那些在夜里给你带来不和谐声音的人,都是因果。安静的状态顿时消失了,我便从枕边的瓶子里找到了安眠药,服一粒后,便沉入黑暗,不再理会怨气和幽灵般的纠缠,安眠药在这一刻仿佛带着我的肉身在飞翔。

近些年,各种社会因素给人带来了新的焦虑和抑郁症,人们便不知不觉就依赖性地需要安眠药。我想,当今时代,每个为生活和理想而忙碌的人,都有轻微的抑郁症状,这些正常和非正常的情绪,让周围一些朋友也面临着失眠的痛苦。在夜里,面对黑压压的夜幕,当我失眠时,我很想知道自己为什么会失眠。我使用各种可用的按摩器,给头皮脖颈肩膀减压。其实,对待生活,我是一个极其简单的人,做任何事都顺其自然,从来不给自我附加挣扎的牢笼,也从不极端化地对待生活和与别人的关系。尽管如此，仍然有失眠的夜晚等待着我。

近些年，好友赵晓梅不间断地给我送安眠药，她也是一个女诗人，偶尔也会失眠。她从前在医院工作，所以，她知道失眠者的无奈和痛苦。在省城，去一趟医院非常麻烦，各种程序，每一次去医院都感觉是人挤人；无论是缴费病诊，都需要耐心的等待。并且，如果你去医院是为了开安眠药的话，最终得到的也只是几粒白色的药片，它要耗尽你一个上午的时间。在外面的药店，是无法买到安眠药的，因为它是处方药中的处方药，就像我们所说的作家中的作家。

赵晓梅每次见我时，都会送给我几盒安眠药，我每每看见她认真地从包里掏出盒子，就像突然间赢得了好几个月的睡眠。对于来之不易的安眠药，我也会计划着去使用。如果在外有饭局，就一定会有酒杯；有酒杯，我的眼睛就会亮起来。为了有一场好睡眠，我就会贪杯，尤其是面对上好的美酒，我会暗示自己，掌握好尺度很重要，在任何情绪下喝酒，都必须在散场以后，有独自回家的能力。是的，干杯也是一门豪情和克制的艺术。通常在这样的情况下，就省下了一粒安眠药。我将那一粒省下的安眠药藏好，让它不与乌托邦再赴约，不与乌合之众见面，只有这样，那粒白色的安眠药才会失去功效，或者在我的某一个失眠的夜晚再来临时，发挥作用。

想起几十年前的一场酒宴，在滇西的边城，我和一帮朋友们喝的是当地人的米酒。那是一大罐米酒，朋友从家里抱着土罐过来。我们坐在杧果树下喝酒，将罐子里的米酒倒在竹筒杯里，品了一口，很甜的味道，便开始放心地品饮。后来，就微醺了，以为还可以再接着干杯，就继续着。那是一个在任何时间想起来都美好的夜晚，就因为多喝了两杯，从微醺到醉就几杯的距离。他们将我从杧果树下送到了宾馆,中间的路就两百米左右。开始时我的身体只是缺乏稳定性,到了宾馆,掩上门,我就朝着床铺奔去,合衣躺下……那一夜,我睡得像一块沉甸甸的石头。那一定是我有史以来最沉睡的梦乡。米酒的醉,自此后给我留下了深刻的印象,它告诉我说,千万别忽略米酒的甜味,它的后劲留在后面等待着你。

我是一个失眠者,因为失眠,有时候也会睁着眼睛到天亮。这时候我总是在看时间,拿起手机,才发现朋友圈中很多人都没有睡觉,他们还在发微信、点赞等等,就有了一种联盟者的感觉。这时候,已经有鸟鸣声传来了,天要亮了。失眠也没关系,天又亮了,还有那么多事情等待着我。这就是人生,失眠也没有关系,我相信今晚会睡好的,我一定会有一场好睡眠的。

在夜里失眠时,我从来不写作,因为如果来到书房坐下来写作,那么越写越兴奋,就根本没有机会进入睡眠了。无论如何,在夜里,哪怕是在盯着窗帘和天花板时,我还是心存侥幸能闭上双眼进入梦乡。每一个失眠者都在经历一场场失眠者的游戏,除了使用安眠药,我也在搜寻新的安神药片,同时也在寻找着植物治疗失眠症。失眠者在黑暗中寻找着梦的摇篮时,很像又回到了婴儿期,那应该是人生中最幸福无忧的时刻。当我真的失眠时,最向往的是这几个地方:

走了很远的路程,终于发现了一座天然地热温泉,在云南的华宁、弥勒还有腾冲等地,都有隐现在山地村庄附近的温泉,如果这一刻,走到温泉边,我会在上升着水蒸气的水池中,寻找到抚慰失眠症的功能。我要将身体的三分之二浸泡在水中,抬起头来看看星空灿烂,这对于我的身心来说,是一种幸福而松驰的漫游。我想着那口地热温泉,慢慢地竟然就睡着了。幻境基于现实,只要你内心虔诚地寻找,就一定会实现梦中的事情。

走着走着就进入了一座有青瓦白墙的村庄，看见了炊烟就走进了院落，就走进了烟火飘飞的堂屋，一座温暖的火塘无论在春夏秋冬，都在迎接着你的到来。烟熏过的屋梁上的腊肉味，打开了你的味蕾。如果坐下来，烟火熏热了你的眼球，火柴下烘着土豆苞谷的香味，使你决定留下来。很多次我就这样睡在了垫着稻草甸的火塘边，而且一觉就睡到了天亮。为什么在烟火熏着的火塘边我不会失眠？这个问题直到现在我还没找到答案。

在苍山洱海的客栈里住下来，多少年前这样的事经常发生。住在临水或半山腰的客栈，我总会绕着洱海和苍山行走，直到身体彻底疲倦后再走回客栈，洗一个澡躺下去，这时候没有人会打扰你，外在的世态似乎也忘了你的存在。当你变成局外人时，与纠缠你的时间和人性已经拉开了距离。这样的夜晚，你只属于你自己，无牵无挂，必然会迎来一场深沉的睡眠。

在火车上，我回忆的当然是那辆绿皮火车，哪怕没有卧铺，也可以在硬座上坐三天三夜。无论是白天和黑夜，只要火车奔驰前行，美丽的梦神就会找到你。将头靠在硬座椅背上是一种睡法，不经意间也会将头倚靠在旁边的陌生人肩膀上。当你睡着时，旁边的人也在睡，所以，只有突然醒来时才会感觉到不好意思。

这时候，不需要白色的安眠药，绿皮火车带着你穿过一座又一座黑色的隧道。你醒来又睡着了，因为火车的轰鸣声仿佛是正在演奏的安魂曲。很多彻夜无眠的夜晚，都让我想起了绿皮火车，我带着青春的年华走进车厢，找到自己的位置安静地坐下来。陌生的车厢里有那么多陌生的面孔，一切都向着未知的方向奔去。在这样的车厢和陌生人中，我竟然睡得那样香甜，睁开眼睛时，已到了下一站台。我下了火车，那时候，我还年轻，可以用力量在肩膀上搭起弓箭，以射击的速度抵达远方。而此刻，我是另一个人，是一个从烟火中走出来的女人，我平静地呼吸，包括我的容颜都在放下所有的武器，只要我妥协，隐忍住所有的空旷和寂寞，我就会在柔软的棉花中有一场梦的睡眠。这一场场失眠者的漫游，从源头开始到现在，从始至终仿佛仍在咀嚼着金沙江岸边的山冈上，那些从树枝上落下的一枚枚野生橄榄的甜或涩，像是一个个幽灵和天使穿梭不息。结束最后一句话，就意味着你今天的生活、情绪，人生中的意义或无意义告一段落。我们活下去的每一天，都是春夏秋冬。晚安，亲爱的自己，祝福你有梦神陪伴，晨曦来临时又能看见自己和世界的影子。

谈情论事的鸟雀们

说爱,是希望我们自己寻找到人生的旅伴。过去的事情很多都越来越模糊,需要一个链接才能找回来。人生太快,轻飘飘的声音不足以在空气和苦厄中寻找到答案,所有可以找到的人生答案,如同钥匙可以打开一道门让你回家,更多的谜底不可揭开,犹如酿酒师藏在屏幕之后。与鸟雀们说爱,首先你要喜欢羽毛,翅膀上的羽毛很轻,鸟雀们身体上的羽毛带有闪电的灵魂。人类凭四肢立足于尘埃,但却无法飞翔。这就是为什么我们仰望并发现鸟雀飞来时,突然惊喜地验证了一个形而上的问题,只有鸟雀的翅膀可以飞翔,而我们不能。羽毛落下来,当然是从宇宙中落下来的。我们见面时经常都在倾诉个人的遭遇,当我们喝着茶水、粮食酒或咖啡时,在天空和森林里,那一只只从天上来的鸟雀们已经来到了人间。

凡是琐碎的东西,乃至声音都喜欢钻进我们的怀抱,只有这样,我们的生活才有意义。只有在感伤的情绪中,才能寻找到源头。个人简史中的成长从未中断,如同茫茫无际的野生灌木丛,总有让我惊喜的时刻。比如,当一只朱雀飞过,你以为是幻觉,其实是人间真相。自己最喜欢沉浸在语言中的生活,当它拥有最丰饶和神秘交织的时刻,我已经又一次重生。

早晨,我醒来很早,鸟雀还没有发出叽喳声我就醒来了。早起的习惯是母亲培养出来的,幼年时代我们跟随做农艺师的母亲住在一座小镇里，早晨，我就会听见母亲穿衣服的窸窣声。她的脚尖套进布鞋走到我们脚边时，叫醒我们说，公鸡叫起床了，公鸡叫起床了，公鸡叫起床了……母亲会把这句话说三遍，说第一遍时声音很小，之后，就加大了音量。我们醒了，母亲的声音就是我们的闹钟，之后，果然就听见公鸡们的叫声从木格子窗户外传来。起床后的第一件事就是穿衣服，人类为什么穿衣服？因为所有动植物都有衣服，这是一个从黑暗的梦中穿越到晨曦中的仪式，人因为穿衣知道了寒冷和温暖。

走下台阶，看见了母亲，她在清理院子里的落花叶子。鸟飞来了，那么多的麻雀飞到了院子里的两棵紫薇和两棵石榴树上，我幼年时看见的麻雀们，从青瓦飞到墙壁再飞到树上，飞翔是鸟儿们的仪式。母亲带着我扫院子，地上除了落英缤纷还有白色的鸟雀，我就是在那样的晨曦中，跟随母亲养成了早起的习惯、扫理落英和鸟粪的习惯、迎接鸟雀飞来的习惯，还有站在树下观测天气的习惯。那时候还没有天气预报，在我们出门上学之前，全凭用眼睛看云彩来判断一天的天气走向。那时候的生活缓慢而踏实，我们离自然状态要更近。

近些年我从城中央又搬到了有小院的房子里，除了培育植物花卉外，似乎又回到了幼年时代的生活状态。五点半钟我就起床了，这时候鸟儿们还在睡觉，尤其是冬天的早晨，天亮得晚一些。当我诵完经书，天就开始亮了，我走出门，就像幼年期一样地走下几级台阶，我会拉着秋田犬到小区的人行道上散步，路的两边都是高大的乔木树，有大榕树、银杏、香樟、桂花、云南山茶、雪松、苦楝等树种。每一棵树上都飞满鸟群，因为天亮开了。是啊，在黑暗中我们从来就没有看到过掠过空中的鸟，鸟群们在夜里是不飞翔的，它们像人一样有栖息地。

这个冬天的早晨,除了麻雀之外,我见得最多的就是喜鹊。西南的喜鹊是来报喜的,每次看到喜鹊,整个身心都会顿然欢喜,嘴里还欣慰地喊着:"喜鹊,喜鹊,喜鹊……早上好啊!"于是喜鹊就会在我头顶上飞翔。那几只我经常看见的喜鹊,有一天早晨,飞到了我住的院子里。它们飞到晾衣杆架栖身,并发出它们的声音。每一种鸟类的声音都是不一样的,喜鹊发声时好像用它们的舌尖在叫,是一种非常甜蜜的纯净的声调。无论我在院子还是窗口,只要看见喜鹊,身体中的忧郁就像雾霾般周游而出,那一刻的欢喜,就像是遇见了一首云上的歌曲。这几只喜鹊竟然每天都来,它们是来报喜的,也是来觅食的。每天扫完院落,浇完花水,我会将半碗白米洒在干净的院子里,这半碗米应该可以被众多的雀鸟啄起来,我站在窗口看见了鸟雀啄米的欢喜,鸟雀们通常以群体的力量从树上飞下来。围墙外面就是几棵枫树,冬天的时候虽然枫叶会凋零飘落而下,但昆明的春天来得快,枫树上已经长出鹅黄色的嫩叶片了。

在屋檐一角,有一只燕巢,很多年已经过去了,那只燕巢依然存在。燕子是有记性的,它们每年都会飞回来在里边谈情说爱,繁衍出新的幼雏来。有一次,一只小幼雏大约是从燕巢滑了下来,我推开露台的门,慢慢走近它,小燕子还很弱小,正在长出茸茸的羽毛。我本想把它带进屋,又害怕它的母亲在找它,便给小燕子放了水和绵软的米饭,有一周时间,小燕子就住在露台上疗伤长出羽毛。到了第八天,小燕子不见了,我相信小燕子是飞走了。燕子是候鸟,它们不断地在迁徙中从南飞到北,又从北飞到南方。春天来了,燕子就会飞回来,当燕语声声时,我就会看见去年的那只燕子又回来了,也许是燕子生下的小燕子又回来了……每次看见燕子在春天飞进了燕巢,内心深处的温情就会上升。

我在旅途中经常会遇见美丽的鸟群，其中，火烈鸟是最美丽又神奇的鸟，只有在靠近湖泊的地方会与火烈鸟相遇。火烈鸟更多地生活在非洲等国家，要想遇见火烈鸟完全看天意。在云南动物园里我见到了二十多只火烈鸟，它们有粉红色的羽毛，纤细的脚高高地支撑起美丽的身体，脖子高傲而孤独地仰起来。每每靠近湖泊，我总想与一群火烈鸟相遇。云南有众多淡水湖泊，在某一天黎明前夕，我在抚仙湖边散步时远远地看见了一群鸟，那些像火焰般的色彩、优雅的身体，难道就是我梦幻中的火烈鸟吗？我加快脚步奔向前，空中响起了翅膀的撞击声，之后，我幻境中的那群火烈鸟从抚仙湖边消失了。当我问当地人，湖边是否有火烈鸟的踪迹和历史时，当地人摇摇头；研究鸟类的人也告诉我说，只有昆明动物园入住过二十只火烈鸟……他们是在告诉我，火烈鸟没有在抚仙湖边栖息过。尽管如此，那天早晨我走上前时，在水岸边的金黄色沙滩上，拾到了一片粉红色的羽毛，我内心认定我在幻觉中看见的就是我梦中的火烈鸟。无论如何，我看见了就成为了我个人的记忆，在某年某月的夏季，抚仙湖的早晨，我看见了一群火烈鸟，它们后来飞走了。这像一个童话故事的开头，是的，我们人类就开始了讲故事，后来，火烈鸟从抚仙湖边飞到哪里去了？那是后续的故事了。

传说中还有犀鸟谷……在云南，每一个区域总有从自然生态中形成的气候地貌。沿着德宏傣族景颇族自治州的地理位置，再往盈江县太平镇雪梨村往前走，就进入了一座热带雨林山谷。那是秋天，我们沿途所见到的雨林古树有阿萨姆娑罗双、千果榄仁等等，这些古树木披着巨大的枝杆藤蔓，隐世于地球上多雨而热烈的原始森林。犀鸟们有庞大的家族体系，它们的身体像是倚依于古藤蔓上，游走并飞行于这座热带雨林。我迎着一只犀鸟的目光而去,对于人类,它们是陌生的,当它们用警觉的鸟翅护住身体时,我知道在一只犀鸟与我的距离之间有无数的屏障,我只能观察它的体态,倾听它的语言。

在犀鸟谷,如果你是一个温柔的观察者,你会发现还有红原鸡、黑鹇、灰孔雀雉……许多你在大城市无法见到的异鸟都会出现在眼睛里;还有金冠树八哥、红腿小隼等等,对于这些出入于热带雨林山谷的精灵们,我们是陌生的,哪怕置身此境,也只是一个匆匆过客。当我突然看见一只黑头黄鹂时,刚想拍照,它就消失了。那夜,我们宿居在犀鸟山谷中的石头村,这座被众鸟所环绕的村所,哪怕在夜幕降临以后,如果你走出村庄,也会看见褐林鸮和栗鸮,还会捕捉到椰子狸和蜂猴们的行踪……热带雨林是众多鸟雀们生活的地方,它们在此觅食各种昆虫,咀嚼植物就能繁衍生息。我听见了它们在此求偶议事,一束束光泽穿过雨林,给予鸟族世界以阳光。

白鹭更喜欢跟人类亲近,无论是在湖边还是村野,都会与白鹭相遇。鸟儿有虫吃,来来往往地就形成了栖息地。许多年前,我在高黎贡山脚下看见过的那一群又一群的白鹭,是不是我在昆明大观楼、植物物园、洱海流域、普洱孟连傣族拉祜族佤族自治县城外坝子里的那群白鹭,是不是曲靖市富源县墨红镇普冲村的那群白鹭……我喜欢白鹭,只要见到白鹭途经处,我都会放慢行走的速度。我曾坐在田间地头看一群群白鹭掠过天空,飞到庄稼地中舒缓地散步。昆明滇池草海湿地公园离我很近,走着走着就看见了白鹭的栖息地。城市的白鹭们已经融入了游者的中间,它们在公园的草海湿地上安详地游走,旅人拍照时,它们毫无顾忌,也不会发出警觉的声音……白鹭有一天竟然还飞到了小区中停着的一辆红色的越野车上，那大约是一只掉队的白鹭，远远看过去，那只孤单的白鹭正在寻找着它的伙伴，突然间它似乎已经在空中寻找到了伙伴们飞行的路线，它飞走了，我的手机来不及拍摄下它站在红色越野车上的瞬间。美，从来都是飞逝而过的瞬间，却永远地存留在记忆中。

当一只只黑颈鹤在你头顶飞翔时，我们正在香格里拉的纳帕海行走。那是秋天，黑颈鹤从碧蓝的云空中迁徙而来，黑颈鹤喜欢纳帕海冬天的寒冷，很难想象它们柔软的身体用什么抵抗寒冷的，简言之，黑颈鹤就是来寻找寒冷冰雪的。每一种飞翔之灵，都有它们的命运和生存的魔法。黑颈鹤踏着纳帕海的湿地开始了散步……黑白色的羽毛、尊贵而神秘的眼神，当我们沿着纳帕海行走时，一只只黑颈鹤就像回到了故乡。

更多时间我们生活在居住地，我们每天看得最多的都是一群群的麻雀，麻雀们还有红雀和黄雀之分，它们远离城市，生活在2500米的山地和海拔之中。秋冬是麻雀最多的季节，今年的冬天，我已经感觉到了数之不尽的麻雀们，就生活在我居住的小区内。麻雀们的过冬能力非常强，它们在黄昏时撤离，凡是洒在院里露台上的米粒，都会被啄得干干净净。除此之外，麻雀们也会在秋天的时候啄开柿子上的果实。它们像人一样有等待感，当柿子还未成熟，坚硬而呈绿色时，它们栖在树上，守望着柿子一天天由绿变黄；麻雀们也喜欢吃甜的柿子，像人一样，当你来不及品尝树上已经变黄的柿子，想让柿子再成熟几天时，柿树上的黄柿子已经被鸟儿们啄开了。它们每天啄一点儿，像人一样懂得节制，为了保持身体的健康，从不多吃，所以，树上的甜柿子是在几天内逐渐被啄空的。

昨天我在墙外的枫树上发现了一个鸟巢，在枯干的还没有完全飘落完的叶枝上，在几根粗大的枝丫间有一个很大的鸟巢，突然间有一只喜鹊飞出来。前几天我也在那棵树上发现了一只体型饱满的喜鹊王后。那只喜鹊是我此生见过的最漂亮的喜鹊王后，它的尾翼很长，身体健康的王后应该是那棵枫树上的母王，而那只刚刚从巢中钻出的小喜鹊应该是母王不久前生下的。小喜鹊出巢后并不忙着飞翔，它栖在树上观察着，嘴里发出的叫声很小，母王飞过来仿佛在鼓励小喜鹊要学会勇敢飞翔。后来，眨眼间，小喜鹊就不见了。鸟雀们在你视线中只会以分秒的存在停留，它们飞起来时掠过树枝，尤其喜鹊比麻雀要飞得更高，而且它们都喜欢栖在高高的屋顶上。

发现那个喜鹊巢后，我像发现了新大陆，这是离我最近的鸟巢。在乡村的田野上、树林中，这样的鸟巢有很多，而如今在我眼皮下，透过窗户就能看见那个鸟巢，我真的很高兴。从此以后，我的观察又增加了新的内容，树上的喜鹊巢离我竟然是那么近。美，是需要发现的，很多令人惊奇的东西，其实就在我们的身边，离我们的视线那么近。

因为有了百鸟飞翔，从天空到大地，它们就成了尘世间的我们梦寐一求的一双双飞翔的翅翼。

好朋友的丈夫老张在昆明金殿的后山有一座鸟堂，他跟我们住一个小区，几年前，他突然间就在金殿的树林中开始修建鸟堂。鸟堂对于我来说还是一个陌生事物，老张不断地往返于山上，修建鸟堂。后来，我才明白，鸟堂在云南的许多地方已经多起来，比如，高黎贡山脚下的百花岭就有了好几座鸟堂，还有西双版纳、德宏瑞丽、普洱等地都有鸟堂。首先，建鸟堂者都是摄影爱好者，肩上都会背着好几台摄影器械。而且，鸟堂必须筑建在自然风光很独特的地貌之中，必须有山有水，有植物和花卉，这样的地方才是奇鸟往返之地。建鸟堂前，先要考察，看那里是否有珍稀鸟群出现，比如，在瑞丽摄影者的镜头下竟然出现了彩鹳,这真是罕见的相遇,它也被称为大鸟彩鹳,身上有红色、粉色、白色和黑色的花纹,它们在水边吃蛙,橙色的头颈,鹅黄色的嘴长长的,向前伸出……所有的大鸟都超越了梦中的想象,彩鹳已经消失很长时间了,现在又回到了云南。

是否有白鹇、金喉蜂鸟、黄胸山鹪、鹊鸲、灰腹绣眼鸟等鸟飞过……考察之后,就要开始引鸟,就像我每天早晨给院子里的鸟群撒粮食一样。这个地方有了食物,在该来的时刻,天光敞亮后,鸟群们就会飞回家。建鸟堂的老张每天都要买葡萄,这是大鸟都喜欢的美食,老张在不长的时间内就引来了红嘴蓝雀等珍稀之鸟,之后,每天,来自全国各地的摄影爱好者都会到老张的鸟堂去拍照。鸟堂,同样是一个守护自然生物家园的地方。老张自有了鸟堂以后,就拥有了他六十多岁以后的美好世界,他每天都迎来了很多的摄影爱好者。这个世界上有很多玩法,重要是怎么玩。世界已经被智能时代改变,但我们仍然是地球上滚动的一粒沙尘或者是一滴水。老张的鸟堂也是一种玩法,这是一种高级的艺术消遣。

我又看见了那只尾翼长长的喜鹊王后,不出家门就能每天看见它飞起又腾下,仿佛在湍急的河流中止步上岸。我热爱这人间的每一瞬间,一只喜鹊的背后是时空隧道的过往云烟,很多事如果你相信是一个故事,就会讲下去。我们需要以观察者的眼神去感受瞬息即逝的美意,它使我们的灵魂和意志不会坠落。活着,并不都是经历轰轰烈烈的事件,而是与我们周围的现实一次次、面对面地相遇。

麻雀们飞上起下的身体中不需要多少粮食,它们却以我们无法想象的生存技能往返于天空和地面。这些与我们在现实每天相遇的鸟雀给我们的尘埃带来了白色的鸟粪和落下的羽毛……飞到露台上的鸟雀与我无数次对视,它们细小的眼眶里也同样有审美、忧伤和情感。有生命存在的地方,也必有险恶和生死的考验,在我与鸟雀相遇的每一个地方,也都有生与死的主题等待着我,这就是生命。尽管如此,让我们与鸟雀们谈情说爱吧,趁着我们还有生动的肢体语言,还有无穷无尽的梦游状态。

哀牢山漫记

雾,是哀牢山的巨大屏幕,每一次从戛洒小镇往上走,雾就过来了。我是一个喜欢雾的人,而且已经习惯了云南的雾,就像习惯了云南的云变幻无穷,在我们日常生活的头顶上游来游去的魔幻现实主义。雾弥漫的地方,生态自然都会远离高科技的笼罩。尽管如此,互联网已经改变了我们的日常生活,在任何地方,无论多么僻静悠远,手机成为了出行时的必带之物。

在雾中看见很多人将车停在路边,每个人都掏出手机在拍雾。雾在手机屏幕里只是一片灰蒙蒙的意象,为什么也会有那么多人喜欢拍?在城里很少见到雾,生成雾的环境需要有山有水,有山的地方自然有一个庞大的生物圈体系,有茂密的植物自然就有了造水的功能。每一种生物身边都需要另一种生物的循环链接,所以,哀牢山是生物圈的天堂。

几十年前,我第一次来哀牢山,必须经过戛洒小镇。我是穿着裙子进入小镇的,因为戛洒小镇的傣族妇女都穿着裙子。戛洒小镇没有冬天,是的,进入小镇,热浪就涌了过来。热浪中有风,是从途经戛洒镇的红河(也叫戛洒江)中吹过来的,是从稻田中吹来的,风拂过裙子……春夏秋冬穿裙子的我,能体会到戛洒的傣族妇女一生穿裙子的习俗和快乐。我穿着裙子来到江边,红河的源头在大理州巍山,中间,它穿过的速度和路线只有上苍能看见。我走到江边穿裙子的傣族妇女身边，她们在田间劳动时依然穿着裙子，或者将裙摆别在腰间，而当她们坐在江边的大榕树下绣花时，因为天气炎热，她们裸着双脚伸缩自如，彩色的裙摆曳地。她们安静地绣花，已经绣出的花瓣儿正欲待放。我从江边穿着裙子往上走，对于我来说，哪怕去原始森林和荒野，我也同样穿着裙子。在生命中我从内心向往之意象，都在我穿着裙子出入的远方。

雾中我们几乎就看不见彼此的脸。哦，看不见，只能凭气息感觉到旁边有人，我想雾中应该也有许多精灵已经感觉到我们的存在。越往上走，海拔在增高，迷雾就更大了。现在的迷雾像云样飘动，手机通常往雾中伸过去，看见一个女孩在自拍，她想做雾中人，想融入雾中去。女人们都喜欢自拍，而男人们在拍雾中的某一棵树，雾中的所有乔木科大树虚虚实实，想来，这应该就是人生的某些事情，更多人的命运在雾中，走出雾时，会获得一种快感。

在雾里行走，就像一阵阵顿悟，走过一个弯道，雾突然间就消失了。雾到哪里去了，我们来不及追问，新的风景已经跃入眼帘。眼前一片晴朗，耳边传来哗啦啦的瀑布声，抬起头，但目光无法穿越雾中的哀牢山。此刻，才转过弯道，又是一个让人心动的风景。世界上的奇异景观都是留给灵魂出窍者的，在时间面前，每个人都是疼痛和人证，每个人来到路上，都是为了更好地寻找到那个的迷失自我。

南恩瀑布就在眼前，拐过弯就看见从云图中飘来的白花花的瀑布。我们往前走，便看见一个少年在往上走，后面有人叫他回头，他根本就听不见别人的声音，因为白色的瀑布像一匹白色的烈马正在往下奔跑，少年却正在往上爬行，所有人的照相机和手机镜头都不约而同已经对准了少年。现在，少年已经爬到了瀑布的中央，他突然回过头来不再往前走了。少年站在白花花的瀑布中央，瀑布漫过了少年的身体,旁边一个少女举起照相机,她手中的照相机比任何人都举得高。少女长发飘飘,她正端着照相机往上走,我明白了,她要去迎接她心中的勇士。少年带着湿漉漉的身体终于走下来了,少女扑上去紧紧地拥抱住了少年。我看见了这一幕,青春期的美少年,只有他敢于英勇地向上走,也只有青春期的美少女走上前拥抱住了他。这一幕,对所有人来说,都是一场意外的震撼。这一刻,在场的所有人,都会反省自我并追忆失去的青春。

南恩瀑布就在路边,所有奔赴新平哀牢山的人都会途经此地。无数次在瀑布前留影,更多的是聆听白花花水流的声音。自然界的力量更多的是注入你的身体,成为你的旅伴。每次驻足,都想坐在瀑布旁边的石头上,我不再具有那个美少年的勇气,我只想独坐一隅,在这里度过比眨眼更长的一段时间。一个从瀑布另一边走下来的男人,背着一个箩筐,我看见了他,便站起来,想看见这个中年男人箩筐里面背着的是什么。他来了,我走上去搭讪,他告诉我,他去山里挖野生的活首乌藤了。果然,整个箩筐里都是刚挖出的新鲜活首乌藤,便有好几个人围了上来。城里人走到自然界都喜欢野生的好东西,瞬间,箩筐里的活首乌藤全都被在场者买走了。

走进石门峡首先看到的就是水,哀牢山体系深处有无数从山顶跃出的瀑布,它的天然绿色屏障本就是造水的活生化物。这世界上没有一个人不关心水,也没有一个人可以离开水的源头。如果三天没有水,我们的身体就会像花一样干枯;人可以三天没有食物,但不能三天没有水。在有水沁透的哀牢山体系的新平境内,进入石门峡时,水已经来到眼眶;人身体中最需要水的并非是嗓子,而是眼眶。只要你眼眶中有了水,喉咙深处就有了水,血液循环中就有了水。

水是全球人所面临的问题,人类正在为水污染付出一切代价的同时,也在倾尽全力地保护水的源头。进入石门峡,我的眼眶和嗓子里就有了水的倒影,水来到了语言深处,因为水是大地上所有存在之物的母语和词根。站在清澈的水边,前方还有更多的水流在召唤我们。水与身体的关系,就像我们需要诗学的抚慰;石门峡就像一首长的诗,如果写下第一句,还需要继续往下写。至于写出什么,写得有多长,全凭我们往下行走的心绪和发现。

哀牢山是云南版图中,我至始至终都想一次又一次行走的路线。来之前,我将花瓶里凋零的花换成新的鲜花——每一次出门前,我都要让鲜花在书房中盛开着——因为每一次在路上,我都会想念书房中那些书籍的味道,每一本打开的书,反复阅读的书,以及未读的书里都有千山万水,都有我眼前的石门峡中看不尽的水的源头。从正在行走的石阶上,我又一次听到了水滴声,石阶的一边是潮湿的崖石,从上到下可以看到细小的植物,正在用枝杆传递着水源,它们就像晶莹的热泪往下滴落……靠近滴滴声,犹如叶片给你一个细小的器皿,水滴浸入舌穴进入我体内,竟然有一种畅饮琼浆玉液的喜悦……边走边饮,想起城市的自来水管中的漂白粉味,有一种全新的脱胎换骨的体验。

水就在身边,另一边是往上的石门峡,随着台阶上升,有时候也需要你拱身钻进石洞再走出来。旅人都在拍照,也有牵着手的恋人们,在这般美境中舍不得松手。还有许多早已过了花甲的人们领着儿孙们,看上去是家族式的行走。近几十年来,旅人越来越多,走出家门,也成为一种习惯性的逃避繁芜和焦虑的生活方式。生活在路上,尤其是虚无缥缈的路,最能让人忘却生死和忧伤。

石门峡让路于各种年龄段的人,当然,过了七十多岁的人很少在这条布满石阶的路上行走。年龄无法更换,就像天气预报无法改变,它属于众神管辖,与俗世无关。我来了,过了几十年,我似乎仍然记得走过石桥时照相能看到我的前世今生。人类制造影像术,就是为了保留和幻想今天和未来的面相和身后的东西。在我们的身后,准确地说在我走过的任何一条路的后面,都是从辽阔的语感中传递出来的秘密。我是如此渺小,所以,我一次次的妥协后,总能获得轻快的,穿着裙子曳地后发出的声音。

在哀牢山的原始森林里过夜,你首先需要有行走的身体。只有面对不断上升的海拔,以及离书房越来越远的距离,才能又一次知道健康对一个行走的旅人是多么重要。如果你无法往前走,就只能住在客栈,通向森林守护区的路是没有车辙印的。而往前走,要走到黄昏才能抵达……倘若有一条被厚厚的腐植叶覆盖的路吸引你走下去,就一定会走到原始森林。

原始森林就像一座无边际的生物圈——现在都论圈里的事情,说明时代性的标志在以人文为本、为天地可鉴的秘密生活而表达出各自的立场。因为原始森林远离大都市,里边没有医院、市政广场、银行、学校和机场,它专供地球上的动植物安居,所以,当我们寻访原始森林时,我们也是朝圣者,原始森林中同样居住着各种被视为神兽的动植物。当我升起这般情绪时,内心深处就想往前走。路上有遇见西黑冠长臂猿,它是国家重点保护动物,保护站的朋友告诉我们平时很难看见它,这需要缘分。负责监测西黑冠长臂猿的管理员李林国就住在森林中,四周都是河流清泉,他每天都游走在森林里,观察西黑冠长臂猿的走向……一个人的守护站以哀牢山为背景,李林国每天都行走才可能遇到西黑冠长臂猿。他站在小路上给我们讲他与西黑冠长臂猿的故事,哗啦啦的泉水声,配合着他的语速。李林国就是哀牢山人,那个假期,他还把妻子和女儿也带到了林区守护站,他的女儿做完作业后就跟随李林国去巡视森林。地球每天在转动,而李林国走在林子里时健步如飞,尽管是只有一人的守护站,但他对这片林区充满了感情,因为这是西黑冠长臂猿的栖息地。

眼前都是复杂多样的蕨类植物,还有裸子植物、被子植物等等,它们以茂密的生长力将整个哀牢山覆盖。许多蕨菜已经通过山里人的采撷来到了人们生活的餐桌上。此刻,正是蕨菜生长的好季节,因为路途太远,没有人会采撷它们再运送到城里。如此多娇的山河,满山遍野的蕨菜在该生长的时刻生长,在该枯竭的时刻枯竭,这些生物的现象,从容淡定。我想,它们所担当的更多的是为了维护地球的生态平衡。我伸手抚摸着蕨菜毛茸茸的鹅黄色嫩枝,人类所赖以生存的地球上的每一种植物,无论属于何种类别,都代表了一个个细胞生物学,都像是值得人们朝圣的仙境。

这里还有国家一、二级重点保护的植物,如有云南伯乐树、红豆杉、水青树等,有哺乳动物和爬行动物,有众多的鸟类昆虫。行走中,突然间就看见了一棵云南伯乐树,我们以仰慕者的姿态观赏它。如果没有走到原始森林里,就无法看见它茂密的绿色冠顶。前方出现了红豆杉,大家对红豆杉要更熟悉,因为红豆杉全身都是宝,具有抗癌的功效,所以,走近它时就想伸手拥抱它,带走它的几片树叶,心里就有了慰藉。我想将几片红豆杉叶片带进书房中去,我想用它做书笺,夹放在我自己的某一部新书中。

鸟类世界有黑颈长尾雉、白鹇……能与它们相遇,这是又一场缘分。我们边走边看,因为路途遥远,便拾到了路边的天然木拐杖。几个人朝前走,为了走得更远,为了走到原始森林的保护站……为了了却内心的所愿,就必须朝前走。停下来,是不可能的,必须往前走,没有人可以替代你去走,哪怕走不动了,也必须往前走,所以,当你选择好了要往哀牢山的原始森林中行走时，一定要寻找到你的团队。大家都知道，徒步原始森林的一切准备，除了物资能量的准备，还需要身体的准备，每个人都要了解自己的身体，因为一个人的身体，本就是一个小小的博物馆。

我为什么说一个人的身体，也是一个博物馆？在我们的身体里陈列着我们循环的血液和各种颜色的器官，也陈列着我们所读过的书、所走过的路，同时还陈列着我们的年龄和身体的状况，以及我们的修养和道德。

原始森林中都回荡着动植物的响声，这是它们在食森林中的野菜、昆虫发出的咀嚼声，当巨树和藤蔓被落日辉映时，整座森林都变成了金黄色，我们就在这一刻抵达了森林保护站。天突然间就黑下来了，我们坐到了火塘边，炉架上的一口大黑锅煮着一锅杂锅菜，没有酒水，也没有人造的碳酸饮料，然而，却有一大坛野生天麻酒，很难想象这个坛子是怎么背进来的。它已经变成了森林色，因为森林里雾气蒙蒙，所以坛子外都长满了苔藓。

你见过一个立于原始森林中且长满了绿色苔藓的酒坛吗？从坛子里倒出的野生天麻酒呈黄橙色，看一眼就醉了；我还未喝酒就已经醉了……几只用竹子制作的酒杯上还有刀削的痕迹。人类文明演变得太快时，很多人的脚步也加快了速度。火塘边的干柴越燃越旺，这是我见过的又一场旺火，又一口铁铸的大黑锅，又一场沉醉的宴席。

我们出生在一个什么样的时代并不重要，关键的核心在于我们是否融入了这个时代的文化符号。每一个时代带给我们的人文艺术情绪都不一样，记录好我们置身其中的情绪，构成了我们的语言风尚，没有任何情绪的文本是干枯的。风吹草低，满眸星光，时间在秘密中酿制我们的情绪：忽而波涛汹涌，是因为被变幻时空所召唤；忽而温柔缠绵，是因为我们走了很远。

晨曦来临时，我们走出了房间，突然间我看见了一只蝴蝶，这是我未曾想到的。我曾在幻觉中，掠过了一只只属于哀牢山的黑颈长尾雉、白鹇，但我没有想到在这里会遇见一只孤单的红蝴蝶。因为我喜欢蝴蝶，也许它是陪伴来我的，这是我第一次看见红色的蝴蝶。我走上前，蝴蝶又飞走了。

在哀牢山，我们虽然已经走得很远，但离世界的尽头还有万千波涛巨障，它引领我们探索内心的渊源。在哀牢山行走时，还有日出在等待我们。几十年前，还没有日出观景台，那时候，我们住在客栈，约定第二天早上去看日出。那一夜，又是无眠，我在期待某一件事情降临前，无眠仿佛就是来自我个人的仪式，我甚至在想明天早晨要穿什么样的衣服去看日出。渐渐的，我便将几件带到旅途中的衣服试了几遍……这真是一场仪式吗？包里仍然是几条常穿的裙子，我想穿着裙子去看哀牢山的日出。没有任何选择的余地，因为包里只有裙子，所以，我在选择穿哪种颜色的裙子去看日出，同时，在无眠中，已经想象出了从哀牢山升起的好几种颜色的日出。我最终选择了橘红色的裙子去见来自东方的日出，因为无论在家还是外出旅行，我都同样喜欢穿红色的裙子。在更早的年代，我沉迷过白色、黑色、灰色、紫色，最终我靠近了红色，红色中有酒红色、粄红色、玫红色、橘红色……这些红像是文在我皮囊之上的颜色，我反复地生活在这些颜色中，并且不断地老去。出门看日出之前，我洗了澡，穿上了那件橘红色的长裙，我相信穿着这条长裙的我，具有我个人的仪式感。

我走在几个朋友中间，没有走在前面也没有走在后面，这也是我走路的风格。于是，我往前走，天还没有亮，我们必须在日出来临之前,走到观日出的高地上。那个早晨,我们走过了一片玉米地,我能感觉到玉米快到收割的时间了,玉米越来越成熟了。我们还走过了一座由石头垒起的山坡,能嗅到空气中牧羊人的味道,白天,这里应该看得见羊群和牧羊人的影子……终于,我们来到了那片高地,我屏住呼吸仰起头来,来自东方的日出从哀牢山的群山后慢慢地跃出来,跟我想象中的一样, 今天的日出是橘红色的……我心里充满了无法言说的喜悦,我身穿橘红色长裙站在日出笼罩着的高地上,我完成了一场个人的仪式,我融入了那越来越高的橘红色的光芒深处。

我的身体触觉告诉我:哀牢山今天的日出是橘红色的,就像我身体上裙子的颜色,就像正在翻耕出的大地上的颜色。走下观日出的高地,水牛来了,牧羊人带着一群黑色的山羊也来了……这是哀牢山的又一番永不谢幕的风景。

菜街子的风情

　　菜街子有风情吗？这个关系到我们生活的原乡，正在被数字化标签式的农贸市场所取代。所有人的记忆中，都应该有一条菜街子的存在和往事。就我而言，菜街子是从童年的滇西小县城开始的，我去学校路上必经菜街子，那是一条古老的小巷道，从开始到尽头也就是五百米左右的距离。早市的菜街上散发出清新果蔬菜的味道，那些水淋淋的蔬菜是刚从地里摘来的。每次走进菜街子的入口，都会看见一个卖花的女子，她三十岁左右，穿一双绿色的军用胶鞋，她是从城郊外的山区来的，鞋子上布满了红色的泥巴。她在入口的地上摆了一个小摊位，实际上就是一只竹篮，里边放着山茶花，这是我第一个印象。后来看见母亲在家里还插上了山茶花，母亲天生喜欢花，家里没有花瓶，她是用一只腌菜罐插花的。从此以后，花瓶中总有花，因为那个站在菜街子入口的女子的篮子里，总有来自山里的各种各样的野花，除了山茶花还有檀香花、桃金娘、芸香、肉桂、麝香百合、紫萼、冬香薄荷、藿香、迷迭香、春黄菊、千里光、石斛、春兰……总之，春夏秋冬，她天天站在那里，篮子里每天都有花，她的花到中午时就卖完，都被赶早街子的女人们买走了，所以，我中午放学时就不见她了。我童年的这条菜街子，集中了那个年代所有的食物种类，尽管那是一个使用票据的年代，油粮茶等都需要用票据才能买到。然而，大地上生产出的蔬菜和果实应有尽有，那条街上还有打铁的铺面,以及缝纫小店。我走过那条小巷时,西红柿就像鸡蛋一样大,不是催熟的;茄子熟了,和青椒瓜果都放在小摊位上。卖菜的从不叫唤,坐在摊位前的小木凳子上,笑眯眯地看着每一个走到摊位前的人。卖主手里都有手杆秤,这是从秦始皇统一了度量衡后所发明的器物,它可以计算出"两、钱、分、厘、毫"等十进位制。也有摊前没有老秤的,摊位的青菜、萝卜、青瓜等都按个数卖。

从县城到省城,我依然发现了隐藏在许多古巷中的菜街子,这是二十世纪八十年代到九十年代省城里最古朴的一道风景线。这个阶段,人们手里的票据已经被废除了,我以为再也见不到县城菜街子入口处那个卖花的女子。在我成长的时间里,无论春夏秋冬,只要在上学的路上看见那个山里来的女子的篮子里有一束束用细小的山野藤蔓捆起来的野花,我的心情就会充满色彩。我想,那只很旧的篮子里的野花,就是我记忆深处的调色板。那个每天从山里采集野花到县城的女子,就像是辽阔滇西中的花仙子,她给我的成长记忆带来了红扑扑的面颊、绿色胶鞋上的红泥巴,还有她头上红绿相缀的三角围巾、说话时两排雪白的牙齿。

后来,我来到了省城生活。在还没有私人厨房的年代,我陪同母亲去买菜时,却意外地又发现了一条离母亲居住地最近的菜街子。母亲这一生都在为她生下的孩子付出,从那个物资贫瘠的年代开始,母亲就让我们几个孩子融入了时代,在烟火中成长。进入省城后,母亲已经退休了。她安心住下后,很快就找到了菜街子。她一生总是离不开菜街子,她似乎只有在寻找到菜街子时,整个身心才能真正地安居下来。是的,刚从县城迁到新居时,母亲就问我们,住的地方离菜街子有多远?我们面面相觑,因为对这个新居周围的环境,我们也是陌生的。等到周末我们去看母亲时,母亲已经从附近的菜街子采购来了许多食物。只有母亲会带着我们寻找到新的烟火。我发现花瓶中竟然还有早春的山茶花，母亲高兴地说，是在菜街子上买到的山茶花。省城的菜街子，也能买到山里的野生山茶花。

从小县城到大都市，只要你愿意去寻找，总会遇到菜街子的。有时候是走着走着就遇见了一条古巷道，对于老城区的市民们来说，这是他们每天必去的地方。尤其很多年前，还没有冰箱等家用电器的时代，每天的烟火应该就是从菜街子开始的。厨房里的所有食材都可以在一条菜街子上寻找到。菜街子从我有记忆开始一直绵延到今天，二十世纪九十年代昆明的菜街子大都在小街上，里边除了有卖菜的，也有卖猪羊牛肉的，所有的蔬菜应有尽有。我最喜欢在菜街子里边坐一下，吃一碗豆花米线和豌豆凉粉，这时候，老昆明人的声音中还夹杂着更多外省人的声音，同时充斥着鸡鸭鹅的声音。旁边的簸笼里就有生机勃勃的鸡鸭鹅，如果你看中了哪一只，可以买了后抱回家。还有卖盆景的，卖各种灭蟑螂、老鼠的器物和药品的，还有配锁的、卖锅碗瓢盆的……总之，新的菜街子正随同时代的演变，在不断发展以满足生活的需要。

不过，随同城市的规划，许多古老的菜街子慢慢地消失了，取而代之的是新的农贸市场、各种大中型超市。记忆中的老街，也在不断地拆迁或扩大后变得越来越陌生化。仅有的几条菜街子，成为了城市人和外来旅行者游走中的人文景观。前不久去通海县城，从步行街不经意就走到了一条有历史脉络的菜街子，这又是一个意外的欣喜。我竟然还看到了撑着拐杖的三寸金莲的老人，她的脸和身体从上到下都是一部大书，她的拐杖撑起的是一个已经消亡的历史。然而，她存在于这条铺满了青石板的街景中，她独立地慢走着，她应该就住在附近，街上的人都似乎熟悉她是从哪里来的，又要到哪里去。

她的脚习惯了凹凸不平的石板路,也同样习惯了街景中的人从她身边擦身而过。她早已过了百岁,百年为一世纪,这条老街也应该过了百年,或者已存在了好几世纪。人来人往都是众生相,两边卖菜的人的神态,好像也是百年前的模样。如果真是如此,那么,文明是前进还是后退了?你自己是喜欢前进还是后退?我的心慢了下来,那个撑着拐杖的老人,是岁月慢慢地熬干了她身体中的脂肪和尺寸,同时也将慢慢地熬干她身体中的血液和水。她又矮又瘦的身影渐渐被人群淹没了。现代人越长越高,越长越漂亮,但如果他们面无表情,看上去有点儿像克隆和机器人。

最喜欢去很遥远的小镇赶集,小镇上每相隔三五天就形成一场集市,小镇上的主街,也就是菜街子。山里人早早地来赶集,用牲口载着山货走到小镇,小镇周围的山脉就是山里人的故乡,表面看上去迷雾中的白房子就是他们的村落。他们从山里走出来要好几个小时。山里人带来了山货,同时也带来了他们赶路中热呼呼的汗味。喜欢流汗的人,都很健康,因为每一个毛孔在排毒。为什么人身上有打开的器官?比如五官都通向外面,身体中的毒就有了往外排泄的途径。体力劳动者都在大量地流汗,所以,他们每天都在排毒。

脑力劳动者用什么在排毒呢?比如,写作者每天都坐着,身体几乎处于冥休状态。我自己的身体用什么排毒?后来,我慢慢地明白了,一边写,一边感觉到身体中的毒气在乖乖地跟随着文字往身体外面走,很可能这就是写作者的排毒方式。在云南众多的边陲小镇,山民们像蜂巢中的群蜂突然间就奔往了小镇的菜街子,他们带来了野生的蜂蜜;野生山货来到了小镇,又被小镇的小商贩们收购,后被带到了县城和更遥远的大都市。小镇的集市上,很多山民手里抱着公鸡母鸡在卖,还有很多野生的药材都晒过太阳了。海拔高度中的药材,对我来说很有吸引力,我首先想认识更多的我不熟悉的药草。当山民告诉我,塑料袋里的药草是治愈睡眠的,我会惊喜地用手抚摸下袋子里已经晒干的绿花花的药草,我相信山民的话,就像我信任来自我意识中的灵犀,所以,我会买下那一大袋治愈睡眠的药草带回去。我还会买下那些治愈骨骼、疏通血液的药草带回去,当然也会买下何首乌和野生天麻回家去泡药酒。在民间,我学会了很多东西,比如,将桑椹入酒,不长时间,你就能品饮到深紫红色的酒。这世界有远远超出你的认识的神秘。

在边陲小镇的红河州,绿春还有元阳,以及辽阔的滇西北,我途经过的许多小镇集市,都会给我的生命带来更为复杂而浓烈的激情……还有弥勒——阿细跳月的故乡,同样有它古老的集市,在云端之下的小镇,人们载歌载舞以消解天地之间的距离。在一条街景的集市,当地的哈尼族、彝族民众身穿他们织布扎染、手工缝制的衣服,红蓝白或黑色都是他们衣服上的基本色调,妇女们从头到脚身穿的都是绣制品,一个女人的饰品是展览在一条长廊深处的艺术。摊位上有许多城里见不到的野草,除了各种可食用蕨菜——也可称龙头菜或猫爪菜类——还有野葱、茼蒿、洋荷、折耳根、舌根椿芽、花椒芽、冬寒菜、水芹菜、柴胡、车前草、蒲公英、苦麻菜、灰灰菜、野豌豆等等。城里人见到野菜就会忍不住上前,恨不得将所有野菜都带回去,但旅行还在进行中,只能返程时再来集市……山地野菜也同样成为了一个城市人的梦和期待。

摊位上鲜淋淋的山地野菜,让城里人对野菜的属性和多微元素都充满了幻想,城市人每天重复的东西太多,包括食谱也在不断地重复,所以野菜对于城里人来说,就是一座村庄外的山水画,就是生长野菜的草根文化,就是纯澈干净的原生态味道。再加上摊位前坐着的一个个身穿土布扎染的少数民族同胞,城里人不仅寻找到了味蕾可信任的野菜,同时还寻找到了没有被道德力量所捆绑的原生态文明。我每次发现野菜时,内心都充满了欢喜和感恩,无论智能时代如何奴役我们的时间和身体,在这个地球上依然如故地生长着好几个世纪之前人们所食用的山地野菜。这对于我的精神世界来说,是诗与画的漫记。有些野菜我们吃过,更多的野菜受土壤、海拔、天气所限制,所有云南版图上的野菜都跟当地人生活的水土有关系。

在旅行中水土不服,身体就会产生不适感。水或土是一个相互联系的世界,只有两者产生了契约和亲密关系,万物才能轮回不断地生长。

菜街子有无尽的风情,引领我们身体中的美味关系。家里还保存着母亲当年去菜街子时用竹篾片编织的篮子,那个时代塑料袋还没有出现在菜街子,人们去菜街子都要带上自己的提篮和背筐,那个时代因为还没有塑料袋的产生,也就没有垃圾袋遍地飞扬的街景。在我记忆中,自从有了塑料袋,很多人嫌麻烦,都不再使用旧时买菜用的篾器。母亲的那只篾篮能保存下来,跟母亲有关。母亲是一个念旧的人,她们那一代妇女的勤俭持家,使她们不会轻易地舍弃东西,包括衣物都会穿一辈子。

一辈子到底有多长?母亲已经九十多岁了,很多旧东西其实之前就被我们因无知和愚昧早早地处理了。那些旧家具、收音机、缝纫机和皮箱,早在二十世纪九十年代初期就被我们瞒着母亲,私自处理了。现在去很多地方,走进许多旧时光陈列展览馆时,又看见了那记忆中的旧物件,包括自行车、手电筒、老式手表和缝纫机等等。时代在变幻时又开始了再回首,而当人们在前行时,又不断地学会断舍离——因为我们的空间太有限,我们必须不断舍去多余的东西,才能减轻现代人的烦恼和焦虑。每一代人都产生了新的生活方式，面对现实和时光流逝，每一代人都有他们对待流行和潮流的态度。

母亲用过的那只篮子，从小县城到省城，走过了大大小小的菜街子。那只篮子背过票据时代的粮食和猪肉，也背过她穿过每一条菜街子时的蔬菜水果和调味品。那只篮子可以与一条条过去和现在的菜街子相互联系，它是一个存在和标签，也是一种温馨的怀旧之物。每次看见那只篮子，就像回到了幼年上学时的菜街子，仿佛又一次看见了那个站在菜街子入口处卖野花的女人。

猛抬头，一只黑白色的喜鹊掠过天空……人生的许多记忆也在浮光中，又一次冉冉升起。我记得在大理喜州的菜街子，那也是洱海边一条最热闹喧腾的菜街子，里边走着的三分之二的人都是来自外地的旅游者。菜街上有当地的烧饵块、烧乳、烧豆腐、豌豆粉等美食，还有铸银器的店铺。每一个美食和手工的店铺里以及小小摊位上，都有游客，人们手里拿着烧饵块站在铸银器的店铺门口，你很难想象，那个将头发染成黄色的年轻小伙子，会铸银器。旁边还有篾匠，他是一个中年男人，他身边堆满了各种用途的篾器，也有好几个游人好奇地看着他的手工活儿，同时在伸手将编织好的器物拿起来。篾匠告诉游人，哪些器物是装普洱茶的，哪些是装喝茶杯的，哪些是装碗筷的，哪些是装化妆品的，哪些是做收纳盒的等等。

世界变了，当一代又一代人老去时，新一代年轻人成为了消费者或手工匠人。这一切都呈现在一条古往今来的菜街子，喜州的菜街子。这里被年轻的脸庞所占据，他们穿着时尚，女子都涂着红唇，坐在露天下吃着豌豆凉粉，喝着冰粉。

一条菜街子可以吸引人前来旅行，城市人之所以往外行走，也是对钢筋水泥大厦、斑马线的厌倦。进入一条由当地人经营的菜街子,旅行者的脚步自然就会放慢,尤其是坐在露天下晒着太阳,品尝着当地的小吃,无疑是一种古代人的生活,也是现代人想进入的慢生活。倘若你心情浮躁时,突然就走进了一条菜街子,古朴的民风、洁白的云朵、陌生人的身影、从泥土中成熟的果蔬……这一切的背后是小摊贩们脸上的满足和笑脸。在这条菜街子上来回走上三圈以后,你的脚掌心开始发热,你的目光变得平和,一种顺其自然的心态从你内心升起……

焰火般的命运

有一类女人,她们生来就是为了受孕生孩子的。这个现实,很多年前我就感觉到了,但转瞬即逝的东西太多太多,让我的心绪无法沉下来,去追究某一段曾经让我迷惑的线索。三十多年前,我在村庄里行走时,村里的青壮年人都还没有外出打工。他们守着地守着天,守着门外的庄稼地和溪流;她们守着牛羊群的声音在耕耘和纺织。

三十多年前,村里人就告诉我说,天黑他们就睡觉了,天不亮他们就起床了。那是一座不大的村庄,村里的男女都没有一个人走出去,最多也就走到镇里去,抱着公鸡和用牛车拖着田里的蔬菜去卖,要走很远的路,回来时再从镇里买回些盐巴等调味品。我走进去时,看见三个怀有身孕的女子,正在村外的蔬菜地里摘菜豌豆。她们的庄稼地离得很近,三个女人看见我便走出来,看上去她们都喜欢从外面进来的新鲜事物。当然,她们那么容易地接受我,是因为我是一个女人,是她们的同性。那时候我也才二十多岁,长发飘飘,穿着牛仔裤、蓝色衬衣进入的村庄。我走近她们,三个女人满身的春光,看她们同时从豌豆地里走出来,都挺着动人心弦的腹部,让我感到了一种山野的活力。

我便走上前跟她们搭讪,问她们往前走的路,我想要看见的另一个著名的风景点要怎么走。她们摇摇头,对我想看见的风景并不知晓。然而,她们的健康和美以及同时隆起的腹部,在那刹那间仿佛变成了另一种风景。我更想接近她们的生活,真实的生活。三个女子热情地带着我往村里走,我们的年龄都差不多,我才谈恋爱,而她们快生孩子了。这座滇西北的小村落是我偶然闯进来的。我掏出一台三十多年前的傻瓜照相机,拍下了她们挺立腹部的一张照片。三个女人并排站在一起,是三张笑脸,是三个即将生育的年轻女子。

她们是有悟性的,因为我眼神中充满了好奇和喜悦,所以,她们就想把我带到村里去。顺着一条土路就进了村庄,她们像一群小鸟,我想问究的事情,还没等我开口就一一地告诉了我,她们三个女子都是从那边嫁过来的,在那个春天,村里的三个青年男子在同一个春天娶来了三个女子。村里结婚的方式很独特,结婚这一天,无论女子在哪里,男人都要将做新娘的女子从她家门口背回自己的家。之后,她们就在那个春天同时怀孕了,男人和妇女都到山里去干活儿了,白天剩下的就是老人、孩子和快生孩子的女人。三个女人轮留着要带我上各自的家,每家一个土坯房的庭院。那时候还看不见钢筋混凝土房,百年前的老房子,墙壁上都挂着谷种和农具,还有串在绳子上的红辣椒和黄玉米,色彩缤纷而喜庆。这是我在边远的山野,看到的最美的三个怀孕的年轻女人,她们将我带到了火塘和婚房,带到了年轻古老乡村的男女情爱的现场。

三十多年过去了,我很想念那座村庄,于是便寻找到了时间中的阳光,这座村庄竟然就在一条高速公路两公里之外的地方。仍然是那条土路,村庄外仍然是蔬菜地,但看不见一个人的出现。是的,这跟我所想象中的不一样,近些年,村里只剩下了留守儿童和老人。这似乎是很多乡村的现象,但我仍然希望能遇见那三个留在记忆中的乡村孕妇,正是她们挺立在乡野春色中的腹部,让我保存了另一番乡土人性中的花样年华。

一个女人坐在村口绣花,我从包里取出了那张照片,这是我当年用小小的傻瓜照相机拍出的照片;照相机早就消失了,但幸好我当时就将胶卷里的照片洗印好,插入那一年的相册中。确实,那时候,因为没有互联网,我们都需要保存好时光记忆,而当时的照相机都需要胶卷录制。我手里的那张彩色照片尽管过去了三十多年,仍然清晰可见,绣花的女人用一只手捂住嘴,掩饰着叫声怯笑。

她用手指着照片上其中的一个女人。我知道了,她就是手指下的那个年轻女子。她笑得那么灿烂,另外两个女子同样是绽放的桃花。接下来,我知道将有三个女人的故事在等待着我。正值午饭的时间,她带我进了屋,我才发现三十多年前的土坯房消失了。

我有一种隐形的迷茫,面对时光的飞逝,从乡村的建筑蜕变中,就可以感受到人和命运的碰撞。有些东西留下来了,比如,照片上的女人。接下来,我进入了灶堂,但已经看不见火塘,也看不见被烟熏过的梁柱,一切都被新的建筑村料所替代。她给我沏来了茶水,又去做饭了。她说,她帮儿子带孙子和负责庄稼地,儿子生了一男一女;孙子在镇里的中学上学,很快要高考了;另一个孙女跟着做泥瓦匠的男人在城里打工;而她自己的男人,到城里去做保安了。她知道我想听什么,因为我从一开始就用一双探究的眼睛在看着她。

人生下来后,就是一个深渊,每个人都守着自己的深渊在生活。就像这座古老的村庄,尽管土坯房消失了,火塘消失了,但我相信人的那个神秘的深渊就在每个人的身体中起伏着。我品尝到了她从一口坛子里掏出的咸菜,那是用白萝卜腌制的。她站在墙角边捞咸菜时,阳光照着她的头发,我看见了她头顶上的一绺白发,我看见了她手腕上的银手镯,这是我当年没有见过的。我们坐在洒满阳光的石榴树下吃饭,她说,她本可以到城里去打工,将庄稼地租出去,但她去城里生活了一段又跑回来了……她讲了很多不习惯的东西,由于小学未毕业,她去城里打工有诸多不习惯,才住了两个多月就跑回家来。她还是习惯白天去地里干活儿,晚上睡觉能踏实,她到城里去打工就会睡不着觉。她说,还是村里好,踏实安心。

另外两个女人都到城里打工去了,是男人把她们带出去的,十年前她们就跟着男人出去了。她一边说,一边将另外两个女人的电话号码也给了我。她还悄悄地告诉我,她们出去生孩子的,几十年前就有了,她们都生了好几个孩子……我仿佛在被眼前的这个女人无形间就拉进了另一条线索中去。这条来自高速公路两公里之外的小乡村的一条铰链下,开始出现了三个同一时代女人的被生育和命运所改变的人生。她出走乡村进入城市几个月就回来了,她更喜欢乡村安详的气息,在城市标准的笼罩下,她只做了几个月家政服务,就受不了束缚跑回来了。因为她进入城市很晚,是跟着男人出去的,而这也是近些年的事情。她和男人鸡鸣即起,天黑即上床,在很多漫长的时间,他们除了守护庄稼地,就在床上亲密。为了避孕,他们夫妻俩人都熬着民间的避孕汤药,这样才阻拦了他畅流不住的精子进入她的体内。一儿一女对于他们已经足够了,她敞开了话题,也许是藏得太久了,见到我就像见到了敞开的天际线,给我有趣地描述着这些年的命运。她甚至将藏在屋檐下的避孕草药取下来,告诉我说这是村里人的秘方,但这个秘方只限于本村人使用,不会外传的,而且只限于那些受孕率最高的女人使用……她说得很神秘,我告诉她说,现在的时代变了,可以大胆地受孕生孩子了。我想告诉她说,地球越来越荒芜,所以要鼓励女人多生孩子。她笑了,笑得又用双手捂住了嘴巴。她说,她似乎在说,男人去做保安,男人的身体不再像过去一样了,所以她可以静静地守望庄稼和绣花了。其实,她什么都没有说,是我在替她说话。也许,她表述的是另外一种声音,像她村庄中的小路那么古老而简单。我把那张照片留给了她,她用锄田绣花的手接过了那张照片,我很惊讶,因为我真实地看见了她的一双手,这双手肯定是常年不擦护手霜的。城里的女人靠护理液养着,靠各种化妆品掩盖着色斑皱褶,而乡下的女人靠山水和日月养着,她的手看上去虽然显粗糙,却是一双灵巧的手。她说,这是那个年代唯一的照片,包括自己结婚时都没有留下照片。

我走了,包里还有另外多洗出的照片,我将去城里寻找另外两个照片上的女人。还好,我有她们的电话,包括留守村庄的女人也有手机,这世界上最远的距离的人们都在使用手机。女人将手机放在绣花篓中,她说与外面男人和孙女的联系,就靠这部手机了。

手机让我回城后寻找到了又一个女人,与在那张照片中的她相比,现在的她显得更活泼些。照片上她的脸,圆圆的,就像已经开始成熟的红苹果。她的男人是泥瓦匠,二十多年前她就跟着男人进城了,我见到她时,她正在带孙子,是她儿子的孩子。她已经和丈夫买了房,两个儿子都跟着丈夫帮人装修房子,另外两个女儿已经大学毕业在外地工作,在那样生育受到限制的时代,很难想象她生了四个孩子。她是一个爽朗的女人,她说,那时候她很容易怀孕,男人就喜欢她多生孩子……她的眉宇闪烁着,她是一个感性的女人,只有感性的女人,才可能在二十多年以前就跟着男人往大城市奔逃,只为了到另一个陌生的大都市去生孩子。

面对疾风中的言辞,她仿佛又回到了那些为了生育而激情飞扬的时代。当时,他们到城市租了房子,幸好男人有手艺,否则在城市是无法生存的。为了生存,她跟着男人也学会了贴砖涂墙面。后来,男人说,你就带孩子吧,把孩子照顾好就好了。她说,男人回家后很累了,但总想要她的身体,那些更年轻的时光里,男人和她在一起时，身体都有活力和激情。于是，他们就生了四个孩子……她说，她的身体太容易受孕了，后来是因为采取了避孕手术，否则她可能会生下几十个孩子。后来之所以采取避孕措施，是因为他们理性的决定，如果再生下去，养育孩子是一个巨大的负担。

她见到那张照片时很激动，她说，那时候从山那边嫁到那座村庄很快就怀孕了……她说，现在的时代太好了，女人可以无限制地生孩子了，但她也很焦虑，说两个大学毕业在外省工作的女儿，不但不想生孩子，而且也不想谈恋爱，说是太累了，工作一天回到家以后就只想上床睡觉了。她说，两个女儿完全到结婚生孩子的年龄了……我告诉她，时代变了。是的，她说，现在的年轻人不再把生孩子当作人生中重要的事情。对于一个没有多少文化的女人来说，她告诉我的过去和现在的事情，都是她经过了沉思所言说的话语，也反映了她所经历的一个时代又一个时代的变迁历史。她说，丈夫如果当时不带她出来，她最多生两个孩子，就不会再生下去了。丈夫带着两个儿子做泥瓦匠在城里买了房，在老家也盖了房。从村里走出来的男女，在大城市挣钱后，第一件事就是回家去盖房子，之后，才是在城里买房子。是的，无论他们走多远，老家就是老家，所以，我明白了，为什么村庄里的那些土坯屋消失了，是因为打工的村里人将挣到的血汗钱带回了老家。问到第三个女人，她告诉我说，她男人死了，两年前从脚手架上头晕目眩掉了下来。她说，已经很长时间没有见到她了："不知道她会不会接你电话？"

我的心下沉着，尽管如此，我还是拨通了她的电话，在电话接通了以后，能感觉到周围环境的杂乱。她问我是不是让她去收废品，我说是的，问她在哪里，我去找她，她就给我发来了定位。就这样顺着手机上的定位，我找到了她所置身处。

我将去寻找照片上的第三个女人,她在拾荒,在一片废墟上我看见了她。这就是她发给我定位的地方……不知道为什么,我的心在下沉,这是一片刚拆迁过的楼房,除了她还有另外两个人也在拾废弃的钢筋。我朝前走,满地都是碎片,走起来不容易。三个拾荒者,就她一个女人,她头也不抬,正在专心致志地低头拣废钢筋……我还是走到了她身边,并从包里掏出一瓶矿泉水递给了她,她戴着一顶被日光晒旧了的帽子,外衣很长,身上有许多拾荒时留下的污渍。她面无表情地看了我一眼说:"你就是刚才电话里的那个人吧,我今天没空,明天吧……"

　　我说:"到中午了,我请你去吃饭吧!"她莫名其妙地看着我说:"今天太忙了,我明天帮你去收货吧!"我采用另一种办法,在手机上订了两份外卖。接下来,我开始跟着她拣废钢筋,她看了我一眼又一眼,当我将手中拣到的废钢筋递给她时,她说了声谢谢。半小时后,送外卖的小伙子将电动车骑到了废墟外面,我向外卖小哥招了招手,他就拎着外卖往里走进来了。接下来,我和她是否要在这片布满钢筋混凝土碎片的废墟里,坐下来吃外卖?这确实是一个现实问题,但我希望如此。此刻,我将手里拎着的外卖放在废墟上,将手伸进了包里取出了那张照片,我必须先让她知道我是谁。

　　我走到她身边,将那张照片递给了她。她质疑了片刻,看了看我,才接过照片。她戴着一副很旧的手套,那张照片就在戴着手套的手指间,她摇摇头。我对她说:"三十多年前,我去过你们的村庄……"她似乎想起来了,她的脸上有了表情,而刚才她的脸上没有任何表情,对这片废墟外的事物没有任何关注,所以,她的表情似乎被冷冻了。此刻,我的在场,使她僵硬的表情开始变得柔和起来。我说:"我们先吃饭吧。"她点点头说:"谢谢你,你真是一个好人。"

我不知道要说什么好,她能接受我的到来,我已经很满足了。在这个世界上,并非每一场相遇都是亲切和美好的,因为时光变幻无穷,能够寻找到这张照片中的三个女人,对于我来说,是一件很想继续探究的人生之谜。

这大约是我人生中最奇异的午餐了——拆迁过的废墟上没有风所扬起的灰尘,我们犹如踏入了另外一个星辰,安静地吃饭。我一边吃饭,一边问她子女的情况,她将每颗饭粒都慢慢地咀嚼,也许拾荒的生活慢慢地培养了她的耐心,包括动作和眼神,她的眼神如同这片废墟已经尘埃落定,她经历的生活和命运此刻全都落入这片钢筋混凝土的碎片中。她的表达很简练,断断续续,边咀嚼边叙述她经历过的几个片断。

漫长时光对于一个生育了六个孩子的女人来说,归纳起来只是几个片断而已,她吐出的话语中没有表达出任何苦难,就像她怀孕生孩子都是一种自然而然的生活。她从来没有言诉过生之苦厄,然而,在她所言的几个片断中,我分明感觉到苦难在焰火的照耀下而显得热烈。她不喜欢叨叨诉苦,语言就像熔炼过的时光,剩下的只是几段时间而已。

这是时代和命运留给她的片断,我可以将她人生中经历过的几个片断,想象出几个画面,就像电影中被精心剪辑过的几个镜头:第一个镜头下,她正跟随着男人离开村庄,他们搭上拖拉机去了镇上,再搭上小中巴到了省城。她牵着一个孩子,已经怀上第二个孩子;男人带着木匠工具。是的,她的男人是一个乡村木匠。她的男人带着她正奔往省城的路上,她和男人对未来都充满了幻想。到省城后,他们租到了城中村的房子,那是一大片城中村的出租房,就这样,他们开始了生活。接下来就是不停歇的生育,男人不让她去外面干活儿,就让她照顾好该上学的孩子。男人说,一定要让孩子上学;男人说,在城市他才慢慢明白了,孩子只有上学才能改变命运。男人为了几个孩子的上学费用,还学会了泥水匠众多盖房子的技能。第二个镜头下,她带着几个孩子在成长,正像男人所希望的那样,每个孩子都想尽办法,上了各种私立或公立的学校,男人所挣来的钱每年都紧巴巴地缴了学费。多少年过去了,他们住的仍然是出租房;慢慢地,孩子们开始考大学了,这又是一个大的工程。首先是学费的问题,男人说,只要孩子有出息,他一定供到底。六个孩子在不同时期都考上了大学,两个孩子还考上了国外有奖学金的大学……六个孩子都给他们带来了希望和梦想。第三个镜头下,她男人从高高的脚手架上因为头晕目眩坠落,其实,这些年来,她的男人已经患上了高血压等病症,但男人不当一回事,仍然要为儿女们去挣学费和生活费用。

男人走了,她就开始了拾荒,在这座城市,她没有多少文化和手艺,唯一的出路就是去拾荒,因为还有两个孩子在上大学。她面对生活时的从容淡定,是无法用任何语言所表达的。我们的饭吃完了,她要工作了,她生活的几个片段被她简单地就说完了,脸上看不出悲愁和忧虑。阳光照着那片废墟,她已经拣满了六个编织袋的废钢筋,废墟之外就是她的三轮车。她头上已经有许多白发。她将我给她的照片收在她的挎包里,里边还有她的手机。我离开时,她笑了,她说这片废墟可以让她拣几天的钢筋了。她没有问我任何事,在她的世界里,生活如此简单,这几天就是在这座废墟上拣钢筋。

我离开了照片上的第三个女人:她们的命运各有上苍的安排,却在焰火中散发出不同的暗淡和光芒和明暗变化。我回过头去,她正弯下腰拣钢筋。面对这样一个柔软的女人,钢筋真是坚硬的东西,而她却要面对这么一大片废墟,因为这里给她带来了生的希望……

广场舞

广场舞所延伸出去的是更大的人生百态，是人活在时间中的另外一种习惯和追梦。突然有一天在翠湖公园，我第一次看见了跳广场舞的男女……他们大都是中年人，也许是早退休人员、无业游民、自由职业者等等。天边划过一道彩虹，雨后的翠湖公园，预示着绿茵茵的春天来了。我看见他们圈围在一片空地上。翠湖公园本就有许多沿着水路的空地，早些年，这些空地都闲置着，因为游者喜欢的是划船、散步。

他们几十个人中，有吹长笛、拉二胡、唱京剧，也有唱民族唱法和美声的。中间有一台录音机，看得出来，这台录音机是二十世纪九十年代的物件，当时，我也用这样的录音机放在枕边听黑豹乐队和张学友的歌曲。因为房间就八平方米，除了放一张书桌、一张床就再没有位置了，所以，录音机放枕边最适合我听音乐。这样的录音机在二十世纪九十年代初期很流行，我记得就九百多块，像我这样喜欢音乐的人就能买得起，带回房间。后来，我的录音机被移出房间了，因为我购买了日本松下的音箱，那个时期的我爱上了肖邦的钢琴曲……

乐队演奏者都在中间，跳舞的人在外围。当时，翠湖公园里的广场舞引领了整座城市的风潮，很多人都组织了属于自己的广场舞群体，类似现在的朋友圈，都需要因兴趣爱好、人情世故集成的团体。

当时围观的人比跳舞的人要多,因为这是一个新的潮流。

但凡潮流都很短暂,但广场舞却已经流行了二十多年,如今的大小城市乃至乡村都有了广场舞的群体。从二十多年前开始,我就感觉到了广场舞的力量,它是一种来自身体的召唤力。其实,从古至今,人的身体都需要召唤而起,除了正常的运动外,歌舞成为了集体的一项娱乐活动。自从广场舞到来,它改变了人们传统的生活方式。首先,它将生活在庸常中的家庭主妇召唤而出,这是一股巨大的旋风般的力量,女性的倾巢出动,不仅仅带来了新的意识和观念,同时也将男性从孤僻乏味的生活方式中解脱而出。

于是,那些挂在墙上的乐器也纷纷被召唤而出,还有人背着手风琴和大提琴过来了。只要看见一群人跳广场舞,你就会看见那些久违的乐器,那些曾经在我们记忆中跳出的旋律重又回来了。有时候,我站在广场舞人群的外面,更愿意以观察者的身份出现。

各种乐器的后面都有一个人在演奏,而且大都是男人们在演奏,女人们在跳舞,看上去每个女人都穿上了各自衣柜中最喜欢穿的衣服,而且都化了淡妆,很显然她们不年轻了。是的,在广场舞开始出现时,是看不见年轻人的。当然,年轻人围观在外面看,这似乎是公园深处一道新的风景线,但年轻人是不参与跳舞的,他们无法走进去,就像我自己也无法走进去,二十多年过去了,直到现在我都无法去跳广场舞……

广场舞迅速地占领了城市大大小小的广场,总之,只要能跳舞的地方,就有广场舞的存在。昆明东风广场曾经是昆明最大的广场,每天早晨、傍晚或者周末,这里有几十个跳广场舞的团体。广场舞刚出现时,似乎什么舞都跳。他们跳出了广场舞的风格,慢慢地,就有了跳民族舞的、拉丁舞的、交际舞的各种团队。

喜欢跳广场舞的人在跳舞时认识了另一些新朋友。所以，凡有广场舞存在的地方，都是一个敞开的民间俱乐部和交际场所。

起初的广场舞，有来自新事物所召唤的磁场；现在的广场舞，成为了人们的一种生活方式。人们开始在广场舞中感受到跳舞后身体的变化，广场舞带来了一场新的不被潮流所阻碍的活动。在二十多年的广场舞历史中，越来越年轻的人们参与了广场舞，广场舞来到了人们居住的小区内，来到了乡村……

许多参与了广场舞的中年男女的世界观正在变化，过去他们在某一年纪时，想得最多的事情就是儿女们的婚姻，等解决了儿女们的婚姻大事以后，又做好了全身心的准备，等着为儿女们带孩子。现在，多数中年人已经从过去固有的家庭模式走了出来，他们开始思考自己余下的人生，这需要一种巨大的颠覆式的力量，让自我从过去的捆绑中走出来。对于他们来说，广场舞给了他们力量去解决传统生活的问题，他们几乎就是这样跳着跳着就走出来了，而且，在跳广场舞的过程中，他们对儿女的观念也发生了很大变化，新的一代也在发现和寻找他们新的生活方式。包括恋爱、结婚、生育，对于另一代人来说，他们也有自己的态度和选择。

跳广场舞的中年人不仅仅跳广场舞，有些单身和离异者，在广场上遇见了新的可以谈恋爱、约会的新朋友。广场舞是敞开的，在一个全新的世界里，人们跳舞时，身体中失去的活力就会上升，人们在此时忘却生活中所经历的迷茫和挫折，他们除了跳舞外，也会产生新的感情，也会寻找到自己的精神伴侣。在一个个大大小小的广场舞区域中，你只要驻足片刻，就能感受到这也是一个社会场所。犹如酒吧、咖啡馆和学校，广场舞除了引领人们的身体，它还是新思想的萌芽地。我身边有许多可以观看广场舞的地方，说实话，每次途经跳广场舞的地方,我都想留步。慢慢地,我看见了我过去的邻居在跳广场舞,好多年没见她了。在很多年前,我们曾经有一段时间经常在酒吧或咖啡馆相遇。她是一个独身主义者,后来我们之间就失联了。那天傍晚从东风广场经过,离我最近的是跳交际舞的,三分之二都是女人,剩下的都是男人,跳交际舞的女人看上去气质都不一般。夏天的傍晚,她们穿着晚礼服,男人穿西装。我看见了她,失联了许多年的女友。我走进围观的人群中,在几十个广场舞团队中,看交际舞的人们似乎要更多些。这个团队衣饰标准,而且男女尽管是中年以上的年龄了,仍然显示出了他们跳交际舞的气质。她终于看见了我,我以为她认不出我,很多年过去,我们的颜值都在变化。时间如同自行车在乡间小路上留下的痕迹,孤独的轮辙会一次次地陷进泥浆,这样辙迹会更深厚。

广场舞在稍长的时间里也被幽默地称为"大妈舞",也就是说这是一群群上了年纪的人所集众的地方,也是以他们为群体所独创的娱乐项目。人们在茶余饭后都会说到"大妈舞",一开始,人们都会眉飞色舞,后来人们开始接受这种流行的活动了,但没有想到广场舞竟然流行了二十多年,从我第一次在翠湖公园看见到现在,相当于一个抱在怀里的婴儿已经进入了青春期。时间如此之快,广场舞就这样无限地延伸出去,凡是有人群居住地,都有广场舞的娱乐天地。

如果没有广场舞,我也许和失联了很多年的女友就不会相遇,她走出来了,她从交际舞人群中走出来;她的舞伴,一个中年男人也走了出来。之后,男人拿了一件外套披在她肩上,看得出来,他们的关系很亲密。后来,我们私下又在咖啡馆见过面,她告诉我,近些年她患了很严重的抑郁症,后来朋友拉她跳广场舞,她认识了很多陌生男女,跳广场舞缓解了她的抑郁症,因为每次跳舞,仿佛就将她身体中阴郁的东西跳下去了。而且,她们除了跳广场舞,还组织团队到境外旅行等等。谈到私人生活,她说,她有几个亲密的男友,但她依然不想结婚,而且跳广场舞的男女身后都负载着很多个人的经历,她不想卷入复杂的生活中去,一个人生活很好的,她已经习惯了一个人的生活。但她现在已经离不开广场舞了,她发现广场舞有一种奇妙的魔力,竟然让她断了医生开的治愈抑郁症的白色药片,她已经依赖性地每天傍晚都要走出去跳广场舞。

广场舞对于现在中年以上的人们,确实是一种新的生活方式。他们走了出去,有乐器的带上乐器,这一件件乐器,倘若不用,就会像失传的歌谣失去了旋律。使用的乐器大都是从他们青春时代开始的,这些用旧了的乐器因为广场舞被唤醒了,同时被唤醒的是失去了青春的中年以上的妇女们,当她们经历了生育和家庭的一系列艰辛磨练,很多人已经失去了年轻时代的激情,因广场舞的到来,她们又开始化妆和美化自己的形象了。

年轻人也加入了广场舞,现在的广场舞越来越年轻化,是因为广场舞已经加入了现代元素。很多年轻人当时是好奇,以围观者的身份出现,后来,他们就加入了跳舞的人群。广场舞正在以其多元化的集体舞种,召唤着更多人加入。广场舞让人们更多地接触到时代的气息,以此让在烟火中奔波劳碌的人们有一种活跃身体的习惯,因为一个人是无法在家里跳舞的。来自集体的习惯性召唤,不仅仅是跳舞,也有广场舞之后的约会和长途旅行。广场舞还带来了时装的革命,一轮又一轮适合广场舞的服装大批量上市,给广场舞带来了新的视觉美学。

我认识一个邻居,男人喜欢摄影,有自己的朋友圈,在很长时间里,女人驻守家庭,孩子大了去外省工作。女人闲得无聊,不断地猜疑男人在外面的事情,甚至怀疑男人有外遇,不断地捕风捉影后,生活圈越来越窄小,男人每次回家,又都待不了几天,因此两个人的交流障碍越来越多。这时候,她的朋友将她拉到了广场中间跳舞,年轻时候她在单位就会跳民族舞,现在,她总算找到了脚尖上的旋律,自此以后,她就有了跳广场舞的朋友圈。跳啊跳啊,她总算跳出了窄小的世界,不再追究男人外出的朋友圈了。当她有了新的交际圈,她每天都在忙,除了跳舞,还有品美食美酒,她的生活好像才刚刚开始。她和婚姻中男人的关系,就像是亲人而已。她不再问他去哪里,要多长时间才回家,她的天地越来越宽广,她的占有欲消失了,猜疑也自然就消失了。她喜欢上了买衣服,从网上买,当女人喜欢打扮自己的时候,她的自我不再限于婚姻家庭和孩子。

广场舞在小镇村庄也开始流行起来,在红河流过的一座傣族村庄里,因为地处热带河谷气候,只有等到天黑以后,天气才慢慢地凉起来。妇女们在黄昏时苇草下的红河边洗过澡,穿上了衣服往上走,男人在另一边的苇草下洗过澡也往上走,他们来到了大榕树下的广场上跳傣族舞。其实,在没有广场舞之前,他们就已经开始跳舞了,从他们更早的祖先开始,村庄里的大榕树下就是他们跳舞的地方。对于他们来说,跳舞没有年龄之分,他们生下来就跟着大人们跳舞,每个男女从小到大会跳舞,这是最自然不过的事情。跳舞让他们身心健康,所以,傣族人的寨子里充满了祥和的气象,几乎听不见人吵架的声音。

从小镇到小县城,广场舞就像手机一样流行着。广场舞下的男男女女都微笑着跳舞。更年轻的女人为了保持体型也去跳广场舞,越来越多的年轻人加入了广场舞,它已经不再是过去所说的"大妈舞"……我自己每次途经跳舞的地方都会看他们跳舞,有些中年人看上去是刚开始跳舞，身体没有节奏感，他们就站在最后面模仿别人的动作。广场舞也有领队的，大都是女人，看广场舞，你就像完全进入了一个小世界，跳舞的人们看上去已经在此放下了许多妄念和纠结，所以，广场舞之所以能够持久地坚持下来，就因为它能召唤我们的身体。

倘若我们的身体长久地沉迷在一个问题或情绪中，无法走出来，那么它就如阴影，面积会越来越扩张……所以，面对生存和活着的现实，我们需要寻找到各种各样的新的生活方式。近些年来，中老年摄影发烧友越来越多，因为他们较之青年人，更有时间和经济能力去旅行拍照。广场舞之所以吸引人，是因为人们开始重视自己的个人生活质量了，广场舞带给人们的是群体意识，进入广场舞后的男女们，都要有一种契约精神，无论是服装形象，还是精神状态都向着和谐的美靠近。

在小区的广场舞人群中，我看到了几十个妇女在跳舞，她们年纪偏大，中间有一架很旧的录音机，她们的身材都已经偏胖……但这不要紧，尽管她们跳起来还很笨拙也很拘谨，但我相信她们只要坚持下去，就会越跳越好。果然，后来加入的人多了起来，还有了一个领舞者，真好啊！每天晚上散步时看见她们在跳舞，就感觉到小区妇女的生活质量在上升。

广场舞越来越流行，我深信这流行会越来越长久。这是一处来自广场舞的风景，很多人都在往前走，走着走着就加入了广场舞，这种时代性的潮流，会与人们的身体融为一体。广场舞，是民间的故事，这个故事是用身体来演绎的，将有更多的人将广场舞延续下去。我的另一个女友告诉我说，她的身体有很多毛病，因为每天去跳广场舞，发现这些毛病渐渐地已经消失了。

广场舞在露天下，只要有一片区域就可以形成广场舞的团体，录音机和乐器都登场了。各种自编的舞蹈也会由领队传授,广场舞是民间的特色,因为对身心有益,无人干涉广场舞的存在。有一天,我作为围观者,也被圈入了广场舞中,那是云南民族火把节的夜晚,火把节是云南彝族特殊的节日，在云南的任何地方都会升起篝火,手牵手跳起舞蹈。这种舞蹈很是诱人,你禁不住召唤就进去了,而且手拉手跳,你很快就学会了。满天的星辰就在头顶闪烁,中间的篝火越燃烧越旺,火苗发出来的声音,串联起不同的时光年代。在火把节的夜晚,稍大的广场上都会举行篝火晚会,男男女女都在跳,这是最接地气的广场舞。

在阿细跳月的故乡弥勒西三镇的村寨，每到月亮升起的夜晚,人们升起篝火抱着大三,弦都会自动地走出来跳舞。云南是多民族边疆,每个民族都有自己的乐器歌舞和服装,每个民族都有各种节庆,唱歌跳舞成为了他们生活在高山峡谷村寨中最欢乐的场景。在没有广场舞之前,他们就开始了跳舞唱歌,云南的许多民族都是从青藏高原的战乱中迁徙而来的，许多歌舞也是在边走边跳中创造出来的。无论是祭祀和节庆,都需要用唱歌跳舞来表达内心的信念和希望。

在云南的许多高海拔村寨，居住着许多更古老迁徙而来的民族。有一次,我来到了海拔三千多米以上的村寨,那天晚上,人们在一片接近云上的空地上抱来了干柴,抱柴的妇女们都穿着旧式的傈僳族服装,这都是她们亲手纺织制作的——每家每户都有一台木制织布机——男人服装则以黑白为主调。他们来了,篝火由一个长老点起来,这是传统,长老也是村寨的祭祀师,由他点火,意为将火种延续,将欢乐吉祥载入明天。这一夜,我听见了上了年岁的祭祀师绕着篝火，唱着最古老的天籁之音。那天晚上我忧伤而又快乐，置身于云上的舞台，跟上他们的节奏，这一夜，对于我的精神建构，是一次神秘的洗礼。我离天空很近，村里该来的男女老少都来了，每天晚上他们都在跳，每天晚上都是这座小村寨的庆典，无论生或死，对于他们来说，都是一场夜空下的庆典。

从这座云上的舞台上，我仿佛在梦幻般的舞台和天籁般的古老咒语声中，寻找到了广场舞的源头……在很久很久以前，我们的人类其实就已经开始了围着圈跳舞唱歌，这是人类早期的诗学和美意。为了延续生命，在生与死不断轮回的时空隧道，我们的祖先们早就知道身体造就了人的志向，所以，在火的燃烧和星辰的照耀下，古老的历史尽头，总有一场又一场集体的狂欢和庆典，那就是唱着歌跳着舞的场景。是啊，这就是广场舞的源头，我走了进去。

一个抑郁症患者的自我救赎

　　她完全是一个小说人物，我认识她之前，她身上并没有任何抑郁症的状况。那时候她还年轻，跟我见面时都选择咖啡馆或酒吧，这样的场景有氛围，她是一个需要格调氛围说话的年轻女人。那时候，我们都还年轻，无牵无挂，她喜欢倾诉，讲她的爱情故事。她诉说故事时充满了各种细节，她重视与男人相处时的每个细节，她讲述细节时就像在品尝美食，用每道菜的甜或辛辣表达出她的感受力。

　　那时候正是我写作最好的时间，所以，我是她最好的听众，因为我本身就需要来自外界世态的很多故事。我们点了咖啡或酒，有了品尝的东西，她表达时就有了安稳的情绪。咖啡让人兴奋时，她也会兴奋起来，语言中就有了激情下舌尖的弥漫，犹如咖啡加了糖的味道。如果在酒吧，点上酒，有了微醺感，她的表述就有了梦游感，这段时间是她最迷幻和快乐的光阴。

　　之后，我们再次见面时，仿佛相隔了一个世纪，我们彼此似乎都忘记了早年在咖啡馆和酒吧所经历的时光。很多很多年，她的消息渐渐中断，我们都相互失联，因为时间太忙，总有新的人和事占据了你的现实。尽管如此，该见的人总会相逢的。有一天，她加我微信，我很高兴，她说近来一直在找我，现在终于找到了我。她约见面，我们不再寻找酒吧和咖啡馆，而是去寻找美食，这也是我建议的。在去餐馆之前，我在画室等她，她是一个喜欢读书且有鉴赏力的文艺女子。

多少年过去了,我想她应该结婚生子了,这是很多女人选择的生活。她来了,我打开门,我听见了她敲门的声音。我有些兴奋地打开门,她穿着一套黑色的裙装,几乎就是从头到脚的黑,头发被染成了棕色。进屋后,她惊讶地问我,这些画是不是都是我画的。我告诉她说,都是我画的。她又问我为什么又喜欢上了绘画。她还问我很多问题,问我有没有结婚了,有没有生过孩子等等。我笑着没有回答她,我感觉到她似乎变得现实了,所问的话题都来自现实。我泡了一壶熟茶,因为是下午时间,喝熟茶不会让人失眠。她坐下来看着我说:"你依然就像过去一样漂亮,你是怎么保养的?"哦,我又笑了,告诉她,我已经变了很多。她看上去口很渴,一口气就喝了三杯水。

她开始说话,她仍然像过去一样喜欢说话,她告诉我,她的男朋友去外地了,跟另外一个女人结婚了。她的情绪有些低沉,她说正在推销保健品,是关于女性内分泌健康的。她没有向我推销,很快就把这个话题又绕过去了。她说,她还是要找一个男人结婚的。她问我对这件事怎么看,问我她应该找一个什么身份的男人才会幸福。她迷惑地说,她还是很喜欢多年前的那个男人,尽管他已经结婚了,但她仍然爱他。而这时候她眼睛里是晴朗的风景,她沉浸在一个人的幻想中,她说她要去外省找那个男人,如果可能的话她会嫁给他。她整个儿自说自话,处于一种微妙的状态中,这是相隔二十多年以后相见,她给我的印象。晚上吃饭后就告别了,也没有喝酒,我几乎就忘记了二十多年以前,她在咖啡馆喝着放糖块的咖啡,在酒吧既能喝啤酒,也能喝威示忌和鸡尾酒。那时候,美酒和咖啡似乎是我们用来消磨时光的另一种方式。吃饭后,我们就告别了。

我似乎并没有发现她的抑郁症,竟然一丝儿都没有发现就和她再见了。对于现在的我来说,一切都是最好的安排,只要身心健康,万物万灵都与你长久厮守。所谓浪漫和抒情,就像甘甜与酸辣间的不同味道。每个早晨,窗帘拉开后,你又一次感觉到一个黑暗的深渊已经过去了,那群叽叽喳喳的鸟群又回来了。

她是一个喜欢发微信的女人,加了微信后,很多朋友都是在微信上点赞和见面的。最初开始,发现她生活得很有活力,每天都发经过的公园的小径、盛开的花朵,而且还很喜欢发美食。她对小吃很有兴趣,似乎每天都有一盘特别的小吃,被她用手机精致地拍下来,晒在微信上。晒美食的人很多,自从有了微信,大多数人都在晒自己的日常生活;有的晒美颜照片,大家都知道什么叫美颜照片。很多人的形象因为经过手机多种功能处理以后,身材变高了,许多女子精心制作出自己的九宫格美颜照片时,内心充满了乌托邦般的愉悦感,希望把自己变得更年轻,就像春天的桃花恰到好处的绽放。美颜照片的降临,使手机拍照片成为了一种更虚拟的乌托邦。

她从来没有用美颜相机拍过自己,我的女友更多地搜寻抽屉里有限的老照片。她出生在二十世纪七十年代,在她成长的岁月中已经有傻瓜照相机了。什么是傻瓜照相机? 就是任何人都可以使用的照相机。女友用现在的手机将青春时代的照片翻拍以后,开始发微信,每一张照片配上千余文字,说实话,她的文字完全可以是在时尚报刊开专栏的,只可惜,在这个年代,时尚报刊已经落潮了。潮流总是要落潮的,这是一个必然的趋势。

她自娱自乐,写给自己看,写给她有限的朋友圈看,这已经使她足够快乐;偶尔我看见时的一赞,很快会看见她的留言,她很高兴我能看见她写下的文字和青春时代的照片。这一刻,我感受到了她的孤独和单纯,我内心又开始升起了一种习惯性的忧伤。自此以后,每次看见她的微信,我都忍不住点上一个赞。人生活得真不容易,能让别人快乐起来时，我自己也感觉到阳光进了屋子。

她给我打电话，打十次电话我会接一次，我已经习惯在安静中写作，尤其在写作时，任何人的声音对于我似乎都是多余的，这同样是一种抑郁症的状态。我排斥着写作外的人或事，当我写作时，充满了一个享受孤独和语言者的快乐和忧伤。偶尔一次接她的电话时，她都很直接地问我，没有男人和婚姻的生活应该怎么办？这些问话，似乎比我的写作更艰难和魔幻。我聆听完她的倾诉后，刚想寻找语言与她交流，她却说再见，亲爱的！电话挂断了，我想她又重回到了生活的无奈和意义中。她跟父母住一套房，她还有一个弟弟。她的弟弟照顾父母的一切生活细节，包括请保姆的问题。

她的父母已八十多岁，这个年龄必须有保姆照顾。她在电话中告诉我说，家里有保姆，一日三餐都是保姆在做饭，是保姆在照顾父母等等，她说自己更自由了。我好像看见了她在照着镜子给我打电话，她很少化妆，或者根本都不化妆。在这个年代，不化妆的女人只有两种，要么是对自我颜值非常自信的人，要么就是根本想不起来要化妆。我还看见她又喝起了小酒，她曾在微信朋友圈中晒独自喝小酒的现场，多数时间都在家里，她的社交圈子并不大。

有一段时间她去某职业学院任教，我为她高兴，她的阅读量和思想完全可以在学校任职。另外，我一直希望她有一份正常的工作和薪酬，以此减轻她弟弟的压力。时光飞逝，转眼间，她又不工作了，我不知道中间发生了什么样的变故，这世界每天都变，你只有适应这变化，才能知道生活中还有别的人在等你或爱上你。她经常很即兴地就给我来一次电话，问我最近在写什么书，有没有男人爱我等，她真的是一个与众不同的女人。每次结束通话后，我都会安静地一笑，将目光转向天空，我知道，人生很渺茫，很多问题都没有答案。我希望她过得很好,有机会好好地陪伴父母。

她的母亲走了,在那个夏天,她在微信朋友圈发布了母亲离世的消息,但看得出来,母亲的离世对她来说也是一种解脱。她在电话中说,母亲走了好,因为母亲有很多老年病,平常总是叫痛,好像全身都在痛。当她讲起母亲的离世时,我能感觉到她在目送着天空的云彩。她似乎是站在窗边说话的,语气中有一种直上云霄的超脱感和喜悦,也许她已经看见母亲去天堂,母亲摆脱了病痛,对于她来说是一种安慰。她说,现在就剩下父亲了,她跟父亲在一起生活。她说,很烦的,父亲总是很啰唆,对她的存在看不顺眼。这时候,她的目光似乎已经离开了天上的云,回到了现实。

她不断重复地发九宫格的明星照片,中间也会发自己更年轻时的照片,再配上一大段文字。是的,微信的降临,确实给很多人带来了快乐,那么多的人玩手机,有些人在看微信,有些人在玩游戏,总之,人与人面对面交流的纯粹性已经消失了。手机取代了生活中的很多东西。有一段时间她好像又去工作了,但感觉到她总是处在游离中,在家里的时间更多;她经常在外吃小吃,在家里面还小酌一杯。我想,她如果不工作,又是她弟弟给她钱,而她已经进入中年了,还要弟弟的钱生活,这真是一个问题,必须由她想清楚的问题。

每一次电话,我最关心的就是她是否去外面工作?她说,哎呀,过一段再找工作吧,其实工作真的也没有多少意义。她其实很迷茫,当一个人追索所谓生活的意义时,已经很迷茫了。我总劝她去工作,而她,总引开这个话题。她跟我谈论的是情绪,跟父亲住在一起的无聊和局限性,跟保姆的冲突,等等。我真的不知道要如何让她从房间走出去,因为一个每天待在家里无所事事的人,生活久了肯定会很沉闷的,也是很无聊的。

她仍然幻想着爱情,不是幻想着新的跟陌生人的爱情,而是幻想着跟青年时代的男人重归于好。她说,要去找那个男人,说了很多年,但却总没有出发。那个男人成为了她唯一可能幻想的爱情……然而,时间是不可能再回去的,正因为艰难,所以她幻想的路程也更显遥远而虚无。

　　她开始在微信中发现在时的头像,是自拍的,她相比几年前的样貌,已经变了很多。我很佩服她的勇气,她一次次地不间断地发自己头像时的快乐,我说过,她没有化妆的习惯,甚至都不用唇膏……现代女性对自身形象都很在乎,很多现代女性不化妆是不出门的,而且公诸于微信上的照片,也都是精雕细琢,最后才呈现。她的头像就是烟火中最真实的面相,憔悴的神态、干燥的嘴唇,眼神迷离而又充满了希望。所以,我很钦佩她的勇气,或许她对自己的形象是有另一种审美和自信的。人,活下去,是靠许多自己制造的幻觉活着的,意义在幻觉中产生了另一种幻觉,她的身心得到了满足。

　　她喝酒,经常晒酒,小瓶的白酒和红葡萄酒,我似乎已经习惯了她小酌一杯时的快乐。然而,最近她有一种崩溃的气息,我发现在微信上,她开始在九宫格里发抑郁症患者的照片,而且还发被抑郁症折磨后自杀者的照片……我想给她打电话时, 她似乎心有灵犀,电话就打过来了。她告诉我说,最近每天晚上都想喝酒,喝得比任何时候都多。她问,活在世上到底有什么意义?明明无意义却害怕死……她说话颠三倒四的,不断地重复,我想劝她,她根本不让我有说话的机会,我根本插不上话,电话就又结束了。

　　前段时间写作,我也喜欢在晚上喝几杯酒,我喝酒纯粹是为了催眠。有一次,她在微信上发现我喝酒后,似乎找到了同谋者和知音,每个晚上她都会来电话。我控制住接她电话的念头,因为我害怕她跟我谈论死亡……这时候,我正在调整自己忧郁的情绪。这种忧郁对于我来说,很快就会融入写作中去,有更多时候,焦虑和忧郁像鲜红的血液注入我血管后,会让我有写作的激情。写作完后,我喜欢安静和孤独的生活;我喜欢插花整理衣服,在院子里给鸟雀喂食;我喜欢到菜市场给母亲买菜,同时也给自己买新鲜水果和蔬菜。所以,这个时间内,我不愿意跟任何人再谈论死亡和人生的意义。

但我开始比任何时候都关心她的微信,她发微信的频率比往常更多,每一条微信都自拍下她的头像,她看上去比任何时段更憔悴,因大量饮烈酒而导致从内到外的疲惫和僵硬的面部神经,眼神总是向上仰视,仿佛想看见星空,又想看见大海和陆地间的距离。而她却告诉我说,想自杀,但又害怕死。她又来电话了,当我在阳光下散步时,我接通了电话,她说,去看医生了,医生说她性激素分泌过旺,月经不调……那几天,她白天也在喝酒,我能感觉到她的酒精在往外弥漫,她问没有男人,也没有婚姻怎么办?我说,阳光多么好啊,你去公园中走一走吧。她说,不想走,就想喝酒,就想死的问题。我说,你要这么每天喝酒说胡话,我就从朋友圈把你删除了。我挂断了电话,她的声音和昏昏噩噩的状态,似乎把我感受到的阳光也带走了。后来,她给我发微信,让我千万别删除她,她从明天开始就不喝酒了。我很感动,我真的相信明天她就不喝酒了。第二天,她又在微信上跟保姆过不去,说看见保姆她就心烦意乱,父亲咳嗽她也心烦,只有喝酒让她快乐……我想去见见她,她这段时间的现实问题真的严重,她的目光所及就是家里的一切,再就是一次次幻想跟青年时代的那个男人结婚……

我们又已经有很多年没有见面了,这一次我直接约她在公园见面,因为早就已经立春了。她站在一片紫色的郁金香花丛等我,这些年里她好几次约我见面，但我都在往后推，除了写作，许多事都在往身后延迟，这一次，是我约她见面，总觉得再不见面，她的状况让我的生活增加了牵挂和更复杂的忧伤。我不希望她走到某个极端去，我虔诚地祈愿她从混沌的精神和肉体的折磨中走出来。很多抑郁症患者都去看各种各样的医生，有些医生给患者做心理治疗，有些医生给患者做药物治疗。这都是传统疗法，而我依赖太阳，它每天给予我温度，只要把太阳晒过的衣物抱在手中，总能感受到一种属于太阳的味道。所以，我希望她能每天晒太阳，每天到家门外的世界走一走，置身在人群中，嗅嗅灰尘在空气中穿梭不息的味道……我想，这样的疗法，不吃药不打针，不接受别人的心灵鸡汤，在人群中寻找到自己，在阳光下感觉到太阳就在你肩膀上，就在你阴郁的身体外，像一个火球滚来滚去……

　　我拍下了她站在郁金香中的照片，哪怕她穿的衣服那么暗淡，只要站在花丛中，她就是鲜花中的一朵。她笑了，是啊，她依然没有化妆，当她笑起来时，她显得那么自然平和。这一刻，我感觉到她身上的抑郁症消失了。花儿真多啊，郁金香就有好几种色彩，她是那么喜欢花儿绽放。她说，让我帮她多拍些照片，她要发朋友圈。很难想象这就是几天前每天晚上无节制酗酒的女人，也很难想象这里在混乱和绝望中不停谈论死亡的那个女人，她虽然已经进入中年，当她站在花丛中拍照时，阳光照亮了她身体中最抑郁的那部分，它们像红色郁金香的花瓣般撑开。她笑了，每张照片都留下了她的笑容。

　　这次见面后，她发微信的主题又变了，我帮她在公园中用手机拍摄的照片，成为了她新世界的阳光和空气。红、黄、蓝、紫色的郁金香中，有一个脱颖而出的女人，她笑得那样灿烂。九宫格的照片全是她跟阳光和郁金香的合影。她又开始了用亲手写的文字配图，我又开始阅读她时尚而充满幻想的文字。看见她的变化,我仿佛也在变化,在这个世界上,希望我们都寻找到自愈的生活方式;活着,面临着许多未知的问题和考验,我们都要寻找到救赎自我的方式。

　　看见她在朋友圈中不断地出入,仿佛她已经寻找到了在未来的时空中,一个有自我与浮世和虚无世界融入的艺术生活。她走了出来,开了一家花店,离家很近,这真是一个意外的惊喜,就像花与人的美学结构。有一天中午,我来到她的花店,她正在修枝,她抬起头来看见了我。我说,今天是我生日,我要买下你花店中所有的花。她笑了,一个意外而幸福的笑,她说,我知道你是帮我。我说,我的生日也需要花,我们都喜欢花。她说,她现在都生活在花店,日子好过多了,想起来过去酗酒想男人想自杀的事,好荒唐无聊啊!她说,开花店后,她就不再服用医生开的治抑郁症的药片了……她已经脱离了困境,她涅槃重生后,每天在朋友圈发的都是花店的鲜花。

我与鹆在时间中的神秘遇见

这绝对是一场来自魔幻时空的遇见。那天早晨，我像往常一样起得很早，五点半就起床了，无论在城市和乡村，我的起居不会有多少变化。这一次，书画院终于可以住人了，多少年来，我似乎一直在寻找远离城市，也远离高速公路的地方。写作或绘画，对于我来说就像是一场恋人间的私奔。

我曾经写过与私奔有关的小说，那些来自二十世纪九十年代的写作，划过眼前的长夜，犹如钉子上挂着的风景画框。我并非有意地在寻找目标，很多事的变幻和确定，于我来说都是天意的安排。那天早晨，我已经入住法依哨的书画院，这是第三个早晨，卧室旁边就是我的书房，五点半以后，我轻手轻脚地走进去，尽管如此，我还是听到了布鞋在木地板上移动的声音，这脚步声当然是我自己的。

我上了香，开始诵读佛经，这时候天还没有亮。一个多小时以后，我诵完了手中的经书。我不经意间向上仰望时，突然就发现了一双眼睛在望着我。我有一种突如其来的惊悚感，因为天还没亮，法依哨的村寨还被晨曦之前的黑暗所覆盖着。我回避着木梁上的那双眼睛，慢慢地返回卧室，掩上了门。此刻，我让自己尽可能地冷静下来……那双眼睛不像是人的眼睛，是啊，这是肯定的。人的眼睛又怎么可能会跑到屋顶的横梁上去呢？

我想，该去面对那双眼睛，刚才，我显得有些慌乱，还没有看清那双眼睛就悄悄地离开了。于是，我拉开门，我的动作比往常要更轻柔些，我慢慢地给予自己力量去面对屋梁上的那双眼睛，我伸手又打开了墙上的几盏灯光，在任何时候光都能给我勇气和力量。

于是，我终于慢慢地抬起头来，哦，那双眼睛是真实的，它就在那里，它的身体上有灰白色交织的羽毛……我认出它来了，难道是那只鸮来了吗？是的，我朝前移动着脚步，果然就是那只鸮，它用一双亮晶晶的眼睛在看着我，这是我们第一次用目光相遇。我有些激动地低声说道：你好，宝贝，你怎么来了？你怎么会知道我在法依哨？是谁告诉你的……

这是我第一次在如此近的距离中，看见了那双像婴儿一样纯净的眼睛，鸮向我不停地眨着眼睛，这仿佛就是它与我所交流的语言。好吧，这绝对是一场魔幻的相遇，如果没有这次近距离的默默的对视，鸮，在我的人生中也许只是一种掠过的瞬间记忆，像很多记忆般被我所忽略和忘却。因为我们太忙碌，时间又太快，在忙碌中我们朝前走时，总会将发现过的许多事情在流水中忘却。

那是在澜沧江边的一座村庄，那天晚上我们宿居在村民的家里。坐在火塘边聊天到了半夜走出去散散步时，屋子外面突然就听见了扑腾声，村人说，是猫头鹰又来了，好久没有听见猫头鹰的声音了。村人说，在黑暗中只有猫头鹰看得见光亮可以飞翔。我认真地聆听着村人的声音，过了一会儿，我们就到顶楼的客房去休息了，刚上了楼，就停电了，村人打着手电筒上楼来找油灯，我们住下来的三个人都说，不用点灯了，夜已深了，回房间就休息，而且外面的月光也很皎洁的。

我睡在最顶头的那间房，打开门就看见了亮晃晃的月光照进了屋，这座房是地地道道的老房子，那时的乡村还没有钢筋水泥房，这座房子应该是有很长的历史了,坐在火塘边烤洋芋和红薯时,村人还跟我们讲述着这座小村庄的历史。每一幢建筑都是以人为本的,以历史为基础的。就像铺在土坯屋下面的石头,垫高后,遇到暴风雨,房子就有了支撑感。这座小村庄无疑见证了好几代人的生死轮回,那时候的房子都不用窗帘,因为祖辈们天一黑就开始睡觉,后来有了油灯,孩子们就可以在油灯下做作业了,再后来,又有了电线杆带来的白炽灯的亮光,不过,也会经常停电的。

那晚,我们就碰上了停电的日子,我进了房间没有想马上睡觉的欲望,尽管已经是半夜了。聊聊天,听村人讲故事,时间似乎比往常要过得更快些。在一座古老的村庄入住,心绪好像在编织的各种时空中悄然游荡。我站在木格子窗口往外看去,对面的屋顶上有一团东西在动,我想起来了村人说的猫头鹰,便生出一种奇妙的感情,想看看传说中的猫头鹰到底长什么样。那时候还没有手机,我也还算得上年轻。我手里没有任何玩物,但却有一台傻瓜照相机。这一刻,我想起了巴掌大的照相机,便端起照相机对准那只像猫头鹰的大鸟……我刚按动快门,只是轻轻的一声,那只大鸟突然从屋顶上飞了起来,转眼就不见了。那个夜晚,没有再听见猫头鹰的拍翅声,午夜后我睡了一个接近天堂般的好觉,虽然时间很短,好像刚躺下天就亮了。第二天,我们就离开了村庄,回到城里,我隔了好久才想起来去照相馆冲洗胶卷,尽管是傻瓜相机,每次洗胶卷时,都会看着胶卷,选择几张有意思的照片冲洗出来。

我拉开细长的胶卷时,突然看见了屋顶上的那只大鸟,在胶卷上只看见一团卷曲的影子,看不清楚模样。几天后,照片洗出来了,我看见了村人们传说中的那只猫头鹰,那时候的胶卷都是黑色,所以,猫头鹰的整个身体也都是黑色的。再后来,我去了动物园,就看到了真实的猫头鹰。动物园的猫头鹰都在一个被高高的铁网罩住的院子里，它们可以飞，但不可能飞得很高。从某种意义上讲，动物园就像是动物们的监狱。但在动物园里，我们总能够见到想见的飞禽猛兽，所以，感谢这个世界上有动物园的存在。

那夜我宿于小镇的客栈，看见后院的铁丝笼子里有一个黑色的小东西，因为我住进去已经很晚了。我想在这座滇西小镇住上几天，半山腰的小镇，满山遍野的小树林，无数的支流汇入不远处的金沙江。夏季，半山腰的天气就像春天，最重要的是安静。入住这里的旅人都是为了享受小镇的安静和美食。我住后院，办理入住时，碰到两个前来旅行的少年，十八岁左右。我们一前一后办理完入住手续后，便拖着箱子往后院走去。那两个少年首先发现了笼子里的小家伙，便好奇地走上前，一个男孩儿低声说道，这不是猫头鹰吗？为什么要把这么大的鸟关在笼子里啊？

我走上前，不错，男孩儿们是有见识的，笼子里的那只巨大的鸟，就是鸮。两个男孩儿拎着箱子到后院的楼上去了。我还站在笼子外面，这只大笼子是挂在大树上的，但挂得不太高，游人进后院时，感兴趣的人会走上前来看一看。我久久地站在笼子外，这是我第一次看到鸮被关在一只单独的笼子里，我有一种说不出的滋味，正像两个少年所说的那样，主人为什么要将一只在黑暗中飞行的鸮关在笼子里呢？时间太晚了，这个问题等到明天再去研究吧！

我住在后院的楼上，就住在两个男孩儿的旁边。我进屋洗了一个澡后，似乎又变清醒了，便看了一阵子闲书。门外传来两个男孩儿关门下楼的声音，他们嘀咕着说小镇上的烧烤一定好吃，空气中都有烧烤的味道。因为夜色太静，他们说话的声音我听得清清楚楚。他们的脚步朝着通向外面的院子走去，我也慢慢地就睡着了。头落在枕头上,人总是要睡觉的,睡觉吧,明天我会早起,去小镇上走一走,再回到客栈来写作。

因为困倦又刚住下来,我几乎忘记了那只鸮的存在。那两个男孩儿出院子时,谈论的也就是烧烤摊上的美味,他们同样也想不起来笼子里的那只鸮……尤其是黑夜里是没有多少人会想起那只鸮的,那只鸮似乎已经被关了很长时间了,它竟然也没有任何声音发出来。难道那只鸮也失语了吗? 我似乎又睡过去了,但在不长的时间里,就听见两个男孩儿低声说话的声音,这后院就我和两个男孩儿住。他们俩人好像朝笼子那边走过去了……我有些好奇便起床走到了窗帘面前,但我并没有拉开窗帘,也没有开灯。这一刻,我似乎是一个幕后的窥探者,两个男孩抬起头来看了看四周,他们想干什么?

突然,我看见了什么? 笼子被打开了,两个男孩儿迅速撤退,他们以极快时速返回楼梯,打开门掩上门,整个时间不到一分钟。鸮从笼子里飞出时,我相信两个男孩儿一定站在窗帘后面在观望,鸮飞出笼子时没有叫声,鸮已经很长时间沉默不语了,鸮拍击翅膀而去,我站在两面窗帘合拢的中间,有一条缝已足够让我窥视鸮逃离出笼子的场景。那天下半夜,除了我们三人,我相信不会有任何人看到这个场景。这惊心动魄的一幕以后,我在黑暗中已经看不见鸮朝哪个方向飞去了,我重又返回床上,眼睁睁地看着房顶,我深信那只被囚禁了很长时间的鸮,已经重返自然,获得了自由。

第二天,我睡着了,九点半才醒来,洗漱后下楼,两个男孩儿好像还在睡觉。我下楼来到院子里,管理客栈的两个女孩儿站在打开的笼子边,看见了后,便问我昨天晚上有没有看见笼子里的猫头鹰。我说看见过的,一个女孩儿说猫头鹰飞走了,很怪的事情,猫头鹰已经生活半年时间了,是客栈老板出高价格买来的宠物,怎么会飞走啦？我走了，我很奇怪，客栈老板怎么会将一只猫头鹰当作宠物来养，明明知道猫头鹰离不开黑夜，还把猫头鹰关在笼子里。

我去小镇散步了，早市场上有各种蔬菜瓜果，还有人在卖土狗和土猫等等，也有人拎着喜鹊和金丝鸟在叫卖，我喜欢鸟儿便走上前去搭讪，卖主满脸笑脸，是小镇中年男人的笑，看见这淳朴的带着小商贩人的笑，我知道这就是小镇的生活，无论我们置身何处，都无法离开商机和世俗生态，如果缺乏这生活，时间和生态就无法像血液般循环往复。我走了一个多小时后回到客栈，两个男孩儿还没有起床，因为从院里看上去窗帘是合拢的。

青春期的男孩儿女孩儿旅行都一样，晚上不睡觉，白天睡够了，大约到正午后就起床了。鸮消失了，好像对客栈而言也不是什么大事件，也再没有人来过问这件事，两个男孩儿睡到午后起床下楼去了，他们还带走了拉杆箱，我记得他们是开车来的，他们离开后院时，我正坐在窗口写作，他们在下楼后，不约而同地看了一眼吊在树上的笼子，午后开始热起来的微风，正吹拂着那只空笼子，他们会心地一笑离开了。他们的恶作剧最终使鸮回到了黑夜，这个故事现在想起来，依然如此清晰而美好。

后来，离开前的那个早晨，我起得很早，又来到了小镇散步，从一条小路朝上走。几天来我很想在四周的树林中走一走。那天早晨有雾，这使我很欣喜，雾中我突然抬起头时，发现了一棵松树上有一双眼睛正在看着我……如果雾能散开就好了，我很费劲地从雾中辨认着眼前的这一幕：小镇周围都是丘陵，起伏跌宕中生长的大都是松树。这是我喜欢的树，我喜欢听松涛声。在林中散步会拾到许多从树上掉下来的松果，把松果带到书房，放在书架上，仿佛能留住一座森林的松香和涛声。

我站在树下，忽略雾的飘忽感想看清树下的眼睛，有一阵子，雾突然变蓝了，不像刚才那样是灰色的，太好了，我竟然看见了鸮，它就栖在一棵大松树的枝丫中间，难道这就是几天前被两个男孩儿放走的那只鸮吗？没有人告诉我这个问题的答案。而且，我不会把这件事告诉给任何人。每每想到那只吊在树上的铁丝笼子，我就知道世间隐藏着不安定的因素。我甚至不想惊动它，也不想打扰它的安静，因为鸮需要在白天休息，到了夜里鸮才会有拍翅而飞的力量。我离开前的目光就像雾一样飘忽不定，但我是必须离开的，我和鸮生活在不同的世界里，每一次相遇都不平常，但我相信，如果有缘分的话，我们还会再次相遇的。

　　从丘陵中往下走，是的，我知道鸮正在树上睡觉，我们置身两个世界，但都拥有生命的特征。我祈望世上的人放过它，不要去打扰它，更不要去捕获它。我希望那只后院中的笼子最好尽快消失，于是，我来了一个主意，走到客栈收银台后，表达了我的用意，如可以，我想买走那只铁丝笼子，收银台的女人看了我一眼，用疑惑不解的目光看着我，问我要那只铁丝笼子干什么。我即兴地说道，我想带回家，因为我在画油画，我想把它作为道具，画一只笼子。女人笑了，说道，如果你喜欢就带走吧，猫头鹰都飞走了，留下那只笼子也没任何意义。我窃喜着，太好了。旁边的服务员还帮我将笼子用纸箱装了起来，将我送到了几里外的高铁站。

　　就像我即兴所表达的一样，我真的就将那只铁丝网笼子，带到了画室。再后来，它成为了我的道具，我画出了一只铁笼子上的锈迹斑斑，但我没有将那只鸮放在笼子里。在画画时，我希望那只鸮飞得更高更远，远离这只人类的笼子。只有我知道，这只笼子来自真实的现实，但我从未对任何人讲过这个故事。那个春天，我办了一场画展,中途我守在展厅时,看见了两个男青年,他们正站在那只画出来的笼子前,久久地端详着,好像还议论着什么。

我走过去,他们看见了我,我说,我就是办展览的画家。两个青年人说,他们很喜欢这只笼子,很想收藏并挂在他们的酒吧里,是否可以再便宜些……我突然认出来了,这两个男青年就是几年前从笼子里放出鸮的男孩儿……他们也认出了我,显得很激动,我请他们坐下来喝茶,我们又似乎回到了小镇的客栈,我说,那天晚上我是唯一的目击者,我还说,在丘陵中我又看见了鸮,我相信那一定是他们从笼子里放出去的那只鸮,我还告诉他们我带走了那只笼子,这就是故事的结尾,但我没有想到还会遇见他们。我将那幅画送给了他们,我后来去过他们的酒吧,那只铁锈红的笼子就悬挂在墙上,仿佛在说着什么。

我又看见了鸮,看啊,那只鸮又再次与我相遇了。故事还在讲下去,那天半夜,当听见了翅膀的扑腾声时,我在卧室中屏住了呼吸,我知道鸮会离开的,我似乎做好了一切准备,等待着这告别的时刻。这一次,我听见了鸮离开时的呼叫声,我将双手放在胸口,鸮的叫声孤独而有力量,它将迎着茫茫黑夜奔去,我听见了它最后的扑腾声,打开门却什么都没有看见,眼前是法依哨村庄最安宁的夜晚:一场相遇又一次在长夜中结束,我默默地目送着鸮远去。内心升起一种告别的忧伤,我重返书房,鸮给我留下来的就是灰白色的鸟粪,它离开时在书画院的有限空间里竟然飞行了好几圈。

"先雕刻皮囊，再雕刻灵魂"

男孩儿的手背上有几辆汽车和几朵小花，那时候他很小，我惊讶地说，你去文身了啊……他笑了，说道，能洗掉，是贴上去的。难道那些少男少女手臂和脚踝上的文身，很多也是贴上去的吗？对于时尚，我们这一代似乎已经落伍了。

文林街有一家文身店，从我们住的地方龙翔街到文林街就六百米左右。文林街是这座城市酒吧最多的一条街。中央有一家文身店，通过落地的玻璃窗户，直接就可以看见坐在里边文身的年轻人。文林街的银杏树变黄时，很多人都会来拍照。这条街从上午十点钟开始，酒吧和咖啡馆的门相继打开，所有的小商店也就敞开了门。在这座城市，文林街不仅离翠湖很近，也是昆明老城历史上最有文化符号的一条街景。文林街几十年前就有文身店了，那是一座两层楼的房子，除了屋顶外，都是落地玻璃，走在街上的人都可以看见店里的青年，文身师也是青年人，被文身者们也都是青年人。

当然，我很多时候也会看见有一些中年男人，到了夏日，裸露的手臂上也会有文身的符号，这就说明文身并不全是青年人的选择；当然，就男女来说，男性会相对多一些。其实，我早就观察文身的现象了，文林街尽管历史悠久，现在看起来却又是一条非常年轻的街，几所云南名校就像它的左右翼，带着这条充满沧桑浪漫的街景在前进。男孩儿小学、中学都经过这条街道，他第一次去红蓝白咖啡馆时,才十岁,那时候,师大附小的孩子父母放学后经常被带着到文林街的咖啡馆去做作业。红蓝白咖啡馆更中性些,它似乎适合任何年龄段的人走进去,外籍男女也喜欢坐在咖啡馆的门口发呆,喝啤酒和咖啡。我可能又说远了,但这就是我们的现状,在一个高科技的时代,被智能捆绑的现代人,早就失去了单纯的乐趣。他们比我们有更多瞬间即逝的念头,仿佛更具体也更抽象化了。当男孩儿说那文身只是贴上去的时候,时代转瞬就过去了。

男孩儿以青春期年龄的孤独和冷僻开始面对现实时,他喜欢上了速度与激情的生活,先是喜欢约上同学周末去开卡丁车。城市吃喝玩乐一条龙的大厦都有卡丁车,有一次我陪男孩儿去,从出口进去时,仿佛就进入了另外一个星球,在迷幻的炫光灯下,几个男孩开始去驾驶各自的车辆,车子以难以想象的速度正在驰向一个又一个断崖似的落差,那半小时内我几乎是在祈祷中度过的。当男孩儿取下头盔时,我的心还在怦怦跳动,我要感谢男孩儿,在这样的环境中激活了我平静的温和的心跳。我又看到了这一代人所成长的世界,所以,我告诉自己,不能提前衰竭也不能顺应时代而落伍,我必须与更多年轻人走近,才能感受到这个世界发生了什么。

当男孩儿有一天告诉我说,他要去文身时,我问他是不是像过去一样采用贴纸,过一段时间就自动消失了。男孩儿笑了笑,带上他平常积攒的压岁钱走了。我也笑了笑,男孩的笑充满了好奇和梦想,而我的笑却显得无奈。面对一个青春期的男孩儿,我更热衷于去做他们的朋友,因为我发现了,当我对某件事发出说教的声音时,总会适得其反,等待我的是这个时间段的逆反所向。这一代人有他们所逆反的选择,那就是不回家而且不接电话。

这种逆反是最让人焦虑的,我们那一代人逆反时也会往外走,记得我十八岁时留下一张纸条就走了。

父母捏紧了从那信封上撕下的一角,那似乎就是我们离家出走时的全部线索,因为那个时代没有手机,是一个只有到邮电所才能寄信、发电报、打电话的时代。我们走了也就走了,父母是无法在我们离开后联系上我们的。其实,也用不着太焦虑,我们离家出走的时间也不会太长,走着走着就回来了,就像搭上了一辆绿皮火车,想没有尽头地往前走,但总有终点站。

当你身上再没有一分钱,而且又到了终点站时,这时候你会再继续掏裤包里的小口袋,那时候的我们也没有钱包可用,皱巴巴的钱少得可怜,只够一趟乘绿皮火车的旅行。尽可能地找吧,终于够买返回的车票,但只是站票,就这样我们不得不乘上同一辆列车,返回了家。这样的出走,我体验过,所以,我理解又一代被称为"新人类"的男孩儿女孩儿的逆反。之后,他们也会回来的,跟我们从前一样,花光了最后一枚硬币就会灰溜溜地回家。而我们的体验却跟当年父母的体验不一样。当他们离开后,我们剩下的就是面对无穷无尽的焦虑,不断地打电话,甚至会在不知所措时选择报警。

慢慢地我们会发现跟青春期的男孩儿女孩儿做朋友后,他们就不再排斥你了,这取决于你用什么样的态度去跟他们交流来往。首先,要改变话语权,这是跟这群新兴人类成为朋友的基础。于是,我发现,这样一来他们会把你从前想获得而无法得到的线索告诉你。比如,当男孩儿告诉我说,他将去文身时,我只是看着他的表情,尽管在我的概念中男孩儿的文身应该是像许多年一样,选择用贴纸,所以,我没有追问太多。

几个小时以后,男孩儿回来了。这一次他是真的文身了,他的两条臂膀上增加了好多色彩和线条……我知道这一次不再是贴纸了,但我真的不明白那么干净的两条臂膀上，为什么要文上洗不干净的图案。我知道很多单位的入职体检，都排斥文身。男孩儿很高兴地告诉我，两条臂膀上的是一双翅膀，是他亲自设计的……他用一双充满了幻想的眼睛看着我，是希望得到我的理解吧！我尽力控制住情绪说道，哦，是这样的，那很美好啊，本来人是没有翅膀的，你给了自己一双翅膀就一定会飞起来的。男孩儿笑了，看样子，我的鼓励对他很重要的。

当我并非喜欢的文身，开始以最真实的面貌出现以后，我开始慢慢地接受它的存在。说实话吧，当男孩儿高兴地让我看他臂膀上的文身，并告诉我这是他亲自设计的作品时，我真的很突然。之后，一种美好的希望开始了，我相信男孩儿一定会长出翅膀的，这是他梦想中的一部分。我想，文身后的男孩儿走上的必然是另一条道路了，我默默地陪伴他并祝福他，在这个时代寻找到自己的方向。

那个晚上下着雨，他又离开了，说是要跟朋友们去骑山地摩托探险。我说，下着雨啊，满地的泥浆很危险的。他说，就是要骑着车在泥浆中前行才刺激……啊，这就是男孩儿。有人到了门外，男孩儿说他要走了，我从远处看见了他们开着一辆越野车出发了。我听着雨声划过夜幕，也许这就是这一代人的另一种青春期。面对现实，你无法逃避，只能在接受的情况下，去想象他们驾驶着摩托车在雨水和泥浆中奔驰的情景。

午夜过后，男孩儿回来了，他带回来的就像想象中的一样——满身湿透的泥浆。他笑着，一种经历了探险的笑，一种变身为雨中摩托车探索者的笑：我已经习惯了融入这代人的生活方式中去。我笑了，剩下的最后两小时竟然睡着了，而在之前的等待中，哪怕我服了安眠药也会无眠。与这代人相处所产生的焦灼和忧虑，就像是一种新兴人类空气,被我呼吸着。男孩儿的成长就是一本书,一个不断可叙述中的故事,而我也同样置身在故事中。

当故事来临时,就像风又来了,每天并非时时刻刻都有风,但总有几个时刻,风来了。起风时,可以看见树枝在摇晃,树叶婆婆唱着歌,风来到了头发和面颊上。年轻时代有长发的岁月,风吹长发飘过面颊会挡住视线,风的那种力量,就像一个女人的忍耐力,逐渐将一个春天带来了。

当故事来临时,没有任何预感,男孩儿再次走到我面前说,今天他要去文身。我惊讶地说,不是才文过半年吗?男孩儿笑了说道,半年已经够长了,有些人每个月都要文身。这一次我说,好吧,坐下来给我十分钟时间,我们可以谈谈文身吗?男孩儿说,他已经想好了,让我不要说服他,并告诉我说,这一次他设计的是未来的事情,他要把赛车放在文身中……我说,文过身的地方是无法清除的,这样一来,很多职业你都无法从事了。男孩儿说,十分钟已经到了,他跟文身师约好了时间。我问他是不是去文林街文身,他说去顺城街……顺成街是现在最时尚的街巷。他已经十八岁了,他又去寻找新的潮流了。我曾经在更年轻的时代,去顺城街的话剧院看文艺类的电影,那条街之外就是这座城最核心的区域。现在的顺城街是大型的商业街,偶尔去顺城街看到的都是年轻人,在任何一个地方,都可以看到春夏秋冬的时尚。只有在那一刻,我又一次感觉到属于我们的时代已经结束了。

如果没有男孩子许多突如其来的成长故事,像我这样的人早就在落幕的安静中朝后走去,但因为男孩儿的成长过程,我不得不陪同他和他的时代继续往前走。这似乎也是上苍的安排,我早就知道命运中的事情都是无法改变的, 对于一个年仅十八岁的男孩儿来说,第二次选择去文身,是他已经想好了的事情。我又一次让自己设法去理解他,接纳他和他的同代人,这似乎也是一种诗学之路。

就像我年轻时,许多人都不理解我为什么要去走黄河,为什么要写作,为什么要穿橘黄色的喇叭裤,为什么要去娱乐场蹦迪,为什么要去酒吧喝酒……年轻,总是要去经历时尚和潮流的。晚上,他回来了,因是夏日,他穿着短裤,两条小腿上都已经文过身了。他走向我时,每一步都看我的眼神,如果我脸上有情绪,他就会绕开我,回到他的空间去。所以,跟这一代人在一起,你必须像演员完全掩饰住你真实的表情。人,不可能没有情绪,但要看是什么样的情绪。无论什么情绪,最终都会写在脸上的。

我对男孩儿说,让我看看今天的文身吧……男孩儿看见我表情中的期待,是的,对男孩的第二次文身,我是充满期待的,因为男孩儿说过这次文身会展现他的未来,他的未来也就是他的梦想吧!我打开了所有的灯,想进入他的梦想。我弯下腰看见了两条小腿上蓝色的曲线,男孩儿告诉我说,蓝色曲线中有他的赛车,有他的跑道,有他的未来……我看见了,是的,现在我看见了。两条小腿上布满了蓝色的轨道,难道这就是这代人的速度与激情?我的表情已经默认了这一切,这一部分生活的梦想,让我相信男孩儿有他的时代,哪怕是在文身中也体现了他所置身的时代。

就这样,我又一次接纳了他的生活方式,又一次妥协了。我是一个不断在妥协中获得安慰的人,除了面对男孩儿外,我在面对所有的生活时,多数时候都选择了妥协。我的风格和个性大多数时间都用语言来展现,人活得都不容易,我希望这个世界少一些偏执和锋芒。其实,我最为焦虑的是男孩儿去网吧的时候,在很多个夜晚来临之际,如果男孩儿不在房间里,多数情况下都会去网吧消磨时间。

我很迷茫,我不知道为什么有人发明了网吧,如果没有网上游戏,那么这些男孩儿们会读纸质书。我总想回到我们的成长年代中去,总想试图用我们的成长唤醒现实,但我后来才知道,已经回不去了,真的已经回不去了。我的所有经验和故事,对我而言,如果放在写作中会链接着一个时代、一代人的历史,但没有写作,很快就会烟消云散。

　　认命吧,我亲爱的时代已经过去。许多次我将一本本适合青春期阅读的纸质书,放在男孩儿枕边,并有趣地提醒他书中的故事很刺激,之后再留意书上是否会有男孩儿用手翻过的痕迹。这项工作就像侦探小说,我寻找起来本身就很有趣。我看见了村上春树《挪威的森林》中间夹着一片树叶时,惊喜地感觉到,男孩儿应该是将书翻到了这一页吧,我想象着男孩儿应该是会喜欢上这本书的,这是我读过的青春小说中写得最好的,也是世界文学史上始终畅销的一本书,而且我认为也是村上春树最好的长篇小说。书中弥漫的那种忧郁的情绪,不知道让多少代人的青春为之沉迷。

　　又过了些日子,我发现那片树叶不在了,我想男孩儿应该已经读完这本书了吧!其他的几本书,基本上没有什么留下来的痕迹。男孩为什么不减少或者彻底告别网吧? 有一次,男孩儿在他的房间里玩游戏,我走进去,我看见他在戴着耳机玩游戏,已经到下半夜了,我便假装给他送水果,打开了门,屏幕上好像不是游戏,我问男孩儿是什么电影,他摘下耳机说不是电影是游戏。我再一次将目光投向屏幕,我发现游戏也在不断地革新中,几年前的网上游戏,大都是机器人在打打杀杀的,发出来的声音让人听见后会变得烦躁,而现在的游戏,初看像是有演员在表演,屏幕上的风景和对话都趋近了电影质感,只有细看才知是游戏。要怎么样才能控制这代人对游戏的迷恋,这似乎是一个长久的等待。我相信,男孩儿在成长,他一定会寻找到自己所喜欢的世界。当然,也有这样的时刻,男孩儿会带回来一大袋手工拼图,他小时候就有这种爱好,他会安静地坐下,几小时不站起来,直到他拼好了艾菲尔铁塔、苏州园林、天安门城楼等大型三维图像,这不是一般孩子可以完成的,几千个拼图零件在几小时拼装起来,才能完整地再现出一座建筑。只有这个时刻,男孩会非常安静,谜一样的安静。

十八岁以后,他依然迷恋绝版式的拼图,但选材更复杂,材料也更高端……几万个零件的泰坦尼克号拼图到手了,他哪儿也不去,用了一整晚,又一次奇迹般地将一艘巨轮呈现在眼前。我惊奇地抚摸着这艘充满了电影画面的、已经撞击了冰山的邮轮——看电影时,我曾流够了眼泪。而此刻,这艘邮轮显得如此地平静,我希望它是从灾难中重回世界的大船。

男孩儿转眼进入了十九岁后,就不再提文身的事情了,他跟朋友们开始去拍短视频和微电影,去到很多边远的地方。男孩刚进入十八岁那年就拿到了驾驶证,他们一帮人去哪里,都像猫头鹰选择夜晚出发。他喜欢开车,会驾驶各种车辆,喜欢韩寒拍的电影,似乎在电影中找到了他们自己。不过,他们是更年轻的一代人,你无法想象在将来他们会走向哪里,会不会寻找到一件永久的事情做下去,这一切都是未解之谜。

有一次喝酒,干杯时,男孩儿突然说道:"先雕刻皮囊,再雕刻灵魂……"这句话让我愣住了,而男孩儿却是在不经意间说出来的。他说话时,我看见了他臂膀上的文身,那些颜色似乎更暗淡和更绚丽。有一天,他出门旅行时带上了《瓦尔登湖》,梭罗的书是我最期待他能翻开的书,但很长时间已经过去了,我还没有看见书中有阅读过的痕迹。我似乎一直在等待这刻的到来,每次男孩儿收好了旅行包,我都会悄悄地把它检查一遍,而当我看见了梭罗的书时,就不想再检查了,似乎我等待的就是这一刻的到来。

男孩儿又过了二十岁的生日,到了这个年龄,等待他的将是更独立的思考,也是最为漫长的成长。我们都需要时间独立地去寻找自己人生的方向:梦骑着一头巨兽去漫游,大地上的树叶和流水都被现代物质浸染过,说不出更多的真。天气渐热,温度上升,绕着自己转动,其实就是绕着地球的一粒沙在转动。每个人都是一粒沙尘,我们会找到陆地和海岸线,作为人,已足够孤独,但还需要更多孤独。

只有学会在孤独中生活,才会成为尘世间的朋友,所以,我希望我是大男孩儿的朋友和亲人,我们能相互陪伴走过更长的时光。我相信男孩儿不会再去文身了,对于现在的他来说,对于文身的好奇,想努力走进去的好奇已经告一段落。他身边不时会有女朋友出现,每一个女孩儿都像花朵,所以,我对男孩儿说,无论交什么样的女朋友,都要善待她们,但不要太理想化,每一个人的出现都是来陪伴你的,每一个人的告别消失,也都是为了让你拥有记忆而已。他的目光越来越纯净,他的故事才刚开篇,就像他养的宠物,猫和狗之间的事,相对时间来说不足挂齿。对于一个人的成长史来说,所有出现在你生命中的生命,都是你的亲眷和挚爱。

从飞到咖啡馆的红嘴鸥说起

　　红嘴鸥突然从窗口飞到了翠湖边的一家咖啡馆的桌子上,这是我亲眼看见的情景,二十多年以前,我坐在咖啡馆一角,等待朋友来赴约。这是我第一次见到红嘴鸥,小翠告诉我说,每天早晨她来咖啡馆上班,第一件事就是先把临湖的窗户敞开……这是她来应聘咖啡馆职员时第一眼就看到的情景,从那时候开始,她就因为一张欢喜的脸,从而被咖啡馆所录用,在咖啡馆做侍者。小翠的眼睛很干净,她说高中毕业后就不想读大学了,就搭上高铁来到了昆明。

　　小翠看见红嘴鸥就留在了咖啡馆,我走进时,她就将我引到窗前坐下来说,这个位置好,可以看见翠湖。是啊,我们到这里来,到这座咖啡馆来,也就是因为可以看见翠湖。就这样,我在咖啡馆认识了小翠,她去给我磨咖啡了,我从包里摸出了手机,那时候的手机只可以打电话,还没有微信也不可以拍照片,我将手机放在白色的咖啡桌上,就听见小翠说,你等着吧,红嘴鸥来了。

　　话音刚落,还没等我反应过来是怎么一回事,小翠说的红嘴鸥确实就飞进来了。我差一点跳了起来,这确实让我太意外也太惊喜了。如果那时候我跳起来,也许跳起来半步,都会惊走红嘴鸥的,但我并没有跳起来,因为飞到咖啡桌上的那只红嘴鸥正在散步,我的身体尽量朝座椅靠,我害怕惊走它。那时候,我还不知道飞进来的是一只红嘴鸥,我也不知道在这个冬天,红嘴鸥已经迁徙到了昆明。小翠轻手轻脚地过来了,手里举着面包,放在了桌子上,那只红嘴鸥用黑色尖尖的喙衔起了那一片金黄色的面包片,突然就飞走了。

小翠走到窗前看着翠湖说道,我进咖啡馆,就看见了红嘴鸥。咖啡馆的店主在用面包喂红嘴鸥,她是我见过的城里人中最好看的女人,比我大不了多少岁,就有了一间咖啡馆。她说,如果你留下来,当红嘴鸥飞进来时,你一定要将面包撕成片状,去喂红嘴鸥,它们需要食物啊,有多少就喂多少,我们不缺面包,就缺红嘴鸥给我们城市带来的快乐……

当小翠给我讲这个故事时,我当时就被感动了,而且我又刚经历了红嘴鸥衔起面包飞走的时刻。我很激动,这是我第一次看见红嘴鸥。是啊,那天开始以后,我就知道冬天到来时,红嘴鸥就从寒冷的西伯利亚,开始了大规模的集体迁徙之路……那天以后,我和这座城市的人们,每年深秋以后就等待着红嘴鸥的到来。许多年来,红嘴鸥已经成为昆明城市中最动人的人文风景。

好吧,还是先回到咖啡馆,再后来,我的朋友们来了,我们坐在窗前,这是二层楼的咖啡馆,我们坐在二层。小翠给我们各自上了咖啡,还给我们每人一个面包,并压低声音神秘地告诉我们,待会儿红嘴鸥们还会飞来的,因为红嘴鸥会嗅到你们手里的面包香味……记住了,一定要将面包撕成片,这样才不会噎住红嘴鸥,它的脖子很细的……我们不知道有多高兴,不时地将目光投向窗外,我们几个人面前是咖啡馆里最大的桌子,而且面对的也是最大的窗户,仿佛这一切都是上苍最好的安排。

几分钟后,几只红嘴鸥飞进了窗,我们有些紧张地开始各自撕着手里的面包,是的,这仿佛就是与红嘴鸥相见的仪式,朋友们看上去似乎也是第一次见到红嘴鸥……这些精灵们是从我们梦中飞来的,这一天,在不长的时间里,飞进来好几群红嘴鸥,我们手里的面包变成条状,被红嘴鸥美丽而饥饿的喙衔走了……我们的这次见面成为了与红嘴鸥的约会。自此以后,在红嘴鸥飞翔的海埂长堤、大观楼公园、翠湖、滇池边,都有了红嘴鸥面包的专卖点。

离开咖啡馆以后,我们奔向了翠湖,才发现翠湖公园内来了那么多的红嘴鸥,它们栖在栏杆、游船中,一群群的红嘴鸥在湖水中的芦苇丛中散步。从这一刻开始,我们每个人似乎都与红嘴鸥产生了互动,尤其是我,似乎跟红嘴鸥总要有一种更私密而亲切的联系。那年冬天的黄昏,昆明最冷的冬天,白天刚飘过一场大雪,男孩儿出门去堆雪人终于回来了,他突然从怀中抱出一只红嘴鸥说道:红嘴鸥生病了,飞不动了,救救它吧,否则它就要死了。

男孩儿的手因为堆雪人,已经很冰冷,他说是在翠湖边的草丛中发现它的。因为今天下大雪,红嘴鸥已经迁徙走了,就只剩下了这只孤单的红嘴鸥……男孩儿的小嘴唇冻得已经发紫。我从男孩儿手中捧过了那只红嘴鸥,我知道红嘴鸥现在最需要的是温暖,我打开了一只暖炉,让男孩儿在炉子旁烤烤身体,同时我也抱着那只冰冷的红嘴鸥坐下来,这一刻,我们都很平静地接受着炉子里散发的热度,天气确实太冷了。半小时后,手里的那只红嘴鸥开始有了体温,男孩儿刚刚进屋时,那只红嘴鸥的身体完全是僵硬的,当时,我都有些怀疑,这只红嘴鸥是否还有生命特征。

炉子里散发的热度让红嘴鸥又有了体温,它用一双黑色的眼睛看着我们,男孩儿给红嘴鸥取来了面包,又将面包撕成了块状,我将红嘴鸥放在了桌子上,红嘴鸥慢慢地走过去,它衔起了面包突然又飞了起来,但每道窗户都是关着的,因为雪还在下着。鹅毛雪还在窗外飘着,红嘴鸥只能在客厅里飞翔着,看上去,红嘴鸥并没有生病,它是一只幼鸥,所以在寒冷中没有跟随集体迁徙,便在大雪中滞留于芦苇丛,如果男孩儿没有带它回来,它确实会被冻死的。留下来的红嘴鸥,在房间里生活了三天,第四天阳光出来了,关于一只红嘴鸥的去留问题,成为了男孩儿和我之间交流的话题。

在这三天时间里,男孩儿时刻关注着天气和红嘴鸥的变化,他每天站在窗口看天空是否还在下雪,之后,又回到红嘴鸥身边。一只失去了蓝天白云和湖水的鸥鸟,只能栖在沙发上,有时候也会飞到窗台上去,每当这一刻,男孩儿就走过去,对红嘴鸥说,太阳就要出来了,你就可以飞走了。太阳在三天以后升起来时,男孩儿走到我身边说,他想把这只红嘴鸥留下来……我的头开始晕起来,我说,红嘴鸥不是玩具,它有它的父母,而且红嘴鸥离不开湖水和飞翔……男孩儿说,我知道的,我们是否可以让它改变一下,让它跟我们生活在一起……

我说,如果让你离开家,去林子里跟另外的动物生活,你会习惯吗?你愿意吗?难道你没有看见红嘴鸥每天都飞到窗口,就是为了等待着有一天飞出去吗?男孩儿忧伤地点点头说道,我明白了,太阳出来了,我去打开窗户。男孩儿在打开窗户前,又给了红嘴鸥一片面包。我们站在窗前,红嘴鸥衔起了那片面包,它在屋顶上飞了一阵,仿佛是在跟我们告别,之后,红嘴鸥就果断地朝着早已经敞开的窗口飞去。

男孩儿似乎忘记了忧伤,站在窗口。其实,红嘴鸥早就已经从窗外的天空中消失了……之后,男孩儿每次去湖边都想在红嘴鸥群中,寻找到那只与他生活了三天的红嘴鸥,但是,每一只红嘴鸥,似乎都是那只红嘴鸥。男孩儿慢慢地开始平静,每年红嘴鸥进城,他都要去寻找他记忆中的那只红嘴鸥。他终将长大,将那只红嘴鸥留存在记忆深处，并且深知，每一种相遇，都是爱的记忆。

那年十一月初，我在城郊的滇池边走路，好久没来滇池，湖水越来越清澈了。突然间，我感觉到天空中有许多白色的不明物体，好像在动作中变化。同行者们也都在看着天空，并说，是否是外星人要来了……天空的颜色在变幻，一个人说，是红嘴鸥迁徙回来了……这句话，让天空中的具象越来越清晰，不错，这一定是第一批在迁徙中飞回来的红嘴鸥。我们的内心充满了欣喜，站在湖边的芦苇荡中，我们仿佛以城市人的姿态在迎接着第一批红嘴鸥。同行的一个朋友说，他要去买一箱面包来，因为红嘴鸥长途旅行，又累又困又饥饿，他一边说一边就开走了湖边的越野车……

他刚离开几分钟，红嘴鸥分批从天空中飞到了滇池边，这是激动人心的一幕，有些红嘴鸥飞到了湖水中去游荡，有些红嘴鸥飞到我们周围的芦苇荡中去，再后来，朋友载着一车的面包来了……我们，还有更多陌生人，都开始给第一批着陆滇池边的红嘴鸥们，动手撕开了面包，我想起了小翠姑娘的声音，是她告诉我，要将面包撕成块状形。我已经有很多年没有去翠湖边的那家咖啡馆了，因为红嘴鸥，我想，明天就去那家咖啡馆，因为红嘴鸥又回来了。

寻找了半天，也没有看见那家咖啡馆，一个老人在走路，看上去似乎就住在附近，我便走上前打听，老人告诉我说，好多原来的房子都拆迁了。我明白了，又回到记忆中那家咖啡馆的位置，眼前出现的是一幢高层的住宅大楼。城市在几十年中变幻，就像我们拎着箱子已经再找不到过去曾经住过的旅馆，多少年过去了，小翠姑娘和那家记忆深处的咖啡馆，同样会失落在过去的记忆深处。

红嘴鸥却一年年来来往往，构成了城市不可缺少的风景线。那年朋友带着她的女儿从平原上的城市来昆明，只是为了满足她女儿在海埂长堤喂红嘴鸥的愿望。本来几天前的天气都晴朗,到她带着女儿即将抵达的那个傍晚,突然天气变了。又是一番断崖似的降温,我有些隐隐的担心,如果天气太冷,明天上午海埂长堤的红嘴鸥们是否会出现? 但我没有告诉她们,因为天气随时随地在变化,红嘴鸥们的出现或不出现也会在变化中。第二天上午九点半,天气仍然那么冷,她女儿说今天一定要看到红嘴鸥,她一定要为红嘴鸥喂面包……她女儿正值青春期。我们来到了海埂长堤,今天的人流明显少多了,是因为天气。她女儿出门时满怀激情告诉我说,让我在她喂红嘴鸥面包时,为她拍一个好看的视频,她要发微信朋友圈。红嘴鸥消失了,只剩下几只零零散散的红嘴鸥,在远处的水中不肯飞上来。长堤上也只有几个人,失望的目光不时地看一看天空就离开了。朋友的女儿看不见红嘴鸥就沮丧地说道:为什么? 为什么? 她说,昨晚已经在朋友圈承诺,今天会让朋友们看见她亲自喂红嘴鸥面包的视频的……

　　我安慰她说,明天一定会看到红嘴鸥的,今天天气太冷了。她女儿说道:如果明天看不到怎么办? 我说,我保证你明天一定会看见红嘴鸥的……她私下对我说,愿老天保佑吧,有一次也是这样的问题,后来,没有实现,女孩儿就出走了。我想,昆明的天气变幻无穷,明天会有太阳,我相信这个从平原上随同母亲来看红嘴鸥的女孩儿,上苍一定会让她实现梦想的。第二天,太阳果真来了,我带着她们又来到了海埂长堤,看红嘴鸥的人们比我们来得更早,已经在喂面包了,好容易找到了一个位置,站在围栏边缘,女孩儿手里举着面包,手指间夹着面包条,红嘴鸥过来了,我站在一侧,举着手机用心地拍着这个小视频,一群红嘴鸥飞过来了,第一只红嘴鸥已经衔走了空中那金黄色的面包条,女孩儿的母亲给她递来新撕开的面包条……充满纯麦香的面包被一只只红嘴鸥相继衔走了，一个完美的视频完成了。小女孩儿笑得那样满足，她母亲说，今晚可以乘原航班离开了，女儿已经梦想成真了。

一只红嘴鸥飞到了小区内，它大概是离群后迷路了吧？这又是我亲眼见到的场景，早晨我在院子里浇花时，就看见了一只红嘴鸥在门外的天空中盘旋，因为飞得太低了，所以被我发现了。红嘴鸥竟然飞到了门口一辆轿车上，我慢慢走过去，觉得很奇怪，红嘴鸥竟然不再飞了，它是受伤了吧？由于很多原因，我跟红嘴鸥之间，总有千丝万缕的联系，我走到轿车前，弯腰看着那只刚才还在飞翔中的红嘴鸥，我才发现它是受伤了，翅膀上有伤口。突然想起来，已经是春天了，红嘴鸥早就集体迁往西伯利亚去了，便低下头，伸出双手捧住了受伤的红嘴鸥，我想把红嘴鸥带回家，我以为它飞不动了，进了小院子后就把它放在院子里，想进房间去找消炎药剂，就在我出来时，不过两分钟时间，受伤的红嘴鸥就消失了。

春天到来后，我总是喜欢沿着大观楼外面的湿地边缘行走，有一天午后，我看见了好几只孤独的红嘴鸥，每年初春红嘴鸥朝西伯利亚迁徙而去时，总要留下一些无法飞走的鸥鸟，它们之中有些是刚出生的、翼翅还没有长出来的，有些是怀孕的鸥鸟想留在春城的好天气中等待分娩的有些是已经想好了不再徙回去的年龄大的鸥鸟，有些则是正在生病或者受伤的鸥鸟……在昆明的船房河、玉带河、盘龙江一带，会经常看见留下来的红嘴鸥，它们在江边筑巢后休养生息，等待着冬季时其他伙伴又从遥远的另一个国度飞来，有些鸥鸟历经了漫长的迁徙，已经疲倦了，在春城度过最后的时光。

没有任何人会去人为伤害一只红嘴鸥，在拍照时，年轻人往往会太过热烈，当红嘴鸥飞来时想捉住它，但旁边有人看见时都会制止这一系列冲动的行为。有一天在海埂长堤，我看见了一个女人牵着两个孩子在看红嘴鸥，这个女子的模样让我想起了二十多年以前，在翠湖咖啡馆遇见的小翠姑娘……她和两个孩子在喂红嘴鸥，我看到的只是背影而已，我想等她转过身来看看她的脸，就知道她是不是当年的小翠姑娘了。

她终于转过身来了，完全是两张不相同的脸，这显然是我看错了。有些记忆是值得收藏的，尽管我再也看不见翠翠和当年的咖啡馆。不过，关于红嘴鸥的故事就是从那家咖啡馆开始的。是翠翠的出现，让我知道怎么样与一只只红嘴鸥和谐相处……

假若你有那么一天，偶遇到了红嘴鸥们将离开这座城市，乘着早春的山茶花香离开湖岸河流，将往西伯利亚迁徙而去时，你会遇到另一场仪典。有很多昆明人都知道红嘴鸥要到冬季才回来，热爱红嘴鸥的老昆明人，都知道红嘴鸥离开之前的动静，离开春城的一个星期内，天空中总会响起红嘴鸥的声音，它们中有迁徙的总管，带着一群又一群年轻力壮的红嘴鸥，在空中召集会议，商量归去的良辰吉日。所以，在天空中会看见红嘴鸥们一边飞翔一边"议事"……总有人喜欢观察世境的一部分，有些人爱研究人，钻人的空子，去琢磨善恶有报的好人或坏人；有些人把大多数时间用于观察一只鸟，坐下去就是半天。这座城市有许多人都是红嘴鸥的密友，当红嘴鸥要离开时，他们似乎早就已经寻到了送别的路线了。

有些人在几天前就为即将离开的红嘴鸥，悄悄地烘烤好了上等的面包，他们会私密地约上几个要好的朋友，到红嘴鸥常出没的水边去散步，表面去看风景，从挎包中掏出的却是充满了蜜汁味的私房面包，小块小块地分好，用手夹着，作为诱饵，它有足够的甜香味，只有那些有福份的红嘴鸥会伸展翅膀，并送上漂亮的喙衔走了仍可以留在人们记忆深处的宴别。

带来甜汁面包的人，相信红嘴鸥吃了面包后，翅膀会有无穷的力量去迁徙……这一幕，看上去有些哀婉，但只有明了的人才能融入人与红嘴鸥的关系中去。红嘴鸥已经按照"空中会议"所拟订的精神行动，它们出发之前会在湖水中洗一个澡，之后会绕着整个城市飞翔上三四圈，如果你恰好仰头看见了半球形状的飞翔队伍，那就请将这场告别进行下去。

我是极少数的人之一，自从我在小翠的引领下看见了，那一只只飞进咖啡馆的红嘴鸥，我就感觉到了肩膀上总像是栖着一只只鸥鸟，这是真的，在海埂长堤，红嘴鸥会飞到游人的肩膀上，这样更方便游人与红嘴鸥交流情感，更重要的是红嘴鸥可以衔走那一片片的面包，这可是它们飞翔的能量来源。它们飞得越高，需要的口粮就会越来越多。

空中的几十万只红嘴鸥，也许是几百只红嘴鸥，突然列队开始向着西北利亚的方向飞去，如果你有幸看到这场告别，你一定会做好准备，等待冬天的相遇。好吧，从现在开始，就为冬天飞来的红嘴鸥们，准备好从高原麦地中收割的麦子；从现在开始，就要为红嘴鸥们清除整座城市的垃圾，污水处理要更干净，绝不让一滴污水流入滇池，也绝不让湖岸的芦苇丛枯萎；从现在开始，我们都要做好一切准备，让蓝天白云变幻出一条条通向西伯利亚的航线。好吧，让我们等待红嘴鸥们回家吧，让我们等待吧，让我们共同等待吧！

有毒的或没有毒的野生菌

　　野生菌,你无法想象这是一个怎么样的世界,然而,对于我来说,它就是一个有毒的或没有毒的野生菌世界。我想带着我的身体在云南的夏季开始一场旅行,在野生菌生长的地方;我想跟着寻找野生菌的山民们,等待一场雨水以后,再开始出门。从前,在票据时代,每到夏季,是野生菌出世的时刻,那时候,每场雷雨过后,漫山遍野都是野生菌,野生菌只属于山民,是他们采撷后再背到山下小镇的菌菇。我们生活的小镇,只要到了赶集时,街两边都堆满了野生菌,我就是在那个时间内,认识了鸡枞。母亲把背着鸡枞的山民带回家,他们篮子里装满的带着山茅野草的鸡枞,是我认识的第一种菌子,然后,母亲递给山民两块钱。之后,我们就摘来南瓜叶,坐在井水边洗鸡枞,炼油鸡枞,从热锅中散出的美味,就是云南野生菌的魔幻现实主义。

　　魔幻现实主义的野生菌,是从一场闪电雷雨开始的。那个盛夏,我恰好就住在一户村民家中,夜里又是闪电又是雷又是雨,村民说,明天早上五点起床上山拾菌子,问我是否同行。这真是好事啊,我早早就睡下了,在雷雨声中想象着明天上山的路,是啊,这是一条拾菌子的路。早上五点前我已经站在院子里,雨早就停了,我知道今天又该是一个好天气。这座村里的年轻人都进城打工去了,但总有人要留下来的,我所住的这户村民家里,还有两个中学生。恰好是周末,昨晚上两个男孩儿就在说拾菌子的事情，我就参与进去了，他们说夏天只要每周末回家来拾一篮子菌子，背到五公里外的小镇卖出去，就是两兄弟几十天的生活费用了。两个男孩儿的眼睛很明亮，他们幻想着上山拾菌子的路，旁边的村民是男孩儿们的叔叔，他带着我们上山了。雨后的路上积满了泥巴，但上了山间小路天就亮了，铺满了松针的小路上，我走在他们中间，走着走着天越来越亮开了。两个男孩儿直奔主题，我紧跟着男孩儿们，他们发现了目标便加快了速度。

这座山真是野生菌的天堂，我竟然看见了深紫色野生菌，男孩儿们告诉我说，这个叫墨水菌，多么美好的名字，能食用吗？从这一刻开始，我告诉自己，要学会辨别能食用或不能食用的野生菌的同时，还要知道有毒或无毒的野生菌……我舍不得采下那丛紫色的墨水菌，这是我头一次遇上的菌子，而且就是那么一小簇，我没有去采撷，心底留下了一个美好的念想，我希望这簇美丽的墨水菌能留在它们生长的位置，它的深紫色菌冠就像是画出来的，有一种不真实的感觉，然而，它就在那里，如果不是亲眼看见，我也会质疑它的真实存在。

鸡枞竟然出现了，我儿时见过母亲在夏天的雷雨后的某个下午带回来的一篮子野生菌，无毒的云南珍菌，我寻着松针叶看见了一簇簇的白蚁巢穴外的鸡枞，它那椭圆形无滑的形状，吸引我奔向前，好多的鸡枞，两个少年不慌不忙地奔向前，他们知道宝贝在哪里就往哪里走，我只用跟紧他们的影子就行了……我突然发现了有粉尘般的野生菌便奔向前，走在前面的男孩儿们似乎预感到了什么，回过头来提高了嗓门告诉我，别碰那粉尘般的野生菌，它们有毒……我终于看见了传说中的有巨毒的野生菌，每一朵长得都像妖姬。我在几米外欣赏着这丛粉尘般的野生菌，我活了这么长时间，第一次发现有这么美艳的野生菌。

我走了，我手中的提篮中有刚采到的鸡枞，我对它很信赖，因为这是母亲留下的回忆。

两个男孩儿招手让我走上前去，他们似乎又发现了什么。我走上前，两个男孩儿说这簇野生菌民间叫鬼菌子，问我它的样子像不像鬼。我倒吸了一口冷气，确实的，被白色粉粒状鳞片所覆盖的鬼伞似的两朵孤零零的野生菌，确实像是来自炼狱中的魔鬼。我移开目光，两个男孩儿突然间就发现了金黄色的牛肝菌，这一片牛肝菌足够我们三个人采集了。太阳已经照到了这后丘陵深处，除了我们几个人的呼吸和说话声，听不到任何其他声音。毕竟，那时候周围还没有高速公路。之后，两个男孩儿背着两篮野生菌去小镇集市了，我拎着那篮野生菌在山下的乡村公路边，招手搭上了中巴车到了县城，又乘火车回到了家。那是我第一次亲手采集野生菌，回到家就叫来了几个朋友们以野生菌的名义相聚。我很骄傲地讲述着大山深处与我相遇的每一簇野生菌的长势和色彩，餐桌上的野生菌宴席散发出特有的香味。

云南是一个充满了魔幻现实主义的世界，每年夏季来临，野生菌采集者们都在等待着雷电和雨水的降临。有一次，我们的一个朋友食用野生菌中毒了，被送进了医院，我们去看她，她似乎在梦中穿越着，根本就不知道我们是谁，但看见我们在场，她总想说话。医生说，这是野生菌中毒后的失忆和迷幻状态，她已经脱离了生命危险，住院治疗半个多月，就会恢复原状态。医生还说，在很多边僻的乡舍，村民食用野生菌中毒又没有及时送医院的话，就会有生命危险。野生菌中毒的现象在夏季会很多，食用野生菌，首先要了解它的毒性，很多可食用的野生菌也是有毒的，重要的是在烹饪过程如何将毒性排除。这个过程控制好了，野生菌的巨毒也就消失了。我自己在家也会将有毒的野生菌带回来，比如见手青，那是一种非常好吃的但有毒的野生菌，如果将它放在火锅中煮沸后食用，真是上好的珍品。红见手、紫见手、见手青……这是云南常食的野生菌之一，尽管有毒，但人们已经掌握了解决毒性的办法，所以，食用后也很安全。

母亲在夏季经常从菜场买回来的两种野生菌，也是我非常喜欢的，它们就是鸡油菌或青头菌，这两种根本就没有任何毒性的野生菌，只要加上青椒火腿炒或煮汤，均是夏季野生菌中最温情的享受。而当你面对一锅有毒性的火锅时，围坐在餐桌前的人们都在默数着时间，在时间未到时都不会轻易动筷。野生菌让人们的食用力回到了最原始的状态，我猜想在古代，人们食用野生菌时根本就不知道有毒或无毒，那时候的食用是因为饥饿。在饥饿的时代，人们会食用很多东西，野生菌又是那么诱人，就像大地上的泉水和野果蔬菜，后来，才慢慢地在食用野生菌时看见了生死的无常规则。

野生菌生长时，住在附近的村民是第一时间的采集者，随同时代的演变，我幼年时代食用的鸡枞现在已成为云南野生菌最高端山珍，每一斤上千元的价格每年都在继续上涨。村民们将采集的野生菌背下山时，山下公路边已经等待的二手商人蜂拥而上，自从野生菌被食用后，它就变成了商品。城市人的味蕾越来越偏向民间化，因为随同高科技的降临，人们对现代食用品的信赖度越来越低，因此，有那么多人都在选择更边远化的无化学物质的农产品。野生菌长在山野之间，自然是山珍中的上品了。

前些年，我途径了多年前居住过的村寨时，恰好又是烈日灼心的夏天，便同几个朋友走进了村庄，但那些曾经住过的土坯房已经消失，整座村庄都被改造成了钢筋混凝土的建筑。人类的文明史记可以从建筑的变迁中寻找到依据,尽管我是那么喜欢山村的土坯房原乡,然而,文明的力量是无法抗拒的。在文明发展浪潮推进的乡村建设中,城与乡在不断地拉近距离,高速公路的出现可以使山里的野生菌以最快速度进入大城市,因为大城市才是高端消费者联盟的天堂。所以,野生菌的价格每年都在上涨,因为人类的味蕾需求也在不断上涨。

我们好不容易寻找到了我多年以前住过的村民家,同样的钢筋水泥建筑共三层, 当年上学拾野生菌的两个男孩儿已经不在村里了,他们的父母告诉我说,两个男孩儿已经三十多岁了,在省城开了家野生菌火锅店,父母就在村里生活;每年野生菌生长时,他们就会开车回家收购村民拾回来的野生菌, 带到省城的大冰箱中冰冻起来。正说着,门外有车的声音,是两兄弟回来了,当年的两个中学生已经成熟,他们又想起了当年带我去寻找野生菌的那个天还没亮的早晨,并告诉我说,马上就要有一场雷雨闪电了,明天早晨带我几个朋友去山上捡菌子。几个朋友大声叫着,这是我们梦想成真的时刻。

果然,天气变了,刚刚才晴好的天空突然就来了一层层黑压压的乌云,两兄弟看看天空说,天气就要变了。只要有雷雨闪电,潜藏在泥巴里的野生菌就会像梦一样冒出来。正说着,天空中发出一阵阵从远而近的雷声,接下来是闪电,再接下来是大雨……我们在静默中,迎接着这场野生菌的诞生仪典。好好睡觉吧,我们要在五点钟起床上山,雨下着,雷电已经谢幕了,雨还在下着,后来我睡着了。

两兄弟带着我们在黎明前已经来到山上,两兄弟说,每一种野生菌都有它们每年再生的地方,它们去年出世的地方,也就是它们今年再生之地。简言之,每一窝野生菌无论它们是什么属性,拥有什么芳名,都依然生活在它们从前的窝子里。我刚上山竟然发现了一窝干巴菌,朋友们都说我运气好。在一棵树下的茅草丛中,那窝干巴菌就在那里等待着我,这也许就是运气吧!干巴菌无疑是云南野生菌中的超级头等山珍了。我小心翼翼地蹲下,作为一个云南人,我知道野生菌就是云南的另一种自然生物遗产。我们分头寻找,这样更充满了意想不到的幻境,寻找野生菌本就是一场奇幻之境的旅行。

我伸出双手将那窝干巴菌慢慢地采集到篮子里,这是两兄弟为我们每个人配制的背篮, 它意味着我们都会寻找到没见过的菌类。对于我说,云南野生菌除了食用之外,它的出生地本就是一个充满了魔幻现实主义的现场, 我用双手捧住了那窝长势旺盛的干巴菌。出发前,两兄弟告诉我们,遇到可食用的野生菌就大胆地采集,只有采走,它们明年才会生长得更好。往前走时,我没有与那窝深紫色的野生菌相遇,是啊,我们每一次走的路都不是同一条路线,这就是人生。

前面出现了一窝紫丁香蘑还有花脸香蘑,我知道这是可食用的无毒菌类。我蹲在它们身边观察了很久,在一层层天然的腐质层土上,它们似乎知道我的到来,已经全都敞开着冠顶,我觉得观赏它们的存在,有时候甚至比食用它们的美味更具有魔力,因为它们是鲜活的生物体状的原形。尽管如此,我还是要带走紫丁香蘑,我用手里的小铲子轻柔地使它们离开了腐质土。

这一次,我遇见了又一种巨毒菌,它们也叫小白菌、蝴蝶菌、指甲菌……这是一种误食后可致人死亡的毒菌。这一次,我可以慢慢地站在它们身边了,它们看上去同样是那么美,冠状中一道道的褶皱,让人忍不住想去摸摸,但我忍住了,面对巨毒的菌类,还是要有相对的距离。就这样,我离开了,刚转身时,突然就看见了一片从树上长出来的紫红色的木耳,这个太意外了。我惊喜了片刻,因为这种木耳还具有抗炎、降血压的功效。现如今,很多人都有高血压和不同的炎症,这是为什么? 所以,凡是看见自然中古老的生物学,总有种治愈感的喜悦。我想起了一个有高血压的朋友,便开始采集这些树桩上的紫木耳,想回家时送给这位朋友。风来了,多清新的神秘之路,朋友们都不见了踪影,这就是野生菌的天堂,它有各种不同的路,召唤你采集到不同的野生菌。

一路上,我发现了奇异的野生菌,一窝又一窝的。很多野生菌我根本都不了解,也从未见过,甚至没有在书里和民间传说中见过。是的,这不是我可以细数的事情,走到一窝绿茵茵的野生菌身边,我才发现绿色中还裹着红腰带,我敬而远之,它们是不可采集的,也是不可太走近的,我开始与那些来历不明的野生菌拉开了距离。我觉得那些深红色的、金黄金黄的野生菌是充满神性的,我从内心深处突然升起了朝拜感。它们来到这个世界上,就是为了让我们看见又产生距离,当我突然间升起这内心的朝拜感时,我开始了撤离,我们约好的时间已经快到了。我慢慢地往丘陵外面撤离,差不多了,我肩上篮子已经快满了,我该撤离出去了。

就在我快走出那座生长野生菌的丘陵时,我突然被一窝玫瑰花般绚丽的野生菌吸引过去,远远看过去,它太像红玫瑰花了。这片丘陵深处竟会长出如此浪漫的野生菌,它不是让人来采集的,看上去,它们已经成为了激荡心灵的某种美的元素。不管有没有巨毒,看见它们的人,都不会伸手去采集并带走它们。

在野生菌和人的距离中,我们采撷到了可食用的野生菌,回到了约定下山的地方,每个人都知道,我们盗走的野生菌是多么珍贵,每个人都累了,露出满足而欣悦的微笑,我们就这样下山了。我们一群人,确实是盗野生菌的人类之一,自从先民们发现了可食的野生菌以后,一代又一代人就开始了盗劫。我们参与其中,将一场雷雨之后的野生菌带走。我们为什么贪恋野生菌的香味？因为我们是人类中的一分子，自从有了人类，饥饿和身体产生了与万物的关系。

我们把从大山深处刚采集的新鲜的野生菌回到我们的城市时，整座城因为上下班拥挤不堪，车辆就像甲壳虫般缓慢地在堵塞中移动向前。我们肩背着带着腐植叶土的野生菌回到家，用自来水开始清洗野生菌……这将又是一场野生菌宴席的降临，如果仅仅是一个人品尝野生菌是多么无聊和孤独。当我从大山深处采集完后的刹那间，一场野生宴的聚会就开始孕育了，我在回家的路上，就列出了聚会者的名单。

朋友们来了——他们一听说是采集而来的野生菌，来得很快。那个下午，几个朋友开始清洗野生菌，朋友中自然有烹饪师……几十种来自大山深处的野生菌，成为一场梦中和现实的宴席。最重要的不在于食用和品尝野生菌，而是围绕野生菌所衍生出的话题。几个小时以后，该来的朋友都来了，该烹饪好的野生菌都变成了碟中的美食……围着圆桌，碗筷在响应味蕾的召唤。

从野生菌的食用开始，仿佛是一场圆桌论坛：朋友们由野生菌的多变性开始，穿插我们所置身时代的多种被污染的水和食品，有时也会穿插地球人所发动的一场场战争……野生菌已经离开了土生土长的那座丘陵，当它面对我们的咀嚼时，是否会发出无声的抗议？不知道为什么，我有些忧伤，这些从碟盘碗筷中发出的忧伤，使我想起走过的那些山川，那些从地理位置中盛放和隐形的另一些生命状态……总之，我的忧伤中散发着野生菌的奇异香味，朋友们在品尝野生菌时，也在传递着世间的轶闻。

有一天，我路过了两兄弟开的那家野生菌餐厅，整条街上都弥漫着美食的烟火气息。我又想起了多年前，两兄弟带我第一次去采集野生菌时的情形。那时候,他们只想多采集野生菌到小镇的集市去换得上学的费用。然而,这一切的开始却成为了他们一生所从事的职业。他们的野生菌餐厅看上去生意很好,门口的凳子上坐着很多等待的人。

野生菌对于我来说,就是一个魔幻现实主义的世界,每年野生菌上市时,只要你出门去菜市场,就会看见那些从大山深处经过好几道贩卖者而进入城市的野生菌,它们面对城市人的眼光时,已经完成了生长的过程。无论在哪里,每当夏天的一场雷雨闪电来临时,我就会幻想出那一座座生长野生菌的山丘,那些魔幻现实主义的野生菌天堂:在寻找可食用或巨毒弥漫的野生菌的路上,我曾经是一个采集者,我曾经有机会跟着他们在天亮前出发;我来到一条在一场雷雨闪电后盛开着野生菌的小路上,从任意条路走进去,都可以采集到野生菌。正是这种经历,让我相信那些闪烁着灵光的野生菌,在可食用或巨毒间也有神性在召唤着我们。野生菌也是一部思想者的大书,我们除了品尝外,也在思考人生的许多东西。正如我没有去触碰的那一窝窝野生菌,我相信在里边有神秘的巨毒,也必然有我们无法抗拒的美学。

灵光闪烁的野生菌天堂,就在我们想进入的那片山丘,我每一次走进去,都似乎经历了一场雷电和暴雨的洗礼:这就是我们为什么要采集野生菌的理由吗? 夏天再度来临,我们是否又想起了什么?

旅行者的大理古城

　　还在久远的时代，我就从金沙江边的小县城来到了大理，那时去丽江必绕道大理。我们将大理叫下关，在下关宿一夜，才能去丽江。那个四点半钟的下午，突然就起风了，这是下关的风。同行者告诉我下关的风很大，吹起来身体像跳舞一样，因为同行者是搞舞蹈的，所以凡出声都离不开舞蹈。那时候的下关也被称为"小香港"，街头巷尾都有很多的商店。我在风中看见许多穿喇叭裤的女子走在路上时，像在跳舞。我走在路上时风很大，身体仿佛也在跳舞，一个站在发廊门口的理发师叫我进去坐坐，洗头或烫发都行。那个二十多岁的青年人，发出来自江南的声音。

　　我进了发廊是想避一下外面的风，风真的很大，街面上那些穿着喇叭裤、高跟鞋的女子，真的好像是在跳舞。她们已经适应了下关的风，那一阵阵的风中有旋律，也有洱海边的潮汐。大理被喻为"小香港"，是因为它确实有像传说中的香港那样的潮流。我们当时看流行就是看服饰、发型，它代表了一座城市的格调。没有想到进到发廊，全是一帮来自江南的年轻人，他们每个人都在忙碌。迎我进屋的青年人引领我的目光去看墙壁贴着的彩色发型画报，青年人说现在流行烫发："姑娘，你这么好看，就烫一个波浪似的卷毛吧？"

　　我愣了片刻，发廊中弥漫着浓郁的化学烫发剂的味道，而我竟然点头答应了，因为墙壁上的每一种发型确实都很漂亮。那时候，人们很容易被潮流所卷进去,在发廊坐了好几个小时,我当然也避开了下关的那场大风。待我站起来时,我的发型已经完全变了,我在镜子里看到了披着一头波浪似鬈发的我,我看到了另外一个自我。第二天,我乘上了客车,带着另一个自我去丽江了。这是我第一次到下关,我才十八岁,我在下关的一场风中晃悠着进入了江南人开的发廊后,我改变了发型,我拥有了下关的潮流。从那以后我就知道了,当你因出远门而行走时,都会被这个时代的某些东西所改变。

这是我在古城大理的一家酒吧时回首的场景,时间过得太快了,大理已经成为了旅行者最多的地方。几乎是在流行歌曲开始盛行的时代,大理就开始迎来了一批又一批的旅行者,但那大理古城还是本地白族人所居住的地方。人们来大理,更多人就是在洱海边走一走,抬起头来看看苍山而已。他们有骑自行车来的,有乘长途车来的,一大批从事艺术的边缘人走向了大理。大理对于我来说也是遥远的,这遥远使大理这个背靠苍山、依傍洱海的地域显得更为神秘。又过去了很多年,我终于来到了大理古城住下来。洋人街周围已经有很多客栈和酒店,我此次来大理是为了寻找南诏大理国的历史,从此以后,我就跟大理古城结下了不解之缘。多年以后,我出版了《洱海传》,我写的洱海就是岸上的历史,也就是南诏大理国的历史。

第一次下榻洋人街边的客栈时,旅行者陆陆续续地进来又走出去。古城还没有现在这样热闹,我在客栈中碰到了几个年轻人,他们想去走苍山。我们坐在客栈的院落品着一壶茶,抬起头来就能看见苍山,这是早餐以后的九点半钟左右,苍山被灰蓝色的雾所笼罩着。我们边品茶,边眺望苍山,这时候的苍山不时地变幻着色彩,几个年轻人仿佛对苍山着了迷,他们计划明天就去走苍山。我说,苍山越往上走海拔越高,苍山的天气变幻无穷,要做好一切准备才能上山去。他们说该准备的都已经准备好了,他们这一次行走只是探路,不会走太远的。第二天,他们真的就上苍山了。还好,天气不错,看上去苍山只有几条飘带似的雾。

他们出门时我恰好站在窗边,看见他们每一个人都穿着旅游鞋。这是近些年来才出现的鞋,早些年是看不到旅游鞋的;更早时候,人们穿着军用胶鞋、布鞋和皮鞋在旅行。现在,旅游鞋出现了,这是一种新的现象。旅游鞋的出现让行走者的双脚更富有具象性,各种颜色的旅游鞋来到男男女女的脚上,在旅游鞋的尺码下隐藏着人文地理的版图。我看见了院子里那几个去苍山的年轻人,他们肩上背着大包,也就是在这里,背包旅行者出现了。他们要在苍山的半山腰露营,我想起支起帐篷的苍山,几个二十多岁的年轻人将沿着洱海流域向上行走,苍山的西北,是海拔四千米以上绵延千余公里的青藏高原;苍山的东南,是平均海拔两千米的云贵高原……

他们出古城了,那天我一直都在想象着苍山绵绵不尽的植物:冷杉、茶花、杜鹃花、玉兰花、报春花、百合花、龙胆花、兰花、绿绒蒿,等等。同时我也在想象中驰骋着苍山的动物世界:豪猪、白腹锦鸡、血雉、小熊猫、中华斑羚、野猪、豹猫、小小麂……我的想象创造了现实,中年以后我们去了苍山,越往上走,海拔高度越上升。作为一个云南人,我对高海拔并没有不适应,苍山对于我就像一座神圣的仙境传说,终于来到了面前。那正是春天,我穿着一双有摩擦力的红色旅游鞋,在苍山之麓,隐约可见崇圣寺三塔、佛图塔、无为寺、桃溪中和寺、九尤女池、清碧寺三潭、感通寺……我们都走得很慢,不想追逐速度,旁边是十八条晶莹剔透的溪水,它们沿着苍山的岩石在舒缓地流动,这是我见过的自然圈中最纯净的泉水。我每遇一条溪水都会蹲下去伸手触摸温度,水的温度能表示它们在苍山流动的时间有多长。我们都是这个地球上的生物之一,因此,人类为旅行者发明了指南针、帐篷,高山平川都是旅行者的营地。我们搭起了帐篷,走到半山腰突然间就看见了许多叫不出名字的野花,一片一片在湿雾中绽放。花朵像米粒那么小,弯身问候这些大自然的杰作,能感觉到它们的香气——若干年后我在画布上呈现出了这些像米粒般细微的野花,这些充满了生命力的野花是苍山最早的春光。野花的色彩偏紫蓝色,这也是我最喜欢的色彩,当这一片片紫蓝色的无名小花朵来到我画布上时,我想我用自己内心的激情铭记了它们的存在。

那次露营苍山往上走还看见了未融化的雪,它们落在灰色的岩顶深处,我从灌木丛的小路往上去慢慢地去用身体靠近那些冰凉的岩石,是的,伟大的神性都是冰凉的、不可言说的、沉默无语的。倚依着一座座光色错落的苍山岩壁,便涌起无限的内心浪潮,如果站高些会突然看见苍山下的洱海:苍山和洱海彼此的联系,像是母语和人精神之旅的拥抱。上千年前,洱海就在苍山脚下,那时的洱海面积更辽阔,土著人都住在苍山的半山腰;再后来有了南诏大理国的历史,洱海边缘是南诏大理国都的城池,洱海边曾发生过无数次的战乱。

洱海流域像一个巨大的历史性的传奇,这源于它的源头,源于一代又一代人脚下的那个球体的旋转。地球人都在围绕着日月星辰在属于自己的版图上生生不息,走近大理的旅人是因为洱海苍山而来,自然永远是人类的奇书。洱海边岸有许多神秘的村庄,每一座村庄地名都在召唤着旅人走进去,这些村庄的地名有:夏家村、满江村、黄瓜村、下庄……还有喜州村,每一次去喜州,我都会遇到史前的步道;凡是古人安居的老宅,食用的碗筷都像从历史书中跃出。街头巷尾人潮汹涌,像是洱海边的潮汐上岸。喜州有严家宅院、四方街、魁阁,白族人穿着自己的服装,世世代代在此经营着商业和土地。除此外,还有周城村、城北村、庆洞村、双廊村、桃源村、凤阳邑村、龙下登村……这些被岁月和众生守望的古村落中,一条条青石板路上,都有现代旅人的痕迹。大理是一部伟大的自然人文历史奇书,我们都在这部奇书中留下了自己的脚印,现代的旅行者有中青年人,也有老年人。在夕阳的光照下我们看见了水边的水杉红,还有紫薇……这都是让发烧友的镜头延伸开去的景观。

先来说说到大理的年轻旅者。我们每个人都经历了青春期的狂野和孤独。狂野是从青春期的生理和幻想中产生的一种激情,没有狂野的青春期是呆滞的,带着狂野的青年人都会牵上恋人的小手。我在大理曾看见年轻的背包族,二十多岁的年龄。在这个年纪,我也曾带着青春期的狂野和妹妹海惠踏上了走黄河的路途。我记得在这个年纪,我们来到了青海果洛藏族自治州,在五千多米的海拔之下走近了黄河的源头。青春期的大理,拥入了无数的青年旅人,他们从另一些遥远的地域带来了随身听,边走边唱;他们用手机上的导航软件,就可以寻找到民俗博物馆和客栈。他们手牵手移步向前,去看风景时,全身心地投入。也有孤独的青春期旅人,他们就是刻意来享受这份孤独的,无论是男是女,他们都是独自一个人。

孤独的旅人看上去有许多自由,他们一个人在洱海行走,走着走着就进入了一座古村庄。他们面对旅行没有事先规划路线,所有一切都顺从自然和天意的安排,走着走着就走到了古村落的客栈中去居住。敞开的大理、祥和的古村落是现代旅人最喜欢的原乡,也是孤独的青春期青年人想迷失的精神之旅。

中老年的旅人大都跟随着旅行社,洱海和苍山像一个巨大的博物馆,吸引人的足迹走进去。不同年龄的人有着不同的生活方式,中老年人的旅行线路更有规划,而且他们中有很多人都是发烧友。当手机功能越来越先进时,似乎每个人都成为了摄影者。照相馆和使用胶卷的时代慢慢地远去,尽管如此,仍然有许多专业的和业余的发烧友前来,他们背着沉重的摄影器材。我的肩头曾试着背上长镜头、短镜头,但我发现了,我的肩头太柔弱,因为我去的地方都很偏远,更多的旅行都在常规旅行之外。所以,我只能用语言来记录,用绘画来重现我行走过的自然之旅。

中老年人中有许多发烧友,他们组团而来到大理。蓝天白云下的大理,让这些身心成熟的旅人仿佛开始了新生活,属于他们向往的新生活开始了。他们中的更多人已经将儿女抚养成人,已经完成了婚姻的担当和责任。肩膀上背着长镜头的旅人可以在洱海边的村落住一个星期,他们在这个年龄段开始了真正的慢生活。大理的风花雪月是他们开始慢生活的场景,在古城的客栈,我见得最多的也是这一批放慢了脚步声的旅人。

苍山洱海成为了镜头下的风景,人与自然的亲密关系除了厮守外,也需要彼此的灵感和热爱。我曾住在大理古城的一座客栈中写作了很长时间,那些日子是我生命中最散漫安静的时光。当我写作时,表面上我会跟现实保持距离甚至会失去联系,在背后,却是我与自然和人融合在一起。在大理古城的客栈中居住,没有任何人知道我从哪里来到哪里去,这使我全身心放松,每一个毛孔都打开了。我跟大理的关系,除了写作,也是大千世界的关系,从昆明到大理早年是坐大巴,后来是绿皮火车、动车;从昆明到大理,就像我在青春期乘着客车,那时候还没有夜班车,中途要夜宿在云南驿,穿过了滇西最重要的交通纽带。路上的风景,如比肩接踵的群山,都是写作者的自然记忆。后来,生活在省城,凡到想出门时就想到了大理,那时候滇西是我身体中最为重要的版图,无论我走得多远,伟大神秘而辽源的滇西,永远都是我的母语中的丰饶腹地。

在大理古城听风、在客栈中写作的日子没有人打扰,二十世纪九十年代中期,手机只用于打电话,没有微信和拍照功能。整座古城适宜散步,挑着各种时令水果的大理白族妇女们站在路边不叫卖,只是微笑着与路人的目光亲切相遇。我禁不住这朴实犹如春光般的目光吸引,总忍不住走上前,买下桃李果子拎在手上。那些水果不需要水洗,看上去是从树上摘下来的。我总认为一个人在世间活着,应该能呼吸到尘屑间的故事,也要能在岁月中品尝到尘封时间的泥沙;我还有一种认知,只要看上去是从树上摘下的水果总是干净的,哪怕有尘土也是干净的,不干净的是人体和后科技时代给人类生活所带来的污染。

大理的烧饵块是我吃过的最好的美食,加上一些酱菜腐乳,边走边吃,这是一个真正的慢生活的开始;然后看一路上的扎染店中的围巾、桌布、沙发垫……一个古老民族的历史离不开他们的纺织,我去过许多少数民族的山寨,直到如今,那儿仍保留着纺织工具,妇女从小到大都会坐在院子里的纺织机下织布,我在大理古城的一座大宅院中竟然还看见了纺布机,那是二十世纪九十年代——一个还没有被漫天飞舞的互联网所笼罩的时代,也是旅行者的脚步还没有快速前行的时代。我走进那座有织布机的院落,放慢脚步,白族妇女站起来,这是一个热情而朴素的民族。从古至今,洱海流域经历了上千年的文明和历史文化的洗礼,我看见的织布机上有花纹,院子里还晾着刚刚扎染过的布匹,它们犹如这里的民族飘窗而过来到了世界的面前。

只有敞开门窗才能融入地球人的进入，还在千年以前，古城的洋人街就有来自异域的外来旅行者，他们进入古城与当地的人民互相交换商品。日月之下，大千世界无奇不有，留给后来者的是无尽的遐思。作为一个从小出生在滇西的写作者，大理是我不断途经之地，每每到大理抬起头来看见苍山洱海，灵魂顿时感觉到了一种乌有之乡的安宁居所，大理确实能将人的灵魂召唤到自己的身边。

我见过一个女子，她住在客栈，时间长了，她大约知道我是写作的，就约我去洋人街的酒吧坐一坐。那是我在古城第一次去酒吧，那也是我人生中最彷徨的时光。整个二十世纪九十年代，我都在疯狂地写作。在写作中有许多隐形的旅行线路，当我来到古城时，尤其想先要到洱海边去吹吹风……洱海边有当地人在游泳，我认识的一个写作者，从青年时期开始每天都在洱海边游泳，不受天气的任何影响，如今七十多岁了，仍然每天坚持从洱海边游到他想去的湖中心又游回来。他已经习惯了这种生活方式，只有每天从洱海中游泳回到岸上，他的身体才会回到烟火中去生活。

我不会游泳，但喜欢沿着水边行走，这一次又一次的行走让我看见了许多旅人。那个住在客栈中的女子告诉我，她离婚后的第一次旅行就选择了洱海。她是一个北方人，生活的城市没有湖泊，几年前她去过海南三亚，沿海岸线走了很长时间。那是一次孤独的行走，但记忆中好像越走越荒凉。这一次她选择了大理，想在大理住一段时间，如果可能的话就留在大理生活。她可能是外省人中第一批想在大理生活的人，她想离开从前生活的城市，她想寻找到疗伤的地方。我们在客栈中相遇，我住下来有写作陪伴，她住下来每天都在往外面行走，那天晚上她请我去洋人街喝啤酒。

她说，她一直在寻找新的生活，发现我是写作的，她想将内心的想法说出来,问我是否愿意倾听。那时候,洋人街的酒吧还没有像今天这样热闹,开酒吧的人也都是一些喜欢唱歌的年轻人。我们坐在外面的过道上,她要了啤酒,喝了一杯后眼里就出现了梦幻的色彩。她说,这几十天她其实都在古城和洱海边行走,她从没有因为一个地方的旅行可以住上几十天。这次在大理,她慢慢地清理自己的生活,她想来一次彻头彻尾的变革,所以她在寻找大理的元素。她说,她已经喜欢上了洱海边的礁石,每次去洱海她都会寻找一座临水的礁石坐下来,风吹拂着她的面颊和发丝;她说,她喜欢古城里的所有美食,在她从小生活的北方,她从没有品尝过这么多从烧饵块到凉粉再到木瓜煮鱼的味道,这似乎是她饥饿时最想品尝的味道;她说,她喜欢上了大理的天气,来大理时正是盛夏,这个季节在北方是要用空调的,然而,大理整个就是一座天然大空调;她说,来到大理后她呼吸到了从未有过的好空气,大理人家家户户都喜欢栽花,每天在古城散步,都能遇上卖花的大理人,而且大理的物价不高;她说,最重要的是她能感觉到自己,已经慢慢地融入了大理人的生活方式中去,她的身体有一种幸福感,使她达到了疗伤以及与往事告别的仪式感;她说,她已经决定了,要在大理古城寻找一座庭院开客栈,这是她最大的现实和梦想……

我当然是一个最好的聆听者,我们已经不知不觉喝了很多啤酒。就是这个女子,在大理寻找到了离婚以后的生活,我不知道那些年她是怎么独自筹款买下这座宅院的,我后来离开了,这些事也就忘了。又过去了许多年,我又来到了古城,正拉着箱子想寻找客栈时,一个女子走到了我身边。世事忙碌,烟火不尽,我看着面前的这个女子,竟然无法想起来她是谁。她提醒我说,大约在七八年前,我们同住一座客栈,我经常坐在院子里的紫薇树下写作,她那时候刚离婚……她这么一说,我马上就明白站在面前的女人是谁了。

时光确实过得太快太快了,转瞬间,她已经将那座买下的宅院打造成了客栈,名为"茶花客栈"。真好啊,她一定要带我去她的客栈住下来。院子里栽了那么多的茶花,她告诉我,她的茶花一年四季都会开放的。她爱上了大理的茶花,就开始了培植茶花,并以茶花为名开了客栈。看上去,她已经活出了真正的自己,我们一生其实都想寻找到自我,漂移的航线将我们载到不同的地方,我们的生活首先要生存,只有解决了生存问题才能抵达虚幻之地,伟大的哲学或诗意正是从生存和梦想的冲突中诞生的。

大理是一座哲学之城,也是一座美学和诗意之城,越来越多的人来到了大理,后来就住了下来,他们以各种方式生存着。开茶花客栈的女子比多年前成熟了,她在大理寻找到了新的恋情和婚姻生活。她带我上楼,并把能看见苍山的那间客房留给了我。她这些年的生活充满了叙事,仅有诗意是不够的,从改造这座宅院到移植茶花,最重要的是要让旅人走进来。我想,这样的叙事是美妙的,也是从艰辛中开始的。在这七八年中,我自己也是在年复一年中经历着叙事,当我站在窗边看见苍山时,心里如此喜悦:此刻的苍山仍然挂着青蓝色的云雾,那一团团的雾在移动,像我们的人生。

院子里不时有箱子的滑轮声穿过茶花的香气,我坐下来开始写作:我带着一部进行中的长篇小说,想在客栈住一周。大理的云和洱海的浪让我总能寻找到讲故事的灵感,写作完下楼去古城中走一走,从陌生人的面孔和表情中,我与他们擦身而过时,就有了讲故事的激情。简言之,从古至今,洱海流域的群山和盆地,来来往往的人们是苍穹下的历史。

在古城,挑水果的妇女们不时地更换位置,她们立在街边,用心地将篮子里的水果垒起，像一幅幅油画。也有站在路边卖古董的，那些生出斑斑驳驳痕迹的小首饰、花瓶、玉器，谁也不知道它们是从哪里来的，有人蹲下寻价，有人想看到古董的前世。我看见一只银镯那么好看，便拿起来细看，我想这只银镯的前世与一个美丽的女子有关，她的前世浩瀚无垠，犹如苍山雾洱海边的絮语。我对收藏保持着敬畏感，认为这些漫长岁月中的物件不需要我去收藏，它们只属于博物馆，属于人类的秘史。因此，我从不将任何古董带回家，我们只是过客——宇宙万物在人类之前就存在了，我们只是礼赞、祈祷和守望者。路过很多地方，看见了来自楼宇街巷的前世，在大理，每一次停留都想住下来，无论以哪种方式漫游，观看潮水和风景，似乎都是一次次的修行。

新的旅行者又来到了大理，智能时代降临了。人们可以在手机上订机票订酒店，人未到已经将旅游的行程提前了：带着一部手机就可以私聊工作，就可以云游四海。我重返大理古城的那个黄昏，抬头又见苍山洱海，是的，每次到大理只有见到苍山洱海边，我的灵魂才能安顿下来。这一次我又住进了古城中的客栈，从小巷道往里走，面朝苍山，那被落日余晖所笼罩的苍山，有一种熔金色的光泽，小巷里依然是一群群拉着箱子的年轻旅人：这是一座旅人的天堂。我踏着雨后彩虹过后的石板路，静悄悄地往前走，大理是喧腾的，因为有那么多旅人像潮水般涌入，然而，在这波涛汹涌的潮水之后，是安静的黄昏，旅人们站在任何地方都在拍照，天空之镜中那些绵绵不绝的云絮，是旅行者最沉迷的，手机伸出去就能拍到苍山的云图，古城小巷中的白族妇女的背影……大理古镇就是现代人所寻找的原乡。

我又一次住进了古城，如果我想诗意地度过这个良夜，可以走到洋人街,这条街充满了梦幻的场景:随同夜幕上升,人们都陆续从景区回来了,走着走着就到了传说中的洋人街。这条不长的街上有咖啡馆、酒吧和餐馆,小巷深处挂着当地白族人的扎染布,在夜色中看过去,五颜六色的扎染仿佛在坚守着一个古老民族的手工技艺。总有人走上去讨价还价,然后带走一块扎染布,如今,来自大理的扎染土布已经来到了大城市的咖啡馆酒吧,成为了桌布挂饰,实现了它在时间历史长河中的绵延不绝。

洋人街的酒吧里,每天都有乐队歌手在伴奏演唱,歌手在不断地翻唱从二十世纪八十年代过渡到现在的流行歌曲。我们品尝着点心和啤酒,意识进入了昨日世界和二十一世纪的交界点,每个人都带着私人的记忆,而个人的历史离不开时代的往事。大理古城有苍山洱海流域的星空和大地,旅者奔赴此地,仿佛是一场又一场赴约的故事。讲好每一个故事,都需要人和自然万物的参与。我喝完了那最后一杯啤酒,已经过了半夜,我们走出酒吧,此刻的洋人街依然人来人往。一位卖花的妇女走近我,我买下了她手中所有的山茶花,她很高兴,我看见了世界的微笑,来自苍山洱海的微笑。

下 部

法依哨

年轻的镇长带我进入法依哨的春天

　　是的，很多年以后，经历了漫长的余生的时光之后，我已经是垂垂老者了，人都会老去的，就像草木的枯竭，就像电影从开头到了尾声。但我相信我的记忆深处，一定会铭记那个春天，年轻的镇长带我进入法依哨的那个午后。

　　我第一次去法依哨时，是因为命运，人生中很多事情的发生，都来自命运，我始终相信命运是由人的念想决定的，无论是前世和今世，有缘的场景均是宿命。从田野往上走，坡度并不大，我去过云南很多安居在半山腰的村舍，你从山脚底下往上走，海拔在不经意地上升，风随同上升的高度会越变越冷，通常山底下是热风，往上走风就开始从热转凉，我们一行人往上走，跟着当时的镇长往上走——他比我们要年轻得多，那一代人出生时，也正是我们的青春期开始出发的时间——那个春天，年轻的镇长带着我们往上走。往上走的路不会让你气喘，坡度就像移动过去的光线，也在往上流动。

　　很快就到了一堆坍塌的石头房前，镇长告诉我说，这里从前是供销社的老房子，这座村庄原来也是西三镇所在地。我感觉到自己的眼睛在发亮，看见那些已经坍塌了很久的石头房，我知道这个地方可以放下我的藏书……梦想就是从镇长和村民们带我去看石头房开始的。也就是从此刻开始，我的灵魂已经悄悄地进入了法依哨。是的，多少年来，我一直在寻找一处地貌和版图。我那不安宁的心，其实是想带上书籍和我余生的爱，奔往另一个天远地僻之地。我已经在城市生活了太长时间，这并不意味着我厌倦城市，反之，我只是厌倦自我，厌倦在城市生活久了的感官的慵懒、灵性的丧失。在一个和平安宁的时代，我梦想着来一场精神之旅的逃亡和迁徙之旅。

有时候，我真想跟随天空中迁徙的群鸟拍击着翅膀，在春夏秋冬中自由自在地选择各种不同的方向。但造物主造人时让人有了行走的四肢，却没有飞禽走兽的翅膀和驰骋不息的领地。人，从出生后就携带着脐带被剪断的血迹，落在尘土上，这意味着人的一生就像草木，离不开尘土的滋养。我们从小就在泥土中奔跑，小时候没有塑料玩具，就开始玩泥巴，那是另一座滇西小镇的黄泥，当我们将手边的泥巴捏成小鸟兔子时，其实，我们的身体已经开始在泥土中生根发芽。如何在泥土中生根，这需要更多雨水阳光和黑夜交织的时光。

在小镇出生、生活的我，进入青春期以后就幻想着往外走，那时候最向往的职业就是做一名列车乘务员，其实，在我生活的小镇远离铁路轨道，传说中的绿皮火车离我的青春也很远。远，本就是滋生幻境的渊源，因为遥远，天高地厚，我们仅凭传说幻想着那些看不见的踪影，在谋略着靠双脚移动而去的地平线。远，造就了人在无限的距离中，为自我意识而绵延出去的个人主义的行为。我们从前捏过的飞禽走兽，最终又回到了尘土中，而日益增长的梦想使我在没有绿皮火车的滇西小镇，搭上了一辆大货车来到了省城。

转眼之间，我像一只蝴蝶已经在城市，用薄薄的身翼，体验过了一次次生死重生的岁月。进入城市时，我只有几纸箱的书和简单的行李，在郊区租住过房子，那一阶段人的奋斗似乎都是在为一间房子而努力。当有了自己的写作房间后，我开始像燕子般筑巢，除了带回粮食果蔬外，还一次次地将书籍带回家。在高高的书架下写作，我像一个被奴役的囚徒,于是便开始往城市之外的小路奔去,每一次行走都会走到各种颜色和海拔高度的地域。

当镇长带着我们来到法依哨时,春麦还没有变黄,有麦子的地方,我的心就会怦然跳动。麦地上那些起伏不定的波涛,虽然远离海洋,却是另一种音符。我站在麦田中往上看去,就看到了通往法依哨的路。人这一生,会遇见太多的美景,在美的视野中,只有发现破碎和苍茫者,才能解开时间的绳索:犹如在岩画上看见史前的血、史前的树叶、史前的火种、史前的男女、史前的江河、史前的生死、史前的灵魂。白云那么快,河流流转不息,愿我的心灵有渡水的河床,有冥想的草木,有呼吸的尘味……一群鸟儿在头顶盘旋,有群鸟的地方必有烟火,这几乎是地球上人类的普遍性气象。

尘埃上的屋宇

　　工匠精神造就了尘埃上的屋宇,转眼之间,那座坍塌的石头房子已经尘埃落定,一个奇迹出现在梦想醒来后的早晨,在法依哨的村庄里有了我梦中的书画院。我不敢相信这是真的,尽管在坍塌的石头房的重建中,我一次次地前往法依哨。我看见了来自云南剑川的木匠,我看见了泥瓦匠……在从前的废墟上我几乎能听见石头在暴风雨过后,不断坍塌的声音。人类的每一座大大小小的废墟,都曾经拥有过辉煌的前夜。我在滇西北的小镇生活时,母亲手里捏着票据,她捏得很紧,害怕风儿过来挟持她手中的宝贝,我紧紧地拉着母亲的衣角,似乎也害怕被风儿吹走。供销社有烟酒茶,有盐,有布匹,有搪瓷碗筷等等,到了供销社就能看见日常生活的用品,母亲小心翼翼地将票据递上去,就能买回茶叶盐巴,年关之前,母亲会站在柜台前伸手抚摸着五六种花布,我得踮着脚尖才能看见花布上的蝴蝶和昆虫。供销社的工作人员用尺子量着布匹,这意味着母亲要在年关之前为我们做新装了。如今,岁月已逝,母亲手握票据的年代已经过去了。

　　坍塌的石头开始往上重新筑建,早先看见的坍塌物已经消失了。在过去的废墟之上重建一座书画院,这就是我梦想的一部分,每隔一段时间我都会赶往法依哨。二楼是木建筑,剑川木匠说着他们的方言,向我介绍着从木楼梯上去的建筑功能。我看见了剑川工匠开始搭建楼梯，这一刻，我嗅到了松木的清香味，便想起了在广袤的云南原始森林中行走时，那些隐藏在海拔之上的红豆杉或云南松，还有紫荆、高山杜鹃和茶树等等。我看见从一楼逐渐上升的楼梯，时间到了，我告诉自己，我该回去整理书籍了。为什么要将梦中的书画院筑在法依哨？这件事有待我慢慢陈述。正像所有的梦都因为灵魂激荡而起，从而跃出了深渊一样：我开始将上半辈子收藏的书籍装在纸箱中，为了保持书籍的干净，我从印刷厂中买回了干净的纸箱。整理书籍和搬家在我的一生中，不亚于农人修复土地的辛苦。每次整理书籍都会发现隐藏在书中的飞蛾，它们是向光焰飞来的，每一只小小的飞蛾，都会奔向有光的地方。它们心甘情愿地在火焰中死去，这是一种飞蛾扑火般的殉情，也是飞蛾最终的命运。

书也是迁徙者，当它从书架上被取下来时，就意味着它们又要奔往新的旅途了。人，在世间烟火中生活的时间如同过客，如同一只扑火的飞蛾，因为人生如夏花之灿烂，所以，人的梦想中产生了像众鸟的飞行之路后，就开始带着灵魂出行。法依哨的那座石头房子在等待着我，从印刷厂买来的四四方方的或者长方形体的纸箱，可以让书籍平平稳稳地放进去。看上去，每一本书都心生喜悦，这一本本从我开始买书时就存在的物体，它们仿佛自带体温和舌头上的灼热。我用干净的毛巾擦干净了它们书背上的灰尘，遇上死去的飞蛾从书中落下时，感觉到窗户外吹来了一阵风，将它们带到该去的地方了。我想，一只飞蛾最想去的地方，应该是树木茂密的自然里，只有在盛夏，飞蛾扑火后的轮回才会重新降临。房间过道里装满的纸箱像小山丘开始隆起来后，这些书将随我去奔赴法依哨。

我开始预约搬家公司的货车，时代在巨变，只要你想做的事，这个时代都会有帮助你完成的机构。搬家公司已经在城市流行二十多年了,很多年前我从出租屋中搬家时,还没有搬家公司。现在方便多了,蚂蚁搬家公司的货车可以开进了我生活的小区。每次搬家之前,我都要准备好面包和饮料,在中途休息的间隙递给工人们,因为我每次搬家,最多的物件就是装满书籍的纸箱,而这一只只纸箱无疑是最重的,不亚于搬走一大块石头。搬家公司的工人大都三十多岁,他们没读过多少书,很多都来自天高地远的山乡。他们看上去身心都很健康,一个没有健康体力的人,是无法承担搬家公司的体力活计的。人的身份和职业,是人活在世间的另一种存在感。看上去,因为是上午八点半钟,他们似乎都已经休整好了身体,从车厢中跳下来就奔向目的地,每个人都有积极向上的活力;当他们抱起装满书籍的纸箱时,就像抱起一个婴儿般轻松。倘若你颓废沮丧,不妨去看看从车厢中跳下地的搬家公司工人,有时候他们一个人就可以背着一个大冰箱上下楼,生存的需要使他们必然付出全部的体力。

石头房中的书架

　　那么多的纸箱中装着书籍,塞满了车厢,开始导航奔往法依哨。自从有了导航以后,你可以去到任何偏僻的地方。过去有很多带路的职业,比如,乡下人开车到了城郊区,就有驾着摩托车的人奔上前来,问你是否需要带路。在过去的时代里,如果你初次从县城小镇进入省城,你会分不清东西南北,问路是一个人进入大城市必须的方法,还好,只要你肯问路,总会抵达目的。每一次问路前,都要搜寻路上来来往往的人群,直到找到了一张和气致祥的面孔,你才会走上前去。问路,是考验你判断力的时候,也是你接受一个城市的陌生人给你引路的时刻,多数情况下你都会碰到耐心的引路人,有时候也会判断失误,碰到一个烦躁不安的引路人,用手指指前方就走了。当导航出现以后,骑摩托车带路的个体职业消失了,但进入一座城市,手里虽然有手机,却懒得去导航。有时候问路,你会听到陌生的口音,这似乎也是一种交流。

　　导航时代降临以后, 你就会清晰地看见从出发到抵达的路线,那些弯曲的犹如血管似的路线,随同车轮在变幻。从昆明我所在的西福路到达弥勒西三镇的法依哨,导航图像中仿佛弹出了一条不长不短的路线。我们的车紧跟上了搬家公司的货车,满满一车厢的书啊,可这只是三分之一罢了,以后,还会有第二次、第三次,乃至第四次的搬书迁徙之路的。以后的事情慢慢说,事情总得一件一件地做。

将书迁往法依哨,是我最基本的愿望,只有将书迁入书画院里面的石头房子里,灵魂似乎才能安定。

写作,让人忘却世上那些充满了荆棘般小路的遥远,因为写作本就是这样一条路;写作,让人时时沉迷于空旷或迷离,这是一件最幸福的事情,只要你愿意,你尽可以在写作中不厌其烦地将一个梦不断地蜕变。其过程忧伤神秘,可以让你长久地旅行,遇见更多的陌生世界。

车厢中只有三分之一的书,其他的书就像帆船泊在寂寞的陆地。我们更多的时间,尤其是过去的记忆,也同样地泊在某座水岸。这就是生活,就像那一只只与我相遇的飞蛾,最终结果被我带回来,泊在一本本书中,静静地回顾着它们曾经飞翔过的短暂岁月。搬家公司的工人,驱车载着第一车厢书,沿着导航出来的路,开始进入了法依哨的山寨——前面有人在盖房,路上堆满了沙石,得绕道从另一条路进入书画院。另一条路要将车倒出去,一个村民站在路口很热情地指挥着车的转向,他大约是盖房子的泥瓦匠,卷着裤脚,外衣上全是变硬的泥沙石,但看上去,他的眼睛充满了热情。我们终于又找到了另一条进村的路,这条路没有任何阻碍物,缓慢的坡度后面就是石头房子的书画院。

车子停在门口,三个工人跳下车来,没有耽误一分钟就开始搬纸箱。书架都在一楼,我似乎又嗅到了石头中间夹杂着水泥沙石的味道……三十多只箱子全部被卸下来后,搬家公司的车子和三个工人离开了书院。我站在石头垒建的墙壁边缘,感慨一个很多年前的梦终于实现了。在这座寂静而古老的山寨,等待我的将是什么样的生活?

有燕子和喜鹊飞过的地方

　　当晨曦升起,穿裙子的人,摘野豌豆的人们,将以新生的勇气,遇见前世和今生。这或许是我编织语言的又一次良缘。群山叠加犹如迷宫,人在燕子下行走,如同蚁族的奋斗,只想觅一条明亮的道路。当镇长带我第一次来看那座石头房的坍塌,以及它废墟般的场景时,我看见了一只燕子和一只喜鹊飞过了邻居家的屋顶。常识告诉我,有燕子和喜鹊飞过的地方,就是筑巢栖息地。镇长说,这些地方风水都好……镇长很年轻,眼神掠过石头房的旧址,他的眼神告诉我,这里可以筑起梦一般冉冉升起的书画院。

　　我的眼神被阳光倒映在石头上,喜鹊在旁边的屋顶上喳喳喳地叫唤着。民间有说:"喜鹊叫,好事到……"喜鹊的喳喳声在暗示我,我来得正是时候,这就是我梦想中的书画院。终于,石匠们来了,著名的剑川木匠也来了,这就是最大的风水。再以后,我内心的方向,每隔一段时间,就奔向法依哨,每一次想到我的余生将在法依哨度过,仿佛就感觉到自己有燕子筑巢般的力量。我的生活仿佛正在重新开始,我期待着石头房子在坍塌中升起的那一天。当然,这需要时间,就像写一部书,仅凭一场梦是不可能完成的。

　　尽管如此,我已经在想象石头房里的书架,人类自从有了书架,就开始不断地制造纸上的魔法。我喜欢魔法,每一种生活,乃至佐料、创伤和书籍,均是因为有了魔法后所产生的场景。说到魔法,就像在黑暗中找到了手电筒的光圈,这时候,我们正走在一条乡间的小路上,没有灯光,但如果用心可以看见不远处的萤火虫,更远的山坡上还有深蓝色的灵光。那是一些亡灵者留在世间的光阴,像是石头上划过的鱼鳞状幻想。石头房空荡荡的,需要书的灵魂,我和几个朋友开始剪开封纸箱的胶带纸。文明是一点点变化的,小时候还没有胶带纸前,捆绑纸箱都使用绳子。

直到如今,我仍然能看见父亲和母亲手里握着麻绳和草绳。很显然,麻绳要更结实些,看上去也更贵重些;草绳更接地气,乡间的老人们坐在门外晒太阳时,手里会捏着干枯后的稻草编草绳。生活中太多物件都需要捆绑才能结实,以便走得更远后仍能不被损坏。人,大约也是需要捆绑的,所以,从生下来后,父母总告诫我们,哪些事是不能做的,不能做的事情一旦做了会有什么样的后果等等,这就像是使用绳子捆绑的艺术。

一个时代过去了,另一个时代降临了。有了胶带纸以后,使用麻绳和草绳的机会就减少了,当然,后来就有了尼龙绳和钢筋绳等。无论在哪一个时代,都是需要绳子的,而且绳子做得越来越结实了。当一箱箱纸箱被打开以后,我读过的书以及未读过的书敞开在石头房子里,虽然二楼是木房子,但我很多时候都把这幢建筑称为石头屋。我想起了梭罗的房子、瓦尔登湖的房子。当目光开始恍惚时,我的朋友们已经开始将书放到书架上,这就是一本本书迁徙后所抵达之地。书的秘密,如果失去了人的存在是毫无意义的。如果失去了伸手从书架上取书的姿势,书仅是一种陪衬,也是毫无意义的。书的功能来源于人的抚摸和阅读。书,为什么称之为灵魂,当我们将全部书放在书架上时,石头房子里突然引来了下午落日前夕的光束。这些光仿佛会奔跑,因为几分钟前,它们还停留在书画院对面的屋顶上,现在,这一束束燃烧了一天的光热,突然嗖嗖嗖地发出声音,奔向了石头房的书架,这真是一个令人激动的时刻。每个人都惊喜地看着在书架上来回移动的光,每个人的脸上也就有了光。也许,因为书上有了光,就有了石头房的灵魂。为此,我内心欣喜地告诉自己,我的书,我房子里的书,我灵魂中的一部分,已经来到了法依哨,它们是这座古老村庄的另一部分光热。这世上的万物万灵,都离不开光热的照耀。

落日余晖以它们的力量,慢慢地收回了拇指粗的一束光热后,我们开始面对现实。天就要黑了,我们的目光几乎在同一时间转向了楼梯。我们的胃在蠕动,饥饿驱使我们拎东西上楼,因为刚入住石头房,我们从城里带来了大米和油盐酱醋,带来了碗筷,带来了生活下去的爱和勇气。

在没有喝酒前我已经醉了

　　剑川木匠们制作了两架从不同方向通往二楼的楼梯,为了维护木楼梯的寿命便刷上了褐红色的油漆,我很喜欢这种色彩。虽然我每天都会穿上色彩斑斓的衣装,但我相信在我的红或紫蓝色后面,是一个漫长的黑夜。我听见脚下咚咚咚的通向二楼的节奏,我们奔向了二楼的厨房,只有在这里我们解决饥饿问题。安顿好那一车厢的书籍后,我们就可以安心地取出粮袋。在这里,大米是多么香啊,瓶瓶罐罐里的调味品让我们入住乡村的第一天,变得有滋有味。一个多小时后,我们围坐在长方形的餐桌前,所有碗筷都是从网上订制的,都是崭新的。当然,餐桌上还有白酒、红酒、啤酒……朋友们举杯祝贺我以一个人的梦想为理由,顺利地入住石头房。

　　我还没有喝酒就开始醉了。一个记者身份的朋友举着杯走到我面前,问了一个很多人也想拷问的问题:为什么要选择这样一座古老的村庄做书画院?长久住下去,我是否会寂寞或孤独?这些问题在来之前已经被我的爱和激情熔炼过了,所以,我平静地微笑着,所有答案都需要未来的时光来印证。也有人举着杯走过来说,这座村庄太安静了,她在大城市的喧嚣声中,每天所向往的生活就是住在这样的村庄里。也有人举着杯来到我面前,那双梦幻的眼睛已经醉了,她说,你真幸福,能在这幢石头房里写作、绘画、睡到自然醒……

　　我没有喝多少酒就已经醉了,事实上,当我安顿好书籍上楼之前就已经醉了。我抚着褐红色的木楼梯扶手上楼，我的心滑过了扶手楼梯上的暗纹：自从年轻的镇长带我第一次进入法依哨的古村落，我的心就像那个春天核桃树上绽开的幼芽——又一个春天来了。很多事情都是从春天开始的，此刻，是深秋的法依哨，我没有喝多少酒就已经醉了，在没有喝酒之前我已经醉了。

走出厨房来到敞开的长廊，这真是天然的观景台啊，是谁设计的这座长廊？我想起了艺术家蒋凌老师的设计图，他不仅是一位建筑设计家，还是一位画家。他曾画过云南大地上许多古村落，用钢笔画和水彩还原了那些古村落的原貌。这座石头房的最终格局就是蒋凌老师和他的学生设计的。我倚靠在长廊的木栏边，从眼底慢慢地往前看过去，可以看见法依哨的烤烟房、土坯屋、水泥钢筋混凝土房，可以看见几百年的核桃树和石榴树，可以看见房屋后面的山景。天色开始暗下来，所有人都来到了可以看得见风景的廊道上。朋友们感慨着城市和村寨的差异，追问着许多未来的事情。最终，我们又回到了睡觉的房间，这一夜，是我入住石头房的第一个晚上，就像往常一样，洗漱过后，我带着一本书、一片安眠药来到了床边。

面对长夜，没有书是不行的，我城里的床上三分之一的空间，放的都是枕边书。这对于我来说，是从青春期开始养成的习惯。一盏台灯照在打开的书上，就像照亮了夜晚行走的路。睡前的习惯会使身体安静下来，尽管如此，长久的失眠症状仍然是我无法拒绝的陪伴。年轻时，可以三天三夜不睡觉，任失眠症泛滥下去，第二天身体依然像小鸟一样轻盈。到了现在这个年龄，就开始依赖安眠药片了。白色的安眠药，在你急需要面对一个不眠夜时，就尽快地用温水送入咽喉。这一夜，我翻读了几页书后，睡神突然降临，我睡着了，第二天五点钟前醒了。环顾四周，我问自己，这是哪里？我是从哪里来的？为什么睡在如此陌生的房间里?从床上下来,走到窗前,掀开窗帘的一角,外面有弥漫着湿气的晨曦,我明白了,我睡在法依哨的石头房里,转身,看见了那白色的安眠药——昨晚,我竟然没有服安眠药就睡着了。

法依哨迎来晨光熹微时,我们已经下楼了。从这一刻开始,我将以我自己的身体和时光去融入一座古村寨的现实生活中去。之后不久,石头房迎来了我满满一车厢的油画……我从二〇一四年春天开始画画,我知道,我所涂鸦过的都是一种练习。当年轻的装修工人站在高高的脚手架上,将我的一幅幅油画挂在石头房的空间里时,我知道,我已经来了,我真的来到了法依哨。在以后的日子里,除了将另外三分之二的书迁入石头房外,我还需要面对法依哨的农事和烟火人间的故事。就像那天我下楼以后的早晨,几个朋友兴致勃勃地拉开门闩,空气中弥漫着牛羊粪的味道,但当我们朝着村庄的小路走去时,空气中又飘来了山野果树的味道。整座村寨其实就是一座我想象过的、期待过的迷宫。

深秋的法依哨通向四野的路线已经越来越近,朋友们不断地举着手机在拍照。在智能时代,人们已经离不开对掌上手机的依赖,我看见一只喜鹊站在电线杆上梳理着黑色的羽毛,我看见一群麻雀飞到屋檐下面去捕捉食物……命运赐给我了厮守石头房的时光,从此以后,我就是这村寨中的村民。

劈柴的老人

　　一个老人出现在石头房后面的小路上。他七十多岁左右，第一次被我看见也是那个深秋的早晨，朋友们已经离开了，还剩下另外两个女友陪伴我，她们也是法依哨的厮守者。老人坐在一只木墩上，手里举着斧子正在劈柴，他身后堆积着从林子里找来的大大小小的圆木。老人是我的邻居，有一次，我们还闯入过他所住的宅院。这要从两只小狗的故事开始讲起。除了将书籍绘画带入法依哨之外，我还带来了两只小狗，它们一公一母，公的叫荣荣，母的叫欢欢。两只狗狗都是柯基犬，是城里的男孩儿在两个不同的雨夜抱回来的流浪狗狗。在它们来到前，家里的院子里已经有三只狗狗。关于狗狗，这里就不多说了，当然，以后还会说，因为狗狗也是生命，也是万物万灵中的生命。狗狗走进人的生活，也是上苍安排的。因为生活的限制，我只能将男孩在两个不同暴风雨之夜拯救的两只狗狗带进石头房。我请石瓦匠师傅为狗狗在院子里盖了小房子……当一个人用良知善待狗狗时，就能知道人性是什么了。

　　最初，两只狗狗在我们离开法依哨的时间里，是请二百米外的另一个女邻居帮助管理的。她是从石林嫁到法依哨的，是一个高中毕业生，她丈夫当时帮我铺门口的台阶，她就帮丈夫递砖头，我们就搭上话了。我们在第一次住下到离开的时间里就达成了一种契约，我们离开后，就由她来帮我管理狗狗，所谓管理就是给狗狗在上下午喂两次狗粮,扫干净狗狗拉在花园的粪便,如果可能再浇一下院子里的花。她管理得很好,我们每个月去石头房住十天左右时,狗狗就由我们自己管理。从秋天到来年的春天,她都在执行着契约,我每月付给她管理狗狗的费用。到了第二年的春节后,她发微信给我说,三月份她要到城里打工去了,让我找一个人替代她。我试图说服她留下来,但没有用,她说,她还是想去城里打工……她的话不多,但很执拗。我知道,必须寻找另一个离我近一些的村民邻居,在我不在的时间里,替我管理狗狗。

那个早春的日子里,我回到法依哨以后,第一件事就是留意周围的邻居们家里,看是否有适合的人帮我管理狗狗。我们走进了离我最近的邻居家门口,两道生锈的铁门半掩着,我们用手轻轻敲了下门,没有回音,便试探着往里走,就看见了一个老人独自坐在矮木凳上,手里抱着一支水烟筒。这是滇南一带的水烟筒,人们劳顿休息时就抱着水烟筒咕咕咕地吸着香烟丝,老人心无旁骛地吸着水烟筒,完全没有感觉到我们的脚已经跨进了院子。我们不想惊动老人,而且在这座小院里也没有看见其他,就又轻手轻脚地离开了。后来,我们发现了旁边小巷中劈柴的老人,也就是那天独自吸水烟筒的老人。他几乎每天上午都在劈柴……每次经过老人身边,都想停下来跟老人说上几句话。

小时候我们生活在小镇时,曾经看见过父亲劈柴,那个时代还没有任何电器,甚至照明的电灯也时断时续的,当然只能用父亲劈开的木柴烧火做饭了……父亲回家时就坐下来劈柴,他要将他离开的时间里我们烧火做饭需要的柴劈好。后来,小哥哥长大了,也开始坐下来,像父亲一样耐心地劈柴。

在小路的一小块平地上,也就是老人宅基地的后面,我们看见了一个老人每天早晨开始后，就开始劈柴——他为自己的生活而劈柴。我来了很长时间，就看见老人一个人住着一座小院，问起他家的情况，他就笑一笑，也许他耳背了，听不清楚我们在说什么话？他总是在笑，无论我们站在他身边看他劈柴，还是用手机在拍照片，都不妨碍他劈柴。一个老人在劈柴，这就是他每天醒来的生活……老人看上去七十多岁了，对于这个年龄段的老人来说，每天能迎着早晨的雾和太阳开始新的一天，是一件安宁的事，他举起斧子劈下的柴块都很匀称，说明老人的身体很健康，只有一个身心健康的老人，才可能每天固守着这个小小的角落，安于生活的现状，劈出他想要的柴块。

当我们在村里走了一圈回来后，老人已经放下了斧子，他正在将劈下的柴块一层层地堆积在靠墙边的地方，就像把书籍摆放在书架上。这个安详的老人，不吭声就已经将一堆柴事变成了艺术品。午后再走这条路，就看不到老人了，只有柴堆立在墙边，像一架架立体的书架，又像乐谱架上的音符以沉默的旋律，发出深厚的排箫似的声音。除了拎起斧头劈柴外，在其余的时间是看不到老人的，无论在通往田野的路上，还是到树林的路上，都不可能与老人相遇。于是，我也会探究另外一个问题：那些森林里的朽木到底是什么人给老人送来的？除了他自己外，他到底还有些什么亲人？这些问题，每每升起，就像法依哨早晨的云雾缭绕，看不到窗外的屋顶，也看不见白色的高高的烤烟房。这一刻，所有一切都是谜，而转眼之间，太阳走进了村寨，太阳像是一位古老而伟大的先知，驱逐了游荡的迷雾。我放下了很多问题，因为我深信，没有答案的人生才是时间汪洋中的真正陆地。

青麦色

　　法依哨的田野之美是值得歌吟的,每次在法依哨散步,都会选择不同的几个方向行走,先来说说我见到过的麦田的第一种青绿色……当扑面而来的田野在早晨七点半钟来到眼前时,我们三个人已经走出了村庄,除了我自己想以余生的力量厮守法依哨之外,还有另外两个女性朋友也陪同我入住石头房。

　　首先,我对入住石头房的人选是挑剔的,因为只有像我一样对法依哨心怀梦想的人才可能进入石头房子。人生之梦,本来就孤独,但两个女性朋友就这样陪我不断地往返于法依哨。其中一人叫海惠,是我的妹妹,我们曾经在最年轻的年华,从大西南一隅走向了黄河源头的果洛藏族自治州。因为黄河源冰雪阻碍,我们只好在果洛滞留两个多月。当时十九岁的青年诗人班果恰好到青海学习两个月,就把他的房间留给了我们寄宿。两个月后,已经到了四月,尽管冰雪还未彻底融化,我们却已经乘着淘金人的大篷车,进入了玛多县。这里虽然是荒野上的草原,却也是青春期的青麦色……我们沿黄河源头往下去,经历了青春期的青麦色,这样的人理所当然是我生命中的陪伴。有一段时间,海惠迷恋上了参加各种探险徒步旅行,几十天挑战着身体有限的耐力,从峡谷到冰川荒野到高海拔的距离……她乐此不疲地往返于各种有难度的线路。后来,她来到我的书画院突然拿起了画笔,她天生就是色彩师和具象派画师,第一幅画她画下的就是法依哨的白墙青瓦的老屋,她还画下背着农具去田野的农妇,等等,她天生就是画布上的发明者和呈现者。她早年写过几十年的诗歌,又做过出版社的一系列文化丛书的编辑,最重要的是她从没有中断阅读的习惯,她是一个有梦幻感的人,也是一个将现实涂鸦出梦幻场景的理想主义者。面对法依哨,她不断地拍照行走沉吟不语……理所当然,她就是法依哨的新村民,也是入住石头房的主人。

还有另一个女性朋友,她跟我同住一个小区已经二十多年,我们在二十世纪九十年代相识。她叫宋德丽,早年曾经是北漂的一个女诗人,后来又做少儿出版和教育培训。在中断了二十多年的诗歌写作后,她突然在几年前又开始写作了。我们生活在同一小区,生活上都是相互帮助,她是离我最近的邻居,也是最近的诗友和好朋友,我去哪里,她都会带着踊跃的热情乐意与我前往。近些年来,她也开始画画,每天还写一首诗,她喜欢以法依哨为背景拍下她自己的影像,做成视频号,这是她的快乐。能让一个人将自我的影像一次次发在视频和微信上,说明法依哨的自然背景是美丽的,所以,她也同样是法依哨的村民之一,是入住石头房的另一个主人。

再就是我自己,从十六岁开始,我就开始写作了。我给我自己作过一段评语:一个在青春期从小镇出发的女孩儿,去过很多地方,读过喜欢的陌生的书籍,在书籍和无数太阳和黑暗的引领下,凭着自己天生的宿命热爱上了写作,并且从未在时光的艰辛岁月中,中断与语言的赴约。写作这件事,就像云南的怒江大峡谷深不可测,就像天上的云图。

当我们走入了村庄外田野上的青麦地时,我们的青春早已逝去。是的,短暂的青春如同法依哨田野上茂密生长的青麦,我们走在青麦中间的田埂上,我蹲下去拍摄着毛茸茸的青绿色,它们已经开始长出了麦芒,过不了多长时间,这田野上就将是金黄色的麦田。有农妇戴着帽子弯腰在青麦地除草,她们三十或四十岁左右,她们都是没有外出打工留在村庄的守望者,也许是这田野上的土地很肥沃,海拔高度适合居住,她们留了下来。

青麦色就像法依哨的青春期,我想说的是除了人之外,一座村庄在不同的时节都在以轮回呈现出它们的面貌,当田野上的青麦色被春风吹拂着,那是最有活力的时刻。

牵一头水牛走过来的阿细女人

　　一座村庄是有历史的,它的前夜就像一个母亲的受孕期。那个午后,我们站在青麦中看见了一个头裹三角围巾的阿细女人,她牵着一头水牛走过来了。我曾经写过《阿细跳月》的长诗,进入法依哨以后,我一直在感悟着阿细人的生活,法依哨也是阿细人的原乡村庄之一。阿细是彝族的一个支系,他们是在千年以前随同风的召唤,迁徙到红河弥勒的民族。在云南,许多少数民族都是从青藏高原的战乱中迁徙过来的。其中,阿细人就在弥勒的西三镇的版图上。当我们看见那个牵着水牛的阿细女人走过来时,对于我来说,似乎看见了从古到今的史诗般的传说。我迎上前,就像迎接阿细跳月中的一束束正在燃烧的篝火。

　　女人已经不年轻,看上去就像是史诗中的老祖母。她的眼眶深邃得就像溶洞中的岩石地貌,脸上的皱纹又像阿细人绣在衣服上的马樱花。我问候她,用我的母语,她眯着双眼问我们是不是书院的人。哦,她竟然会说汉语……村里的青年和中年人都会说汉语,大多数情况下他们面对自己的族人时,会用自己的阿细语言交流。这个妇女,看上去就是我写过的长诗中的老祖母,她除了有双深邃的眼睛注视着来来往往的云絮之外,还有布满了沟壑般线条的锁骨。我能感觉到那锁骨之下是一个老祖母,曾经用乳汁哺乳过生命的传奇,我能感觉到她是在漫长岁月中衰老下去的一朵绚丽的马樱花,而且还是一朵红色的马樱花。红色是阿细人的火种,红色也是阿细人的太阳。红色燃烧了阿细人漫长岁月的时光,并照耀着阿细人的土地,使其生命在红色的燃烧中绵延不绝。

　　她牵着一头水牛,我很高兴,她竟然知道我们是书画院的……书画院对于村里人来说意味着什么?对于这个牵着一头水牛朝田野奔去的史卷中的老祖母,又意味着什么?她手指着前方,我们知道她要拉着那头水牛到前方去……在我们彼此的眼神可以互相连接的那个远方,也许是山脚下的烟草地,也许是半山腰的林地……也许,就像一个个时间的音符从乐架上跳出来,就像这个历经了太多烟尘的老祖母的苍茫之生,它既可以从脚底下延伸出去,又可以高高地悬在白云之上……就像那头水牛脊背上已经晒干了的泥浆,一旦回到河流中就会被洗得干干净净。而一旦水牛重回到尘土,它的身上又会溅上新的泥浆。

　　我们目送着牵着一头水牛的女人,她是我心灵中史前的画卷。她就像是从史诗中走出来的现实,随同她的身影消失在一条小路的转弯处。我们决定终止朝前行走,回到石头房去画画。有更多时候,我们想让画布上的油彩记录途经之处的时光,人生有很多制约,也有超越现实的语言的自由。我们沿着另一条田野上的小路往上走去时,看见一个中年男子拄着拐杖在走路,看得出来,这个中年男人患过一场疾病,应该是脑梗和中风吧,在之前,他一定是村庄里最强健的劳动者,但很多事都是无法预料的。不过,看上去,他正顽强地在行走,因为走才能疏通他身体的血液循环,看得出来,中年男子想尽一切办法要抛弃手中的拐杖。他站在小路尽头,不远处有一个女人正在锄草。如果我没有猜错,他目光聚焦下的女人,就是他的女人。中年男人的目光尽管平静,却有一种无法掩饰住的焦灼感……他多么希望自己尽快地扔掉拐杖,回到他的女人身边去。陪同他的女人在庄稼地干活儿,我看见了他眼中的祈愿,他是多么希望尽早地将手里的拐杖抛弃,一个男人应该回到大地上去劳作。

三个女孩闯入了石头房

　　我站在花园中浇水时，三个七八岁左右的女孩走进了石头房，她们说，阿姨，我们想画画……看上去她们就是在镇里读书的孩子，平常都寄宿在镇里的小学校，比城里的孩子更早地学会了过集体生活。在她们这个年龄，城里的孩子们都是由父母亲自护送到学校的。城市的早晨为什么那么堵车，就因为这个时间段是父母使用各种交通公具送孩子上学的时间。学校，是每个孩子必须去的地方，教育与学校的关系，就是为人服务。

　　人，是什么？动物生下来就在荒野和原始森林中，为生存下去而练习着搏击的能力，驰骋的速度、野性和身体的结合，使动物世界充满了赤裸裸的生与死的较量。每一种动植物都不需要穿上衣服，因为它们的皮毛就是天然的衣装，看见动植物的皮毛，就可以辨别它们的性别和称谓。而人跟动物的最大区别，就在于从学会走路奔跑时，你的监护者就告诉你说，慢慢跑，千万别跌倒啊；再以后，作为人还得接受各种训练和教育。人是什么？人在婴儿期就穿上了衣服，简言之，人是必须穿上衣装的另一种生物群体，从小就要学会穿衣吃饭，然后再进学校去接受教育。法依哨的孩子该上小学时，父母就把他们送往小镇。法依哨过去是西三镇的小镇，是有学校的，而且学校的原址还在。我好几次都走到了原小学校的地方，那是一栋二层楼的水泥砖房。学校面对着一座山，可以看见一条长满杂草的小路通往小树林。偶尔会有村民从小树林中走出来,他们是去找柴火的,去找药草的,去采蘑菇的……这真是一座神山,我计划哪一天到小树林中走一走。

从前的小学校闲置着,门外有一座小小的足球场,看上去就像幼儿园的天地,它面向小树林……新时代的孩子们到了上小学的年龄,就都送到西三镇小学去住校上学了。现在,三个女孩子跑进石头房,告诉我说,她们想跟我学画画……我看着三张纯净的脸,她们的眼睛干净得就像一尘不染的蓝天。我将她们引进石头房,她们是第一次来我这里,三双眼睛都在墙壁上悬挂起来的画上。我学涂鸦就那么几年,没有拜过任何专业绘画教师,就像我当年悄悄地就开始在信笺纸上写起了诗句。我将柜子里的油画棒取出来,将纸本材料取出来,带她们来到长桌前。这张桌子本来是留着有朋友来写书法用的,没有想到是土生土长的法依哨小朋友们最先坐在了桌前,两大盒油画棒放在桌面上,再铺上纸本……她们问我画什么,我说,想画什么就画什么。孩子们眨着亮晶晶的眼睛望着我,我鼓励她们说:"别害怕,我到楼上去,你们可以自由自在地画,可以画鸟、画风,也可以画房子……"

我走了,将自由和想象力留给了三个孩子。我上楼去画画了,是的,没有任何人教过我如何使用色彩,那个春天,我悄悄地为自己订制布面画框,订制了画笔和油画材料……

我的绘画来源于用手涂鸦时的幻觉,我想绘出所有的幻觉是不可能的,只要能绘出从朦胧到清晰时的幻觉,就成就了一幅画。我一边画,一边倾听着楼下的动静,那是三个非常安静的孩子,几乎听不见楼下的任何声音。

我很欣慰,当年轻的镇长带我第一次来到法依哨时,我就知道这是阿细人的村寨，在很久很久以前，他们迁徙到这里筑起了房屋，开耕了沟渠，将种子洒在泥土中。那个春天，孩子们都上学去了，几乎都看不见任何孩子，但我对镇长说，这座村寨需要书或画，如果石头房真的盖好了，我就把书或画搬进来。年轻镇长的目光游移在那堆坍塌的石头屋之上，他似乎看到了设计师绘下的图纸。从那个春天到现在，几个年头又已经过去了。

孩子们专心致志地在楼下绘画，我也在绘画中等待孩子们的作品。

这就是我的梦，在梦中我应该是梦见过这样的场景的，只不过时间久远，我们因太多辗转不休的时光，遗忘了更多梦中的细节，但我肯定在梦中见过这一幕：两个小时后，我终于听见了咚咚咚上楼来的声音。三个女孩子每人手里捧着各自的画，站在我面前。我惊喜地看见了超越了我们现实和苦难的、来自法依哨三个女孩子的内心幻境，在她们还不到十岁的手里出现了宇宙的河流，这应该是从法依哨森林深处流出的那条溪流；我还看见了喜鹊不是黑色的，而是两只红色的喜鹊栖在一双手臂上；我还看见了绿色的草地上有一群黑山羊在奔跑……这是我见过的最具想象力的孩子们的画作，这就是我站在那座坍塌石头房前，曾经梦想过的场景吗？是的，多年以前，我梦见的场景，就在眼前——三个法依哨的女孩儿，有着梦一般美好的年龄，因为来到石头房，有了油画棒和纸本，她们的天然幻境就变成了梦。

浪漫而神秘的鸦

　　法依哨有着除了喜鹊和燕子之外的更多的鸟群,很多鸟都是第一次见,它们是过客,做一次短暂的停留就离开了。那天夜里我虽然听见了一阵异常的扑腾声,但又睡过去了。自从我成为了法依哨的村民以后,我就开始有意识地摆脱那一粒粒白色的安眠药,这同样是一个需要时间的过程。克服我们与生俱来的心理上的弱点,包括失眠症和抑郁状态,同样是一场自我的艺术疗愈过程。

　　那天晚上我没有将白色的安眠药带进屋,我有意识地隔离了与它的关系,是想不断地在一个又一个新的夜晚,让我的身体忘却它的存在。入睡前夕,我在石头房外面独自散步,行走有利于全身的血液循环。我在村头的一棵棵核桃树下走了几十圈后,感觉到脚底发热,仿佛正在滚烫的青石板上行走。在走的过程中,我听见大树上有鸟雀的声音,它们是在商议生存的问题,还是在彼此求偶? 我走回了石头房,感觉到全身心的松弛,这意味着这个夜晚我不再需要那粒白色的安眠药了。心理的暗示让我的身体像那群有翅膀的雀鸟一样栖在了绿枝上。

　　半夜在一阵扑腾声下我醒来了,感觉到口渴就喝了几口水,于是,头刚挨枕又睡着了。我睡到了该醒的时辰,早晨五点钟通常是我必须醒来的时刻,不需要上任何闹钟,我都会翻过身就醒过来。多少年来,我都没有赖床的习惯,因为早晨仿佛总是我新生命的开始,我会从床上直起身体，回忆我昨晚做梦了没有，然后走下床来到窗前。天还没有亮，但我总喜欢在天还没有亮前洗漱后，点上香烛，再捧起经书诵读……这个习惯已经陪伴我多年。我总认为读经是另一条探索生命的道路，就像走上了一条从黝暗到明亮的道路。在这条路上，我会遇见许多条支流，也会与宽阔的大江大河相遇，甚至会淌过急流和泥沙阻挡的河川。在这条路上行走，我会穿过茫茫无际的荒野，当我突然抬起头来，看见远处的雪山时，全身心都像长出了白色的翅膀……

我像往常一样诵完了一本经书，就像飞行了一圈后重回原地，突然仰起头来，就看见了一双犹如婴儿般的亮晶晶的眼睛。我愣住了，在屋顶的横梁上栖着一只鸮……这是真的吗？屋顶上的那双眼睛在看着我，这也是真的吗？鸮难道是昨天半夜飞进来的吗？我醒来时听见的扑腾声就是鸮发出来的吗？那确实是一只褐红色的鸮，它在夜里才飞行，白天都隐蔽在树林里。鸮飞了进来，它是从敞露的廊道飞进来的，但中间还有一道门阻隔，但这道门也是敞开的，所以，鸮飞扑着一双翅膀，只有鸮的眼睛里看得到黑暗中的一切布局，它飞到了高于人头顶的屋梁上是想隐藏的。确实，鸮就像一尊浮雕和青铜器，栖在木梁上时看不出来有任何动静。如果我的眼睛没有发现它的存在，那么，鸮的隐藏就成为了秘密。但我们的目光还是相遇了。我轻声地以亲切的声音呼唤它，我说："宝贝，你怎么来了？你是来见我的吧？问题是你怎么会知道我在这里？难道你在黑暗中飞翔时，早就已经看见了我？"我给鸮削了一片一片的苹果放在果盘里，我给鸮盛了一碗水放在木梁下面，这一切都说明鸮的降临对于我来说是惊喜的。

因为我中午要出门，所以我给它放了食物。临别时，我还告诉它我要去西三镇购食物,回来会稍晚些;如果可能的话,让它等我回来,告别以后再走。刚遇见它,我对这只鸮就产生了一种特殊的依恋。我喜欢它那双像婴儿般明亮的眼睛,在这个时代,除了婴儿之外,在人群中很少看见这样像水晶般透亮的眼睛了。我年轻时,周围的人也赞美我的眼睛很亮,后来,我在镜子中看见我的眼睛已经开始暗淡下去了。再以后,也就没有人赞美我的眼睛了。

人群中很多人的眼睛也同样很暗淡,我还发现了有些人眼睛中有熬夜的红丝、混浊的颜色……这个世界疲惫不堪,人在其中也会为生存而忙碌,显得匆忙而焦躁不安。我在晚上回到石头房时,第一件事就是去看木梁上的鸮,直到我又看到了那双婴儿般的眼睛才安下心来。不过,它根本都没有离开过横梁,为它准备的苹果和水根本就没有动过。

鸮已经栖在梁上一个夜晚和一个白天了,我想,鸮肯定会飞走的。当我滋生这念头时,内心很忧伤,就像写作中最大的忧患,来源于内心对于生命过程的自省、忏悔和祈祷。我知道鸮会离开,就像我的青春期离开了我,过去使用过的煤油灯离开了我,脚踩缝纫机离开了我,就像我父亲在五十九岁的年纪离开了我,就像我和妹妹去青海黄河源头时看见的荒野和冰川离开了我……我不安地走来走去,这一刻,我体会到了与任何外在经验完全不相同的等待和忧伤。内心那束光芒照着我翻开的书,如果在未来的时空中、在我的写作中重现这只鸮,那么,开头一定是从这个夜晚的不安和焦虑的火花开始燃烧的。

整个夜晚,我在隔壁的卧室中做好了准备,目送鸮从黑夜中消失。说实话,鸮是属于黑暗的,也是属于森林的,只有在鸮的那个世界里它才能寻找到食物和水源。鸮终于要离开了,我听见了鸮在梁上走动,我已经关了灯,黑暗更适应鹬飞出去,灯光会刺伤鹬的眼睛。是的,鹬终于要离开了。我在黑暗中轻轻地拉开门,我就站在门口:鹬的离开是一次我无法想象到的巨大的搏击,它飞出了木梁后,整个身体似乎都失去了方向感,翅膀不时地撞击着墙壁,我能感觉到它的疼痛,但鹬是执意要飞走的。一只浪漫而神秘的鹬终于在一次次的撞壁中飞出了敞开的门栏,之后,有更长的廊道引领它的身体飞了出去,等待鹬去飞翔的是一片浩瀚的黑暗。鹬消失了,待我跑到敞开的围栏前时,看到的是法依哨人的梦乡。

遥远的弓箭手

　　十二岁左右的男孩儿站在麦田中举起弓弩，我们正好走进去。麦子开始变黄了，是青黄色的，这种色味很是迷人。自从诞生了智能化功能，迷人的东西开始变少，看似炫幻的许多东西都是人造的、高科技所制造的。面对这些东西，我很焦虑。孩子们很少读纸质书了，他们遇上了全球化的智能时代，他们在手机上玩游戏或者到网吧去消磨怦怦心跳的时间。

　　对此，我一直在想，对于人类生活来说，越是高科技的东西，越是丧失了人本身手工艺术劳动的过程。就目前来说，田野上还能看得见水牛、耕耘者，但水牛很少耕地，更多的土地上，拖拉机已经代替了牛去耕地，牛群或羊群更多的放牧在有水草之地。乡野越来越吸引城市和旅游者，同时也在吸引越来越年轻的被称为"外星人"的青年人。就目前的祖国版图上，尽管年轻人迷恋上了智能化的时代，但他们却同时也在寻找着祖先们那一块块充满了传奇的土地，因为只有在远离尘嚣的山川大地上，他们才会捕捉到大自然最真实的风景。

　　风景不仅有美学，在美学中超越了时空的又往往是那些忧郁的人文历史和地理学，正如这些从我们身边呈现的一条条凹凸的羊肠小道和乡村拖拉机所经之地。如果你往里走，带着身上的荆棘和原始的心跳更深地走进去，你才可能走到众神的迷宫和俗世们的摇篮。历史并非都是宏大的主题，更多的历史开始于一个微不足道的前夜。就像史前的夜晚，一个人寻找到火种，成为了阿细人的光亮，成为了照亮整个阿细人部落迁徙的鸟飞翔的天空之谜。

当一个男孩儿举着那支古老的弓弩之前，我们已经走进了青黄色的麦田，男孩儿看上去，就是一个法依哨的男孩儿，在那个星期天的早晨，他结束了周末，将步行返回西三镇的寄宿中学。我认识他，在村里时我曾经走进他家的小宅院，他坐在灶台前正在加柴块，我们走进去，是为了寻找到可以照顾两只小狗狗的邻居。我们三个人前前后后地走进去，如果没有喜欢上法依哨的烟火，就不配成为法依哨的村民，是的，也不配住在书院的石头房里画画、读书、写作。

烟火熏着我们的面颊和眼睛，在云南版图上更多的村庄仍然是用柴火煮饭、取暖。法依哨的阿细人本就是火种的携带者，灶堂中的火种就是阿细人朝圣的神灵之一。因为有烟熏着眼睛，慢慢地才看见了那个男孩儿。他站了起来，我们搭讪后知道了他在五公里之外的西三镇上中学，周末都回家来帮助母亲做些家务事，因为他的父亲在生过一场大病后，家里就只有母亲一个人在地里劳作，在灶堂门外我们看见了他的父亲，认出了那个男子就是我们不久前看见的撑着拐杖行走的那个男子。我们又一次相遇了，在青黄色的麦田中相遇，这一次男孩儿背着书包，中学生的书包够重的，里边应该是有几十块砖头吧！男孩儿放下了举在空中的弓弩，有些羞涩地笑了笑，我们知道之前都是父亲骑着摩托车送他去西三镇上学的，自从父亲病了后，他就开始来回走路。我们笑了，因为我们走过这条路，而且也是来回行走，关于行走这条路的故事，会放在后面再续。

我问男孩儿手里为什么举着弓弩，男孩儿想了想，仿佛在回忆他生命中的过往，而他的年龄还是一个中学生。他低声说，父亲告诉他,这是他爷爷的爷爷的弓弩,是从很远很远的地方带来的……男孩儿说话时,我仿佛在他的声音中看见了一个遥远的弓箭手。这才是开始,我想,因为看见了弓弩,又认识了男孩儿,我会将这条时间线索追梦下去的。男孩儿背着书包往前走,这是他去上学的小路。

男孩儿背着书包朝前走去,他走的是一条通往西三镇的小路。当他的影子消失在青黄色麦田里时,我们站在麦田里,呼吸着麦田中的风,仿佛被青麦色的风吹拂着,新的天空和新的宇宙观念会通向更辽阔的地方。他所接受的教育,理所当然,是这麦田中的一部分,犹如那正在孕育的有颗粒状的麦子,作为粮食也能烘烤为面包,加工后变为面粉和面条。

生活在猪圈中的狗狗们

回顾一件有趣的事情。在过去的日子里，我很难想象将两只爱犬关在猪圈里这个现实……与我亲近的朋友都感慨地说，我对狗狗比对我自己都好。在城里，我每隔一段时间就会给狗狗煮排骨鸡蛋，我会网购上好的狗粮。如果你没有养过狗，你就不会理解人与狗之间的情感。狗狗的降临，使我与外界更能和谐地融入。狗，天生就要走进我们的空间，因为狗狗们对人类有一种孩子般的体恤和依赖感。我曾经在很多场所看见那些染过发的男女青年带着爱犬出入餐馆公园，有一次在电梯里我看见一个女孩儿，她的头发是染过的金黄色，当然，缺少麦子变为金黄色的动感。那个冬天，天很冷，她用外套抱着一只黑色的小狗，并低下头跟狗狗说话……狗狗来到我们中间会让一个粗糙的人也变得温柔。在疲乏地回家推开门后，倘若有狗狗扑上来，你会弯下腰忍不住将狗狗抱起来。狗狗不会说话，却会朝你摇尾巴，这说明它很喜欢你。

当然，在两只狗狗随我入住法依哨最初的时光里，我就将狗狗们放在了院子里。如果我有时间调教的话，那些铺好的绿草坪就不会被狗狗践踏后变荒芜。那也正是法依哨缺水的日子，整座西三镇都处于喀斯特地貌，所以每年秋冬季节就缺水。所以，我任凭狗狗在草坪上跑来跑去，想节约水，就少给草坪浇水，这也是石头房外的草坪变枯的另一个原因。雨季终将来临，石头房外又来了几个园林工人,他们用了半天就将百米小院变成了一座花园。对此,我跟管理两只狗狗的邻居刘师说,能否想想办法,将两只狗狗先放你们家的老宅院生活一段时间,等花园里的花草树木根须稳固后,再将狗狗带回花园。刘师家又盖了新宅,而且家中一男一女两个孩子都已成人,在弥勒工作,只是周末回家,在老房子做饭吃。刘师隔着电话沉默了片刻,告诉我说,可以把狗狗放在他的猪圈里养一段时间。"放猪圈?!"我发出的质疑显然有无数的惊叹号。刘师马上说道,他家的猪圈里没养猪,很干净的。哦,我说好的,就先养在猪圈吧! 这是电话中的选择,也只好这样了。

很快就到了又回法依哨入住的时间,我给两只狗狗又煮好了几个鸡蛋。我们直奔法依哨,打开门,一座法依哨式的乡村花园出现在刹那间,里边顺墙壁生长着的是一大片蔷薇花,从前的柿子树外面砌上了石头围栏,柿子树已经挂果了。看见挂果的树,我仿佛就听见了母亲的絮叨:事事如意。花园中新栽上的石榴树已同样挂果了,我又听见了母亲在祈愿:多籽多福。这座美丽的乡村花园,是无法让两只狗狗肆意奔跑的。所以,我想,在今后较长的一段时间里,狗狗们都需要寄养在猪圈里。

每次回石头房,第一时间就得打扫卫生。打扫完成后,天已经黑了,人已经非常疲惫,便想好了明晨去接回狗狗后,再帮狗狗们洗澡。不过,今晚还是想去看看狗狗们是住在怎么样的猪圈里。石头房几百米外面从前是西三镇的粮库,一排排的房子看上去很有结构感,自从西三镇迁出后,这些房子就由村里租给每家村民用来养猪。天黑以后,我们绕着一排排房子行走,如果听见狗叫声,就一定会寻找到两只狗狗们生活的猪圈。在夜色下发现从前的粮仓都是封闭的,一间一间的,窗户很小……我们说话的声音也在感叹,为什么要将两只可爱的狗狗寄养在养猪的地方。

　　突然就听见了两只狗狗的叫声。顺着叫声而去，就能到达那间猪圈了。终于到了，一道铁门出现，荣荣和欢欢的叫声仅隔一道铁门，我对狗狗们轻声安抚道："今天太晚了，明天一早我来接你们……"两只狗狗似乎已经听明白了我的安慰声，但它们并不罢休，还想做最后的努力和呼唤。两只狗狗加大了叫声，整个夜色深处回荡着荣荣和欢欢不同音质的叫声，我们不得不转身离开，回到石头房后，叫声仍然从夜色中传来。

　　那天晚上，等待我的是无眠的夜，想着狗狗们被关在一间猪圈的场景，想着充斥着狗狗粪便的异味，想着关养狗狗们的房子就像监狱，内心深处就充满了忧伤，便想着明天去接回小狗的另一个计划。晨曦穿过山野来到了石头房时，我已经下楼，第一件事就是给刘师打电话，去接回狗狗。

当狗狗们奔出猪圈的时刻

当令人窒息和焦虑的夜晚终于过去时,我们在刘师骑摩托车过来之前,已经站在了关养狗狗们的猪圈铁门前。生锈的铁门外,我蹲下,两只狗狗趴在铁门内的地上,我从门下的一道缝隙中刚好可见两只狗狗的鼻翼。听到狗狗的呼吸声,我伸手抚慰着它们的鼻子嘴角,刘师骑着摩托车从修在村口的小路上来了,他掏出来钥匙的时候,我很紧张,昨天晚上我已经一次次地想象过了打开门,看见的是狗狗们的监狱……

等待终于以钥匙的身份解开了一个现实,生锈的铁门被打开后,首先看到的是几缕阳光从屋顶的瓦下穿到下面的水泥地,两只狗狗扑向我,久未见,它们又高大了。尤其是欢欢皮毛厚重,身体又胖了一些,想当初如果不给欢欢做了节育手术,像欢欢这样的身段,不知道要怀孕多少次。在这点上请宽恕我吧,为了避免欢欢怀孕,在送到石头房之前,我听从宠物医生的建议,还是选择了让欢欢做节育手术,养狗几十年,我亲眼见过狗狗们众多的世相。尤其是欢欢在以后的日子里都将跟男性伴侣荣荣在一起,所以,我必须这样做。人类自从发明节育术以后,不知道终止了多少生命的发育。

直到我抚慰了半天两只狗狗以后,才开始仔细地观察狗狗生活的地方。一个有屋顶的天井,通向两间房子,因为没有养猪,天井和两间房子都很干净。因此,我的心一下子获得了安宁。照顾两只狗狗的刘师是诚实的,他说过,猪圈很干净……感谢这种最真实的诚实,它让我感觉到了法依哨村庄的真诚。

我用狗绳牵住了两只狗狗,带它们回到了石头房。分别二十多天时间,对于两只狗狗来说,也是一种独立的历练。

狗狗们进了石头房,它们熟悉上下楼梯,知道我在哪里画画,还知道我们的厨房中有吃的。是的,两只狗狗跑向厨房就不走了,因为不久前,我也是在这里喂它们食物的,只要我们在,就想尽可能地让两只狗狗远离从网上买回的狗粮,我们吃什么,两只狗狗就吃什么。并非排斥网上的东西,而是一种情感,想尽可能地让狗狗也品尝到我们人类的味道。

我开始剥煮好的鸡蛋,每只狗狗两个鸡蛋,分配必须公平。狗狗除了不会说话之外,它们像人一样有判断力,也会像人一样产生嫉妒的情绪。如果你伸手刚抱起欢欢,荣荣就会奋力地跑起来,朝你的手臂猛扑着,吠叫着,要让你先抱它。好吧,幸好人有两只手臂,可以伸出手抚慰狗狗。狗狗看上去并不高大,柯基的身体就是那样,长到一定程度就不会再高了,也不会再长大了,但是,两只狗狗年龄还小,它们的身体长得很结实。狗狗很喜欢吃鸡蛋,尤其是喜欢吃有油腻味的食物。如果有骨头,它们哪儿都不会去,会守着那根骨头,直到将骨头啃完而止。

在城里,人们都会将狗狗牵到宠物医院去,认为在家洗澡太麻烦了。是的,我也会牵着狗狗到宠物医院去,并跟狗狗们商量说,今天我们要去洗澡。狗狗们看着你的眼睛,似乎就能知道你会带它们到哪里去。在城市,牵着狗狗穿过马路人行道才会走到离家最近的宠物诊所。而此刻,我给两只狗狗洗完了澡,牵着狗狗到石头房外晒太阳,它们会自己抖干身上的水。它们喜欢我举着水龙头,给它们身上抹上沐浴露的行为,对于狗狗们来说,洗澡是一种幸福的体验,就像孩子们坐在沙滩玩沙子,也是一种纯粹的儿时体验。

从史卷中走到法依哨的野牛

如果从那条路上走过去,总会远远地看见一头野牛。为什么说它是一头野牛,因为它的体型跟所有村里看见过的水牛黄牛都不一样,它的体型有一般水牛的两倍大。一根像手腕般粗而结实的麻绳牵着它,旁边是一块块巨石,再旁边是通向旷野的乡村石板路。

有人告诉我,这头野牛是自己走到村里来的;也有人告诉我,这头野牛是被一个到山里放牛的人看见的,后来放牛的人就将野牛带回了村庄;还有人告诉我,野牛是从岩石那边顺着风的呼啸而跑来的……这说明,野牛已经有了属于自己的传说。每次看见野牛,总忍不住拍照片。人们为什么喜欢拍照,除了照片可以发朋友圈外,更重要的是作为人的本体已经意识到了,很多记忆都变模糊了。自从有了智能手机,人的记忆也越来越差了,慢慢地,智能化时代会不会垄断记忆? 当你的大脑缺少太多的思考和循环,脑细胞就会越来越缺少活力,那时候,现代人的身体就会经常出现困乏、无力和失去激情等症状。

那头野牛在山地上走来走去,我每次见它,野牛都在散步。它到底是从哪里来的? 如果想弄清楚,我可以去问村长,我深信村长会说出野牛的真相。然而,我愿意相信无数种传说,这也是无数种的真相。我们彼此问候,野牛慢慢地接受了我们的致意,无论是大雾笼罩着村庄,还是顶着蓝天白云,野牛总会在那里驻足。看见这头豪壮的野牛驻守着这村庄一隅,我会沉思人的命运。有一次我看见野牛在咀嚼一堆青草,它安心地低下头,守护着它的粮食。我们没有去打扰它,绕道就离开了,但我们很好奇,是谁给野牛割来的青草?又是谁敢给那头野牛送去挂着露珠的青草?

我们到如今都不敢太靠近野牛身边,哪怕拍照也会保持足够的距离。我们害怕什么?我们越是害怕,就越想走近它,这就是野牛和我们之间的距离吗?终于,在那个刚下过雨的早晨,我们又走在了这条路上,想顺着石板路往下走,想走到有万寿菊的田野上去,尽管离万寿菊开放的时间还很早。雨后的石板路上,出现了一个背着竹筐的老人,他慢慢地往前走,走到野牛驻足地便放下了竹筐,从里边抱出了一堆青草放在地上。野牛看上去那么温顺,老人站起来时,用手拍了拍野牛的脊背就离开了。这就是法依哨的场景之一,很多你以为是惊悚不安的狂风暴雨,走近一看,却是如此地祥和宁静。这头野牛乖乖地低下头来时,它沉迷于青草的香味中,我们离它似乎又近了几步。

野牛的照片总是在不同的时间里拍摄的,不管野牛是从哪里来的,它已经喜欢上了来自法依哨田野上的青草,看上去它那么温顺,我们终于敢移步向前,但仍然还不敢伸手去抚摸它那高高的脊背。对于我来说,这头野牛仿佛是从阿细人的迁徙史中走出来的,不管你相信不相信,有一天夜里,我睡在法依哨村寨的石头房里,似乎又梦见了那个古老的部落,举着火把越过千山万水来到了这座山野。这头野牛就走在前面,一只巨大的白虎也走在前面,还有数不清的羊群蹚过了河流……是的,我深信这就是从梦中走到法依哨的那头野牛。因此,我相信梦又回到法依哨。我也深信另一种现实,这头野牛是轮回而来的,它终于又回到了从前的村庄,所以,每次见到它,都会感受到它回到家的安静。法依哨有它咀嚼的青草，每一个在清晨踏着露水、带着镰刀割草送给野牛的村民，都曾经是跟随这头野牛在古老的史卷中迁徙而来的阿细人。

孤儿院的孩子们来到了石头房

他们来了,但我不知道他们是孤儿。一群孩子,不知有多少人,我从小就数学差。他们进来时,我看见了比他们要大一些的哥哥姐姐,后来我才知道,这些比他们大不了多少岁的就是孤儿院的年轻教师。他们进石头房时,我在做什么?我好像在楼上画画,门是开着的,有时候鸟飞进来又飞出去了,蝴蝶或蜜蜂飞进来又飞出去了,这都是常态。在法依哨,因为敞开门窗,不仅能晒着太阳画画写作,而且能呼吸到最新鲜的空气。

对于我来说,法依哨的苍蝇飞进屋也是常态。这世界有飞碟传说,也有外星人传说,但这些传说都离我们很远。只有飞进屋来的麻雀和燕子,还有蝴蝶和蜜蜂,包括苍蝇,离我们很近。我习惯了看见蝴蝶时,惊喜地喊一声"蝴蝶来了",便知道蝴蝶今天是来栖居的;当我听见一只蜜蜂的嗡嗡嗡声时,一阵暗喜充满了全身,因为蜜蜂是迎着花香飞来的;如果苍蝇闻着食物的味道飞来,我便采一把野薄荷洒在桌面上,这样苍蝇就飞走了。我也不知道苍蝇为什么不喜欢薄荷味。我们可以采一把野薄荷,拌上各种酸辣佐料后,可是一道让人垂涎欲滴的好菜。

楼下来了一群孩子,大约是小学六年级到初一的学生吧,我很高兴地下楼,相信孩子是迎着书香味走进来的。我下了楼,看见孩子们已经站在书架前,有些孩子在看墙壁上的油画,我说,可以自由地坐下来看书。海惠也下楼来了,她正在给孩子们发矿泉水。我将几十只竹子矮凳,从墙角的另一边搬到书架下,能留下孩子们看书,是我此刻的最大愿望。书架上的书,只有当它被人取下阅读时,才复苏了书的芬芳。我从小就是从一本本书的阅读中,寻找到了汉语的词根。

法依哨也同样地布满了母语的词根,就像孩子们翻开书的声音。这群孩子对翻开的书充满了渴望,他们取下书后,有的坐在了楼梯上,有的坐在了竹子矮凳上,还有的坐在茶桌周围的梯子上……他们天生就是一群安静的孩子,也许他们在外面会像小鸟们叽叽喳喳地说话,然而,看见书架上的书,他们就突然不发出声音了。书的魔法有着源远流长的传统,无论世道怎样幻变,当人面对书架时,就像面对远方的圣塔。而所谓的书香味,就是人们对书的欣慕和热爱。

我想拍下孩子们读书的场景,就像我面对麦田时,我想拍下麦子变黄后,被风儿吹拂的样子。孩子们那么安静,他们的每一张脸都干干净净的。我也取下了一本书坐在楼梯上同孩子们一样读书,海惠又回楼上去画画了。时间过得真快,两个多小时已经过去了,那几个大姐姐走到我面前说,时间到了,她们要带孩子们回学校去了。我说,我们合张影……在石头房里,孩子们排成扇形,看上去他们能在看书的地方、有书架的地方拍照是高兴的;我站在他们中间,与他们的青春、纯净的笑脸合影也是快乐的。

在书院门口告别时,那位年轻的老师突然回过头,我感觉她似乎有话要告诉我,我便迎了上去,她低声说,下午来看书的孩子们,来自孤儿院,下午他们看书很认真,过得很快乐,但请我先别发他们的照片,因为,他们的身世有许多无法解开的谜……

他们走了,我目送他们离去,久久地站在门口,内心交织着无法言诉的情感。此刻,我之所以将这个故事写下来,是为了赞美那些书架上的书,它们曾经给一群来自孤儿院的孩子们带去了两个多小时的阅读时光。我深信,当他们成人之后,一定会记得在法依哨石头房中的读书生活,时间看上去虽然短暂,却也会在他们的成长史中注入永久的记忆。我保存了我和他们的合影,这些个人历史,也将随同岁月流逝成为书中的故事,我之所以记录下那个下午,是因为我感受到了从法依哨的书画院里,从那一双双孤单而又干干净净的眼眸里,保存着我看见的阳光和他们成长史上的一个强有力的记忆。在这一刻,我又一次感受到了书的力量,因此,我决定将另外留在城市的三分之二的书,再请搬家公司运载到法依哨书院。书,从来没有像今天这样具有像尘埃般深厚的意义,我不再像过去一样自私,害怕自己的书被别人借走,就无法还回来。

其实,如果一本书真的消失了,它同时也产生了一个为什么消失的谜题,围绕着这本书的消失本身,就可以写下主人为了寻找书的线索,写下的另一本书的故事。书,不再是纸质本身,而是绕着露珠所融解的树叶而撑开的大树,它是陆地与海洋的界线和距离,也是枕边发丝下的一次旅行尽头那突如其来的沙漠和绿洲。书的遗失,无论如何都跟人有关,而且是跟一个爱书人的行踪有密切关系。

在芬芳的粮草下入睡

　　狗狗趴在我门口时夜幕已降临，我经历了下雨时的淅淅沥沥声，我站在木窗前，看着雨水从屋檐往下滴落，想起很多年前，我独自一人乘着绿皮火车去海边的青春期……在城市时，一直向往着这种屋檐滴水式的缓慢。是的，在过去，缓慢是旧时代的风格。那时，属于那一代人的绿皮火车还没有加速，乡村公路还没有成为高速公路的一部分。

　　因为那时候，水牛还在耕地，人们的双手还在搬运石头，缝纫机和自行车这两件组合，是一个家庭生活中最大的梦想；因为那时候，几十个人坐在一间小房间里，是为了看电视，家用电器还没有占用人们的空间；因为那时候，人们彼此想念时都会在信笺纸上倾诉，如果有事会跑到邮电所去发电报……所有这一切，都构成了缓慢的节奏。

　　夜幕下的法依哨，看得见时隐时现的灯火。如果趁着夜幕去寻找到法依哨古时的弓箭手，再乘弓箭回来，要消磨尽多少速度。古时的人们为了适应水土，到一个地方时，就用水煮当地的土为茶水喝上几碗，再以后就顺应水土的安排了。我刚入住法依哨时，也想采用这种办法，我从烟草地带回一块土，那块土在水中煮沸后变成了红色，像马樱花朵般的红。我真的悄悄地喝下了那碗水，感觉全身就像喝了苞谷酒一样沉醉。后来，我看到了山脚下的马樱花，早春时节开出的第一朵花。我们没有马上往开着马樱花的山上走去……那朵花暗示我说，还需要再等待。我们没有往山上走，而是向山底下的田野走去。

在法依哨的夜幕下，我看见了每座宅院都在等待，每个天井瓦檐滴落的水、屋顶上的瓦片也在等待。你能感觉到村民们已经灭了电灯泡的光亮，他们该睡觉去了，我也该道声晚安了！我掩上窗户，慢慢地移动身影，该回房间去了，又看见了那只鸮栖过的屋梁，不知何时能再与那只鸮相遇，短期之内，鸮可能不会来了，因为有荣荣和欢欢在穿行，有时候两只狗狗发现异常的声音时，会从楼上跑到楼下，一遍遍地穿行。狗狗之所以成为人类的朋友，是因为狗狗们懂得人性最复杂的那部分，也会进入和捍卫人性最单纯的心灵，两只狗狗每天晚上都会趴在我门口，它们知道我是谁，我每天也会跟它们道晚安。刚到石头房的第一夜，它们狂吠着，犹如山林中孤独的野兽般，突然爆发出一阵阵的叫声，我走出房间，喊荣荣和欢欢的名字，我告诉它们说，该睡觉了，该睡觉了，该睡觉了！重要的事情说三遍，自那以后，它们就不再跑上跑下了。我恳请宇宙留下它们，我同时也恳请亲爱的法依哨接受它们的存在。之后，荣荣和欢欢就变安静了，狗狗也是需要交流和训练的，就像写作，每天我都在训练我的语言去该去的地方……

晚安，亲爱的法依哨，请关上门窗，让法依哨在平静的夜幕下，获得梦的解析后，进入未来的黎明。

古罗马诗人维吉尔在《农事诗》中写道：苍青色预告大雨降临，火红色表示东风将至；但见日斑与灼灼烈焰开始融合，你将看到风云激荡，天地相依。在这样的夜晚，请勿恐惧我渡越大海，或者在陆地上解开船只的缆绳。太阳引领白天归来或终结重返的永昼，若日轮熠熠生辉,则不必忧虑阴云密布,却会看到林木在清冷的北风中袅袅摇曳……

　　读完这段文字,将书放在枕边。是的,我告诉自己,内心所向,离不开深沉的夜幕,只有暂时放下纷繁复杂的迷宫,才能看见夜幕之上众多星宿,如同我们的身体栖于浮世之下,在芬芳的粮草下入睡,本就是一件大事。

铺满马樱花的小路

早春二月的法依哨，已经有人去看马樱花了，从二月开始，我们遇见第一朵马樱花后，就等待着上山的时辰。马樱花属于杜鹃花系，被喻为吉祥和爱情之花。去看马樱花的人们想必都是吉祥和爱的携带者。吉祥如意，是每天生活在世间的人所祈求之愿。爱情这个词，对于少年男女来说就是两情相悦，而对于成年人来说，爱情这个词越来越宽泛，就像我们从山底往上走，为了等待一条铺满马樱花花瓣的小路，已经又从二月等到了三月——作为法依哨的新村民，也要像土生土长的村民那样学会等待。

在等待的日子里，村民们正在干燥的土地上劳作，麦子已经过渡到了青黄色。时间在微妙地过渡，让我们迎接每个节令的变幻。只有蹚过许多泥浆的脚才会去寻找铺满马樱花的小路，当我们的脚穿过了人世各种水泥和柏油马路后，你才能走上这条铺满了马樱花的小路。

现代化的风景区内都出现了玻璃栈道，它让人身临其境地踏上了一条刺激感官的路线，在不长的百米之中，如果你朝下看就是峡谷林木，只有保持平行的目光，你的身体才不会晃动，你的血压才不会上升。这样的路走一次就够了，所有人造幻觉所刺激的感官有一次体验也就够了。人的特性让人似乎更能持久地亲近脚下的路，从尘土中出现的路，是你必须走过去的路。

尘土中闪现的路也是你等着想走进去的路，从二月到三月，这条路终于出现在法依哨的村外。马樱山紧邻法依哨的田野庄稼，是我见过的离村寨最近的小路，但为了走上这条小路，我们每天在田野小路上行走。春天，法依哨的村民最忙碌的季节到来了，在田野边看见了手推车、三轮摩托车……这是村民们普遍使用的载物工具。从几十年前起，外出打工的村民越来越多，青年人来去自由，有家庭的男人最初还把孩子和女人留在村里，待他们进入了的城市车水马龙以后，就熟悉了城市的商业和管理制度下的文明，他们喜欢上了越来越快节奏的现代文明后，就把女人和孩子们都接到了城市安顿下来，让女人也开始打工，或者照顾孩子和家庭。尽管如此，总有一些固守山寨者，在田野上经常可以看见的中年男女，大约就是留守法依哨的村民。现在的农事耕耘，是一次又一次轮回的来临，日月星辰和生命万物都保持着松弛的状态，当你的身心敞开时，才真正地经历着一个个意想不到的奇幻境遇，就像从山底慢慢上升中的，这条铺满了马樱花的小路。

小路铺满了三月的松毛，二月或三月有些什么区别？在如此近的距离中，这条路有什么变化？二月，冬天的荒野上开始复苏的草木野花，就像在召唤披着厚重披巾的那些女人，她们如果生活在城市，是管家掌门人，或者是艺术家和诗人……而在法依哨，她们是母后和灵泉，是水乳大地……铺满马樱花的小路，来来往往走过了多少人？执不同身份者和男女性别者，走在这条路上，最终是为了看见马樱花的山冈。

我们已经朝小路走去，在我们来之前，已经有人上去了。刚才说到了马樱花山的松毛，其实，在没有开花之前，我们无数次地从这条小路走到了山顶，再从山顶下来走到了田野。山或水都是我们的风景,如果你每天都能生活在山水身边,那么,山水会为你驱逐开阴郁和沉重的负荷。在一阵阵噼啪声中,柴火化成灰烬,你在睡醒以后看见了远山和溪流,这意味着你的另一次旅途又将开始。我曾经听见树身剥落下来的枝杆的喘息,我也曾看见法依哨的一个中年男人走进了阴森的树林,中午他从林中小路出来时,肩上背着捆绑好的落木……男人将落木背回家,这就是柴火,也是法依哨人生生不灭的烟火。

二月份时小路上的松毛是干枯的, 是被来自冬天的风吹落的,如果伸手去触抚它,你会感受冬天的松毛带有小鸟似的尖喙,稍不注意会刺痛你的指尖。而三月落下的松毛,是被春风吹落的,用手指捧起它们时,感觉是柔软的,它们还来不及全部干枯就又遇上了一场春雨,还遇上了马樱花的花瓣。其实,马樱花的花瓣也是被春风吹落的,所以,你弯下身捡到的每一朵花冠都还在绽放着。花瓣离开了树身,就像一个少女离开了母亲,踏上了另一条红尘路,她去到哪里,都是她内心深处的一种花的绽放。

马樱花可以从二月绽放到五月,有着漫长的花期。听说,法依哨的男女青年定情以后,都会相约来到马樱花山上朝圣爱情。途经此地的旅人也会将车停在山下,当马樱花绽放时,几十里之外都能感受到被微风细雨播撒的花色花香。旅人们闻到花香就像看见了花色,就寻着旅路过来了。没有人可以抗拒马樱花的色香,也没有人来到山下时,会转身而去。站在马樱花的花枝或背景下拍照,如果你将自己拍进去,你会产生莫名的羞愧,无论你多么美丽,你都没有马樱花那么绚丽多姿。如果你置身在马樱花的背景中成为它们的一部分,那么你会在多年以后,想起法依哨的马樱花……

如果凡·高来到了法依哨的麦田

　　如果荷兰画家凡·高来到了法依哨的麦田会怎样？当田野上的麦子金黄时，我总会追问这个问题。我十八岁时已经开始接触凡·高的作品，一个中央美院的学生给我邮寄的《凡·高传》，在那个春天恰好使我看见了凡·高喜欢的麦田，那是滇西小镇外的麦田。现在，法依哨迎来了麦田即将收割的日子。

　　这一天又轮回到了我们行走在田野的时间，总有比我们起得更早的农人，又看见这位三十多岁的女子了，她出众的相貌，犹如山中绽放的马樱花，哪怕早春二三月已经过去了，她仍然在绽放着。这属于自然体系中的个例，她站在麦田中是令人瞩目的，她有具体的属于这片版图的美感，阿细人的传说众所周知，如果偶然间遇见了她，你就会感受到阿细人像火一样燃烧不息的元素。

　　如果凡·高来到了这片麦田……这些充盈着我个人美学的追问，如同一双隐形的翅膀只可能飞翔。而此刻，我们却真实地走到了这片麦田中间，在眼前这个女人周围，都是起伏荡漾的麦浪，她除了戴着一顶圆形布帽外，脸上没有任何遮挡物，看上去，她不害怕每天割麦子时在天空移动的太阳。她看见了我们，我们以微笑相互致意，这样一来，我们可以轻松地交流，我们三个人都想跟她合影，因为她身前身后的麦田，具有智能时代所缺乏的现实感。她的衣装，已经不再是古老阿细人时代的衣品，那时候的每块布，都是从织布机上织出来的。我在法依哨村庄行走时,总想寻找到一台古老的织布机,有时候我们在说话中会跟随村民走进院落,但始终没有看见我想看见的织布机……但我相信,总有一台织布机被藏起来了……被一个奇迹和传说收藏于天地之间,所以,还需要再等待机缘。

如果凡·高来到了这片麦田……这个幻觉又被麦浪吹走了。现在,终于轮到我站在了割麦子的女子身边,这个像马樱花一样美丽的女子,自始至终脸上都带着微笑,就这个微笑都可以将那些流行的鸡汤话语驱逐开。她的微笑,是从麦田中荡开的,所以,如果凡·高来到这片麦田,凡·高就一定会继续活下去的。

人的微笑,也有的是带有媚俗的、虚伪的……但她的微笑确实是从麦田中荡开的,金黄色的。我想抱起麦田中捆起来的麦穗,这是我拥抱在胸前的光束,我很高兴地低下头闻着成熟的麦秸味……

如果凡·高来到了这片麦田……我的意识中总会飘过这样的追问,我们站在这片麦田,拍下了成捆的麦穗,拍下了她手中的镰刀,拍下了与她合影的不同照片……最后,在她允许下,我们还从麦田上抱走了几捆麦穗……捆起来的麦穗被我们抱进了石头房,我想,如果凡·高看见了石头房,是因为凡·高在空气中嗅到了麦子的香味,所以,凡·高来了,凡·高走进了石头房。我期待着凡·高从他永恒的画布上走出来,坐在我们中间,画下法依哨的麦田,画下站在麦田中像马樱花般正在绽放的女子。再后来,我们还是发现了,越来越多的旅人,来到了法依哨金黄色的麦田中拍照,有些人根本就不认识凡·高,他们只是迷上了这一片一片的麦田,就将自己的交通工具置于路边,忘却了一切朝麦田走进去。这是对生之旅途的朝圣,是对一个古老耕耘史诗的田野的朝圣。当然,也有人竟然搬来了画具,坐在麦田中开始绘画。凡·高来过了吗? 风中吹拂的麦秸色扑向了我的画布……

带着德沃夏克的《自新大陆》进入了薄雾

　　法依哨的薄雾总是在出门之前升起,就像是德沃夏克的《自新大陆》游离在眼前的雾,来到了我们手上或肩头。一个手扶拖拉机的烟农从雾中过来,他翻过的杂草根须裸露在外,像是写作中被我用手揉过的一堆废纸。诗人惠特曼说过:"白天黑夜的每个小时对我都是一个奇迹,每一立方英寸的空间都是一个奇迹,每一平方码地面都散布着与此同样的东西,每一英尺之内都聚集着同一样的东西!"

　　法依哨的土地成为了烟草生长之地,这是在德沃夏克的《自新大陆》的季节音阶中,从雾中升起的烟草地。此刻,在出现烟草地上又出现了一座蜂房,这是我诗歌中反复出现的意象,也是我不断在行走中遇见的场景。蜂房通常在不断朦胧又趋于清晰的旷野之上出现。一只蜜蜂,是甜和痛的代理者,是神灵创造世界时繁殖出的歌手。它正引领我很快地往前行走时,我发现了一座土坯屋。在外墙上,黄绿色的枝条攀爬而上,仿佛空中花园让它有荫地,并给予它们梦游的灵性。

　　站在蜂房之外,我想起德沃夏克的季节音阶中似乎环绕过这样的甜蜜,它此刻被俄国白银时代的杰出诗人曼德尔施塔姆忧伤地吟诵着:"整个屋子都充满了,倦怠——这甜蜜的药物! 这么小的王国,吞下这么多的睡眠。"

　　薄雾引导着我的视线,在蜂房那边,另一边,广大的四野,烟草又一次占据了整个画面,我就这样来到了田野上根茎交织的睡床面前。烟草,除了在我们胸前产生着烟雾之外,在最早的时期,它只是一种根茎植物,不断地从土地冒出来,起初是幼芽,然后是纤细的绿色,同万物一样,带着饱满的炽热或期待,渴望着与万物相遇。

万物是何物? 在岩石、鱼类、苔藓、花蕾、子房、蜂巢、蜜蜂、飞鸟、野兽、蜥蜴或船帆河流面前,一首诗歌、一个阿细人的歌声中就有万物万灵的存在。所有被我们所触摸到的、未曾用心灵占据过的苍茫和疼痛的现在时,都是万物的影子。诗人米沃什说:"我们一面沉浸于回忆,另一方面强烈渴望着逃出时间,逃到永恒律法之乡,那儿的一切都不会被毁灭。柏拉图和他的理念:野兔、狐狸和马匹在大地上跑来跑去,而后消失,但是,在天上的某个地方,不会被混乱的、沾染着死亡气息的经验性证据所颠覆。"现在,湿润的雾涌到了嘴唇边,替我寻找到了烟草地上一堆被剪断的枝叶。修剪烟枝的女人走出来,她手里有一束紫色的烟花,我知道,剪去烟花是为了让烟叶获得更多的营养,不过,烟花也还会再长出来的。

飘忽不定的长长的烟幡

　　十九世纪创作《草叶集》的诗人惠特曼,一生都在大地上漫游,他吟诵道:"盲目的、热爱的、挣扎着的接触,带鞘的、戴着头巾的、尖牙利齿的接触呀!离开了我,也会使你疼痛吗?"此刻,一条长而弯曲的水渠,沿着种植烟草的土地的根茎,正在浇灌着张开嘴的烟叶。已经干燥了很久的烟叶,在等待着什么?因此,惠特曼发现了又一个万物的场景:"在生长着的甜菜的上空,在开着黄花的棉田的上空,在低湿田地里的水稻上空,在顶上有扇形污迹、檐沟里长着杂草的尖顶农舍的上空,在西部的柿子树的上空,在叶子长长的玉蜀黍上空,在纤巧的开着蓝花的亚麻上空,在白色和褐色的当中有嗡嗡嗡之声的荞麦上空,在随风摇荡着形成光影细浪的暗黑色裸麦的上空,那里鹌鹑在树林和麦田之间鸣叫,那里蝙蝠在七月的黄昏时飞舞,那里巨大的金甲虫落在黑暗中,那里溪水从老树根涌出,向草地流去……"

　　此刻,一条水渠正浇灌着烟草地,我仿佛看见了一片长长的烟幡,它在田野上空被风吹拂着。烟叶中最长而硕大的那片烟幡,可以寻找到烟叶酣睡的地方吗?一片玉米地,隔开了蜘蛛网似的人类生活,在这里的烟幡下面,在不同经纬度和海拔的高低所繁殖的尘土中,烟叶作为有根茎的身体同万物站在一起,面对着我们人类的目光。

我移动着脚步,在前方,在那一大片金黄色的、油绿色的烟幡之下,长满了各种植物和瓜果的根须;几个烟农躺在大树下,脸上盖着草帽正在午睡。一些蚁族就在他们身外的小小洞穴中翻滚着,仿佛像人类一样不断地利用自己的野心和梦想,不断地翻拂着时光的过去和远方。在那几个烟农躺着的土地之外,那片烟幡拖着长长的影子,飘忽升降,与云朵保持着足够的距离。除了烟幡飘动外,肥硕的葱绿色叶片如今藏在最开阔的旷野上,在大地神奇的纬度中,隐匿着它们的嘴唇,叙述着天气的变幻莫测。在风雨和雷电的速度面前,那一片片肥硕的葱绿色叶片,战栗和欢鸣的光阴,就在它们朝着天空生长中穿巡而去,我所看见的叶片在慢慢地变黄……

老火塘乐队的诞生

正如太久远的生活物件在使用中就悄悄地退场了，没有不谢幕的舞台，也没有始终在前行的列车。一直在寻找法依哨的老火塘，什么是老火塘？就是老房子的火塘。钢筋水泥屋中的火塘，用来架起烧烤炉子的，不是我想寻找的老火塘。只是找火塘还不够，必须有坐在老火塘的柴灰下，烤着洋芋苞谷的老人……入住法依哨以后，这个愿望源于阿细人对于火神的崇拜，因而变得炙热，尤其是冬天，寒风吹着头发时的黄昏，就想看见一股浓烈的火焰上升时，顺着焰火的方向而去，只要心诚则灵，总会找到老火塘的。

每天黄昏，我就开始走出石头房，这是一个预谋好的约会。我想起了从火塘边跳出的火焰，那是生命的起源，也必然是阿细人的生命之歌。其实，在云南我见过的老火塘够多了，不过，我深信，每个地域只要转个弯水土就变了，在水土的变化下，温度和风向的力度变了，食物的味道变了，民间酿酒师的酒曲也变了，每隔五里或十里都有变的理由，当然火塘也就变了，乃至声音和方言也都变了。只有变，才能寻找到火光中跳出的颜色以及火燃烧后灰烬所去的地方，因为火光升起之地，是来世和此刻的遇见，也是奔向未来的去向。

在寒冷的黄昏，靠嗅觉中的焰火味道，似乎就能判断，哪一种焰火是从钢筋水泥房中飘出来的，哪一种焰火是从老房子的老火塘边飘来的……只要你用心用意就能在两种不同的味道中寻找到你想要的焰火。我顺着飘来的寒风，终于等来了柴火燃烧中低沉的乐音，这全靠法依哨山寨的安静，仿佛智能化世界的任何东西，都无法改变这座山寨的宁静生活，这正是我迷恋法依哨的原因。几年前，当年轻的镇长带着我们一行人，走进法依哨时，我就明显地感觉到头不疼了，眼睛不花了，腿力变轻盈了，思维和情绪有弹力了……迎着寒风中飘来的柴块炽热的燃烧声，我们终于找到了那幢老房子。门敞开着，法依哨村民的大门没有上锁，经常是半开半掩的，你如果想走进去，就走进去吧，因为经常走进去后，才发现没有人……

　　我们已经走进了有歌声和乐器碰撞的老房子，这正是我一直想寻找的地方，我看见了一座真正的老火塘，火塘边坐着几个老人，每一个老人怀里都抱着乐器。这正是我想寻找到的老火塘和几个老人，还有怀里的老乐器。这个场景是我入住法依哨以后，在灵魂深处向往的地方。我们坐下来环顾四周，旁边的屋梁和炉架上的铜壶都有了年岁……这一刻，只有老去的岁月可以在火塘中沸腾和燃烧。一个年轻的少年抱着一只圆木进屋来了，他似乎有着老房子里最年轻的脸。抱着乐器的人在弹唱，火塘边碗里好像有酒，阿细人习惯用大碗喝酒，似乎用大碗比杯子更豪放。老人们在弹唱时，少年往火塘里加柴块。少年身穿校服，我想起来了，这是一个周末，所以，少年从学校回来了。对于此刻的场景，少年是喜欢的，看上去，也是乐意加入的，他坐在一角，眼睛看着火塘，他的眼睛里有全部的火，他似乎负责这火塘，为了不让火熄灭，他不停地给火塘加柴块。他的目光很沉静，与同龄的少年相比，他似乎更沉静，在沉静中他似乎是守住老火塘的新人。

　　老人们弹唱的歌词我虽然听不懂，但我相信我能感觉到那些迁徙中的旋转，对于古老的阿细人来说，历史上那场漫长的迁徙就像老火塘里的火焰，是深红色的，也是黑色或蓝色的一次史诗般的传说。我坐在他们之间，我们几个人都不知不觉地加入了他们的吟唱，那声调就像在幽暗的长夜，我们在星宿的笼罩之下找到了夜宿的山冈，这山冈就是今天的法依哨。一曲唱完又一曲，其间少年还给我们倒了酒，这是本地的苞谷酒，是他们自己酿制的。这夜晚是热烈的也是忧伤的，老人们像一支乐队，我想，就叫老火塘乐队吧。这真是一个好创意！我想，为了让阿细人古老的迁徙之歌永不失散，我们该尽全力让老火塘乐队拥有自己的舞台，就这样，我为这个梦想和创意激动着。少年提着那把被烟熏黑的酒壶不时地给我们加酒，所有人都不知道，在我内心里已经有了一座舞台，在上面表演的就是老火塘乐队。而今天这个日子，就是老火塘乐队的诞生日。为了让老火塘乐队尽快地走到舞台上去，我开始为他们写下了这篇文章，我等待着一个有舞台的日子，等待着这支来自法依哨村寨的乐队，能够走到世界的舞台上去。我深信，这一天会降临的，老火塘乐队将成为新的世界遗产。

你看见过森林中上千年的古树吗？里边因剥离和岁月的抗争，同样居住着童话故事的源头。你看见过火塘边抱着乐器的弹奏者吗？他们老了，就像我母亲一样老了，就像黑白电影中的演员一样老了，就像废品收购站的鸡毛、牙膏皮、辫子和麂子皮一样老了，就像收音机和磁带一样老了；用过的东西，凡是与生命相关的东西都会老去。火塘边的一双双手，就像羊皮卷中的传说，已经失传的故事，依赖于在世音的弹唱，仿佛才能让一棵古树复活，让一个人再生，这力量来自灵魂的共鸣。

听着音乐劈柴的女人

　　远远地我们就听见了歌声，那是阿细跳月的歌声。拾级而上，法依哨是在一座环形山坡筑起的村寨，当年轻的镇长带领我们进入村寨，我的双脚就感觉到了下面低、上面高的尺度感，从风水来说，这是一座有梦乡和溪水环绕之地，也是可以看见太阳从东方升起、从西方落山的地方。所以，每天早起，我就站在窗前看日出升起的山冈。此刻，很多人都应该起床了，夜晚，让我们回到一张安静的床上，它像田垄，又像仓库，更像海洋上的一座岛屿。是啊，人在劳作之后都需要躺平身体，让自己有一个无忧无虑的梦乡。

　　看得见日出从山冈升起的人，都是饱受日光照耀的人，我是其中之一，所以，我每天都以自己的方式向永恒的太阳致意。看见日出的人，转眼之间已经开始劳作了。倘若你的双手没有抚平皱褶，没有用过力，倘若你的身体没有纵横过荒野，没有在鹰盘桓地看见过碧蓝的河流，那么，你的心灵如何去陈述从你开始出发的故事？这些从脚下不断出现的小巷道，好像总走不完，法依哨迷宫似的布局是从他们的祖先开始的。在古代，人们更重视日月的照耀，只有一个有光和夜的地方，才能筑起安居人心的屋宇。

　　音乐离我们更近了，像是阿细女人的千针万线绣出的一条长河……便出现了眼前的这一幕：一个六十多岁的女人，长得很健康。我在这里说的健康是指，她是一个积极乐观向上的女人，她背对着我们在劈柴,坐在一座背阴的地方举起柴刀又放下。太阳已经从远方过来了,太阳已经照在了屋顶上,太阳就要过来了。太阳已经照在了她不远处的烟叶子上面,村里的菜地这一季种上的都是烟草,所以,房前屋后的菜地上都是绿得让你想唱歌的烟叶。

在女人劈柴的上方是高出她身体的台阶,上面放着一台放唱机,里边唱的是阿细跳月的歌声。那似乎是她录制的吧?因为歌声后面还有阿细人打跳的节奏,是啊,围着篝火打跳的声音充满了生命力,甚至湮没了歌声。她突然发现了我们站在她身后拍照,她转过身来。阿细人是开放的,当他们发现你在拍照时,他们总是很友好,从来不制止你拍照,这与他们迁徙的历史有关。在那条艰苦跋涉的长路上,他们遇见了那么多的飞禽走兽,遇见了那么多异乡人的村庄,遇见了那么多淌不尽的河川,翻过了那么多的崇山峻岭,听见了那么多的风吹草动……所以,他们都拥有一颗接受万物万灵的心灵。

她站了起来,似乎想用更好的姿势进入我们的拍摄,我们拍了她站在柴堆中的照片,我们也同时拍了她坐下来劈柴的照片,我们还拍了她的柴刀——看见柴刀上有锃亮的锋刃——还拍了台阶上的放唱机,还拍了她的背影,她是法依哨村寨为数不多的,在劳动时依然穿着自己本民族服装的女人之一。在她的后背上,我看见了绣出的花朵旁有一对喜鹊,仿佛已经飞了起来。我们离开了,听着音乐的女人继续劈柴……

可食用的荨麻

　　很多人都不知道,荨麻也是一种野菜。多年以前,在西双版纳的热带丛林中,朋友带我们去看古茶树返回的路上,遇见了小路两边长得绿油油的荨麻,朋友说,她采一些下山去煮汤。朋友是有备而来的,她从双肩包里找出了手套和剪刀……我惊讶地说,荨麻会刺人的,如果手脚不小心碰到了路上的荨麻会疼很长时间的。朋友笑了说,中午你就会喝到荨麻做的汤了……那次喝过的一碗荨麻汤,让我知道了荨麻也是可食的植物。在云南吃花、吃果、吃野菜,早已经是自古而来的自然食谱,但吃荨麻,很多人并不知晓,所以,当我们在散步时,发现了小路上长满了荨麻时,我终于也带上了剪刀和一双手套。

　　当你食用过一种陌生的野菜时,你像是读完了一本书。吃野菜的记忆犹新,如同打开一本书,往下阅读也需要时间,不可能翻开就读完。在书中你会与许多陌生的不可思议的故事相遇,也会与不同的思想和宿命相遇。阅读一本书,最终是为了在书中找到你自己,而食用一种野菜,尤其是像荨麻这样充满刺痛记忆的野菜,你最初无疑是抗拒的。就像我戴上手套用剪刀采荨麻时,她们质疑说,小心啊,这能吃吗? 千万别中毒啊! 这一切质疑都是正常的。我不顾她们的质疑,采了两大袋被细雨洗干净的荨麻,心里顿生喜悦。从此,我们的食谱中又增加了一种野菜。荨麻遍地生长,它不被节令限制,在春夏秋冬都能生长。

好了，该煮荨麻汤了。将荨麻用清水洗干净后放在沸腾的锅里，不需要放一滴油盐，煮沸五六分钟后，将它们端到餐桌上就可以食用了。最奇怪的是荨麻煮熟以后，除了保持着油绿色的光泽之外，它们叶面上蛰伏的刺完全变柔软了，不再刺人的皮肤了。荨麻汤具有解毒的作用，这是现代人都喜欢的功能，因为似乎在我们的身体内部，都隐藏着许多看不见的毒素。这汤还有降血压的作用，光是这两种功能，就足以吸引人了。自此以后，荨麻成为了我们驻村时光里的家常菜，喝完一碗荨麻汤后，确实感觉到了解毒的魔力。身体中有毒，意味着什么？其实，当你发出厌声时，毒已经伤害了你的口舌；当你感觉到心慌意乱时，毒已经入侵了你的血液循环；当你在踟蹰不前时，毒已经在阻碍了你的信念；当你彻夜不眠时，毒已经开始扰乱了你的梦乡……毒无处不在，所以，可食的荨麻可以解毒、降压，一个现代人身上潜在的疾患，在饮下一碗荨麻汤后，暂且获得了欣慰。

可食用的荨麻，就这样在山野中疯狂地生长，这也是我喜欢看见的一道风景。法依哨的荨麻煮出的汤，要更鲜美。荨麻长在小路两边，它们绝不占用谷物生长之地，荨麻就长在野草的旁边，却具有捍卫自己风骨的品格，倘若你不喜欢它，它就会以自卫的本能，刺痛你，因为只有刺痛你，你才会记住它的名字。它看上去并不妖冶，也没有花朵，但只要碰你一下，你就会终生记住它的功能、它的野性、它蛰伏的乡野春色。我们的舌尖也许天生就是为了品尝有毒或无毒间到底有什么奥妙。身体本就是一个奇怪的过滤器，为了吃得快乐，我们的先辈一定付出了许多危险的代价。

在树林里看见了鸮

　　有村民告诉我,他昨晚看见了一只鸮衔着田鼠朝前面的小树林飞进去了。哦,这是真的吗? 我朝着前面的小树林里走去,对于树林的幽暗和神秘我是了解的,作为云南人,因为行走,我沿着怒江往前走,就跟随一群人走到了高黎贡山的南斋公房,这条路线是动植物的自然博物馆,也曾经是著名的南方丝绸之路的必经之地。作为云南人,因为行走,我曾跟随滇西永平的朋友无数次地行走过两千多年前汉武地时代的博南古道, 在这条路上我们发现了杨升庵祠,从这条路走出去就看见了碧蓝的澜沧江;我还走过了西双版纳的热带雨林,走过了哀牢山体系的新平境内……

　　我细数这些事情,是想告诉我自己,我完全有勇气独自走向前面的那片小树林。我朝村民告诉我的小树林走去时,总是幻想会看见那只鸮。村民看见的那只鸮难道会是不久以前,飞到石头房栖在横梁上的那只鸮吗? 朝着林间的丛薮走进去时,听不见任何声音,只看见那些被时光滋养了千年的树木朝上弯曲而又笔直地生长。林中有许多条小路,任何一条路都可以朝前走,因为这些都是法依哨的历代村民用脚走出来的路。树林深处有许多枝蔓,看似柔韧却缠绕着树枝,看似荏弱的鸢尾花却开得如此绚丽,发现了紫色的野生鸢尾花,让我顿生一喜。蜻蜓盘旋的空中有许多黑色的大蜘蛛在织网,在林中我还发现了栗树、红豆杉、野樱桃和榆树彼此问候。我几乎就忘却了寻找鸮的意图,因为这座小树林又呈现出了另一座迷宫。大自然的微妙之处在于布局于人类之外的层层叠叠的迷宫,无论是农庄和村野、桥梁和湖泊、山脉和地平线,它构成了我们为之奋斗所抵达的尽头。当它扑向你,你以为是尽头,却有一窝野蜜蜂正在山头嗡嗡嗡地奔向野花;你以为终于抵达尽头的那边,却又离我们的梦想很近。

我看着一只黑蜘蛛织网时,突然就看见了另一双眼睛,它那像婴儿般明亮的眼睛也在看着我。难道它就是飞进石头房的那只鸮吗? 这有可能就是村人看见的衔着田鼠飞进树林的那只鸮;对于我而言,我们彼此对视时没有陌生感,有可能就是那只鸮。

如果就是同一只鸮,如果不是那只鸮,我无法解释这种存在或不存在的关系。这是哲学的关系,也是从深渊中上升的无法考证的关系。有一点是可以确认的,这小树林适合鸮的生活方式。它在夜里去田野上捕获像田鼠这样的猎物,有时候会因为飞行穿过法依哨村庄,最终又飞回这片树林;白天隐居在树上,夜里再飞出来……也可以这样说,鸮已经习惯了住在离法依哨最近的这片小树林,因为村庄里田野肥沃,每年轮番种植苞谷、烟草、小麦,还有万寿菊和向日葵……这样一片乐园,也适宜鸮去捕捉食物。适宜的气候和纯良的法依哨村民善待鸮,使它黑夜飞翔,白天在林子里栖身。很多动植物之所以在一定的地理版图上生长,是因为它们得到了神的护佑。我们对望着,不知道用眼神交流了一些什么语言,从此以后,我又增加了一种牵挂,每隔一段时间,都会不知不觉往小树林走去。当然,并非每次都能见到鸮,很多次都看不见它的踪迹,抬起头也看不到它亮如婴儿的眼睛。尽管如此,我知道它并不会走远,这片树林延伸出去的地方,是我无法到达的,所以,即使无法遇见,我也能在这片林子嗅到鹑的气息，有时候也会捡到鹑落在腐植叶上的羽毛。当然，每一次走进去，我都祈愿着，如果抬起头来就能看见它，将是我最快乐的时刻。无论如何，鹑与我的相遇是偶然的，也是必然的，因为在法依哨，我们早就是朋友了。我们之间心领神会的那种感觉，已经像光影般掠过了万千世界的时间，并将继续跟随光影而去，成为我们生命中的一种等待。

鹑，就这样栖在树上目送我。上次是我在石头房的黑暗中目送它远去，这一次，是鹑在它的林子里目送我远去。从此以后，我和鹑之间又增加了一个可以遇见和告别的地方。这种生命的维系就像乌云密布的暴雨后，白云山水和长河落日的变化……我们以生命的过程体验着忧伤时，暴风雨过去后，总有一场晴朗的约会在等待我们疲惫的肉体。在赴约时，千年的古树和人类史前的长河就在路上，等待着我们走进去。

那只鹑就像我记忆犹新的一个清新的早晨，始终陪伴我，从黎明走到天黑，有时候我就告诉自己，那只孤独的鹑又开始出发了。谁也无法替代那只鹑去飞翔，从鹑的身上我也发现了人类的动植物伙伴，就像那只鹑总能在黑暗中寻找到食物，再飞回森林去隐蔽，在那么长的白昼里，可以一动不动地等待着天色暗下去。就像人生的急流勇退背后，就是一次次悲伤的逃逸，遗忘者和背叛者所面对的则是孤独的救赎和忏悔。

从法依哨行走到西三镇

从法依哨行走到西三镇，单行五公里，来回十公里，每次去西三镇都是星期天的早晨，这是镇里赶集的日子。我们入住村庄后，生活方式已经变得越来越简单。在城里我吃三餐，到法依哨后就变成了两餐，这样就有更多时间用来行走、画画或读书。行走，是为了走到村庄的白墙青瓦的小巷深处去，站在一堵堵被雨水侵蚀的老墙前拍照，如果走出一个村民来，会将村民也拍进去。行走出村庄，有好几条道路，我们反反复复地来回行走，会看见田野中的村民露出头来，除了头之外，身体都被烟草、玉米、麦子挡住了。

行走于奔往西三镇的路上，风景如画，所以会看到许多骑自行车的人们，他们戴着头盔，身穿防护服，完全是专业的长途骑行者。在人工智能和全球化的变革之下，人类开始在更积极地拥抱和接受变化无穷的未知的同时，也在改变生活方式，挑战自我身体的极限。骑自行车的人将车停在路边，走到田野上去拍照了。我们已经熟悉这条五公里路上的景观，正像每走过一个弯道后，就会看见一个割麦子的妇女——五公里的路程并不长，但却集中了这个区域农事生活的节令和变化。有时候，一群山羊会跑到公路上来迎接奔驰的车辆和骑自行车的人群，山羊们习惯了，并练就了保护自我的能力。它们冲出山野时，会避开路上驰骋而来的车辆；遇见人时，会与人在草丛中合影嬉戏。

走过五公里抵达西三镇时，恰好是九点钟，此刻，各路奔来的村民们，无论是步行来的，还是骑摩托三轮车来的，都已经带来了他们的农事品，进入了集市地摊上。在这里你如果需要农具，可以走到地摊上。我恰好想买一把铁铲松松花园的泥土，就买下了两把铁铲。我们三个人在人群中往往走着走着就各走东西了，每个人都会寻找到自己想买的水果蔬菜，我买了好几个手编筛子和箩筐，它们不仅可以装东西，也是一种艺术品。野菜很多，大多是上年纪的阿细人带来的，她们上了年纪，不知道微信和支付宝付款，所以，手里要准备好纸币。

西三镇的集市上有一景，本来我已经忽略了它，但在我无聊时翻看手机上保存的照片时，突然又让我眼前一亮：一个阿细族妇女，她脚下的摊位上就是一堆野生菌——有可能是一堆有毒的菌子，很多人走过去，蹲下，用手拿起菌子看了看，放在鼻孔下嗅了嗅又放下，看的人多了，就是没有人掏钱买菌子。这一堆野生菌，确实让人眩晕，也许是太好看了，也许是太野性了……我观察了很久，看的人多，但没有人掏钱。此刻，我走了过去，我想带走它们，并不想去吃掉，而是想带回去研究它们的香味来源于何处。最后，我想告诉自己，它或许就是一堆让我们产生魔幻的野生菌，仅此而已，就足够了。而且，我带走了这堆野生菌以后，就可以让这个阿细族妇女高高兴兴地回家了。果然，我给了钱后，妇女很高兴，她用阿细人学会的汉语告诉我，这个菌是从岩沙中长出来的，可以放心地吃，没毒性的，但一定要煮汤吃，因为煮沸的过程中毒性就完全消失了。她说得很真诚，我们相信她说的话。那天晚上，回到法依哨的石头房，来到厨房，根本来不及去研究它们会不会有毒性，就开始洗干净它们根茎上的沙土，再将水煮沸，只放了油盐，不放任何佐料，将半盆野生菌放进了沸水中。四十分钟后,我们围着那滚香的野生汤,早已忘了有毒还是没毒,我们都赞不绝口,因为这是我们有生以来,喝到的最美妙的野生菌汤。

我还看见了手机中保存着另外一张照片:一个身穿阿细人服装的老人,坐在她脚下的摊位前,从她后面的篮子里找到了杆秤。很久没见这东西了,现在使用的都是电子秤。她正在提起杆秤,上面放着几个洋芋,山地上长出的洋芋要小一些。她说,算了,不用称了,就给两块钱吧! 看上去可能是那把杆秤坏了,也有可能她不会使用杆秤。不管怎样,这张照片主要拍出了老人和她的杆秤。

野菜往往是我们最感兴趣的, 这都是当地人熟悉的野生菜,比如刺五加、龙头菜、车前草、野薄荷、香椿、木姜子、野苦瓜、折耳根等,数不尽数,而且,野菜也会随同季节而生长。买了一大堆东西,再去小镇快递店拿快递,这一上午,时间就过去了,如果不想走路,就搭敞篷的拖拉机回到村里。坐在拖拉机上,全身心都被风吹拂。开拖拉机的也是法依哨的村民,他们夫妻俩也是来赶集的,车厢里备好了一堆农具和生活用品。他们的幸福指数,要远远超过在大都市里驱着车、被堵在路上的人,堵车时,很多人都希望自己变成一只小鸟可以自由自在地飞翔。他们的幸福指数要远远超过城里那些被无数的焦虑症所笼罩着的男人和女人。幸福,本就是一种单纯的生活方式。就像此刻,坐在敞篷的手扶拖拉机上,远逝的风景渐渐就过去了,五公里的路几十分钟就到达。我们的左手和右手都拎着从集市上买来的物品,这一刻,忘却了所有隐藏的忧伤,奔向石头房,饥饿感顿时来临……

为什么要住在法依哨

尽管如此,还是有很多人问我同一个问题:为什么要住在法依哨?

美国艺术家乔治亚·欧姬芙说过:"兴趣是生活中最重要的事情,快乐是短暂的,但兴趣是一辈子的事情。"

就像树林里倒下的树仍然是村里人的柴火。每一天都会有一些老去的、生病的或者被风吹倒的树……只要你走进小树林,总会看见这些倒下的树,有些树成为了蚂蚁们的空巢,有些树还长出了苔衣和有毒的蘑菇。村里人需要柴火,无论是新盖的水泥房还是原来的老房子,都在使用林子里倒下的树烧火、做饭、取暖,等等。这些生活,都是我想弄清楚的现实,村里的柴火都堆在墙边,你行走时会看到一排排的还没有被劈开的圆木,太阳照在上面时,圆木发出金光灿烂的色彩。这些树木如果不使用,也会就地腐烂。正是这些树木,延续了阿细人所崇拜的火种。

当我坐下来画画时,我很想画下这些燃烧的火,它跟城市人每年节庆所放的空中焰火不一样。在石头房里画画时,我取用的色彩就像是从法依哨的自然空间里随风飘过来的。此刻,我的灵魂处于燃烧状态,也许对于我感兴趣的写作和绘画来说,没有阿细人朝拜火种的精神状态引领我,我就不可能接近色彩,也不可能写出任何文字。

我为什么要住在法依哨？自从年轻的镇长带我们进入法依哨以后，我就开始想象一本长卷的书。在那本书中，我是叙述者，我从开卷以后就没有离开过那些语言。我是细小的蚁族，带着我小小的脚丫和长不出羽毛的翅膀，正在往前走。像蚁族般在闪电雷鸣时迁徙，这是我在尘埃之上学会的第一种生命的哲学，之后，我来了，这也是我个人的迁徙史。这也许是我人生中最后一次大规模的迁徙，最重要的是带着我的书和生命，沿着导航里的高速公路，最终目的地是法依哨。

所有文明都在加速的节奏中前进，而我却喜欢法依哨的速度。每当节庆时，留守法依哨的男男女女，会从箱子里取出他们的盛装。这盛装全部出自手工的缝制，是法依哨的女人传承了阿细人的美学。用手工缝制一套服装需要好多年，从山间采麻到织布、染色、绣花等工序，这是人工智能无法完成的。我喜欢法依哨的缓慢，艺术和农耕构成一体的缓慢，只有缓慢的时光，才能产生烟草的香味、玉米的清香、向日葵的微笑。

我为什么住在法依哨？因为我本就是这里尘埃上长出的一株野草，也是墙壁上被时光所蚀刻过的斑斓，同时也是昼夜交替中静默和燃烧的柴火。我是屋檐下滴水时，坐在门外等待天霁月光下的风或激流的女人。我是野草丛生深处的一天，顺从于早来的晨曦、西去的落日我是门前走来走去的喜鹊突然腾起的翅膀，也是白天栖于小树林，夜空飞行于法依哨天空中的那只神秘的鸮。我是早出晚归的农人，为了生活和祖先的土地，驻守在此的村民。

法依哨的吆喝声

在楼上画画时,我突然听到从外面传来吆喝声,那好像是一个中年男人的音质,只有经历过一些岁月的男人,才会将吆喝声调拖得很长;细听时,每阵吆喝的尾声就像拖着长长尾翼的孔雀。之所以想起美丽的蓝孔雀,或许是因我不久前曾在一座滇南的农庄中看见了一群孔雀。它们的尾翼长而斑斓,再就是云南的大象和孔雀都来自西双版纳,那是一个充满了烈焰和热度的版图。很多年前大象走出原始森林的事件,我也同样追索了很久。

我站在窗边,因为油彩的味道浓烈,窗户白天黑夜一直敞开,也有朋友质疑过安全问题,但我相信,在地球上没有比法依哨更安全的村庄和居处了。我这样说不仅仅出于对法依哨的感情,还出于我对这座村庄从古至今建筑道德和人文精神的信赖。是的,在敞开的窗户下每天晚上飞进来众多的飞蛾和蚊虫,也会飞进来鸮;白天飞进来的是喜鹊和燕子,还有蜜蜂,以及走进来看书画画的孩子们⋯⋯这就是法依哨。

此刻,我想确认那一阵阵的吆喝声是从哪个方向而来的,那尾声拖得很长的,又让我想起一只只蓝孔雀长长的尾翼,当它们没有开屏时,那尾翼是合拢的,隐藏着很多色彩⋯⋯那吆喝声有时已经很近了,但似乎又远了,海惠也发现了这个不确定的吆喝声,我们决定去探个究竟,我们只能判断出这吆喝声是卖东西的人发出的。我们想去探究有些东西,是因为作为一个法依哨村民,对生活中所有存在的都感兴趣,也想了解吆喝声下的人生。

我们跑出了石头房,从小巷跑到法依哨有水塘的地方。这是法依哨的中心区域,一座圆形的池塘,远看就像罗马的角斗式广场。刚来时,我就发现了法依哨的风水是从池塘开始的,有水,有天空,有森林,有土地,这些都是法依哨永久的风水密码。池塘外面都是房屋,村里人所开的便利店大都在池塘边,原来听到的那吆喝声是从池塘发散开来的。我们跑到池塘边时,根本就看不见发出吆喝声的中年男人,村民说他到那边去了,我和海惠便分头寻找。吆喝声又出来了,好像是从那边过来的,又像是从另一边过来的。我们在吆喝声中分头奔跑,唯恐吆喝声离我们越来越远……这一次我们再一次证明了法依哨是一座迷宫。

跑着跑着,我们竟然同时跑到吆喝声离我们很近的地方,我们跑出了迷宫般的小巷道又跑回了池塘边:一辆微型车停在岸上,一个中年男人正在吆喝着,终于看见他了,这让我们感觉到了解谜一般的喜悦,终于有答案了。我们跑到微型车前,谜底终于揭开了:满车厢的酸辣味,原来中年男人是卖豌豆凉粉的,当然也有凉米线……在那个燥热的正午,我们真的想品尝他吆喝声中的豌豆凉粉。他说这是他家祖传下来的手工艺,是他老母亲和女人做的。我问他家住在哪里,他用手指了前方,说就住村那边……我们买下了他的几袋豌豆凉粉,佐料是配好的。他说已经快卖完了,他还要到前面的村里去卖……他上了车,缓慢地开着、吆喝着离开了法依哨。那天中午,我们品尝到了这个邻村中年男人的母亲和女人做的凉粉,认为这是最好的豌豆凉粉。

盖钢筋水泥房的中年男人们

在法依哨盖钢筋水泥房的基本上是中年男人，他们也是村里外出打工的第一批人。他们走出去时，还是一帮青年人，时光在他们脸上留下在外面世界为生存而劳碌的痕迹。我曾经在城里碰见过打工族，他们如果有手艺就会做泥瓦匠，而且会长久地坚守这种职业，甚至会将这种职业传承给他们的亲戚和下一代；也有打工族创办了各种劳务机构，从乡村输送劳工到城市。很多年轻人初到城市时，也积极地进入城市的职业培训班，还没有进入智能时代时，很多年轻人都去学平面设计、按摩师、发型师等专业，后来正是他们学到的技业，使他们进入了文化传媒公司、美发店和美容店等等。

他们为了生存而拼命地挣钱，并将钱放在银行里寄存。到了某一个阶段，他们带着一笔可观的资金回到了出生地，想在自己的老家盖一栋新房，以便将来养老。在法依哨盖房的大都是中年夫妇，他们也都是从城里挣钱以后，回到老家的人。就像城市人将买房视为一种奋斗的目标，乡下人回家盖房同样是一种闪光的理想生活。

盖房都是从他们个人的宅基地上开始的，旁边是老房子。多数人都不愿意将老房子拆毁，毕竟他们与老房子有着千丝万缕的亲密关系，有些老房子里仍旧住着他们的父母，有的老房子空着是因为父母已经过世了。但更多人都不忍心将老房子拆除，这是维系他们与先祖辈的纽带。现存的每一幢老房子里，都有旧物和几代人遗留的味道。每一幢老房子甚至还保留着原有的老火塘,墙上挂着的是阿细人的乐器。

这虽然是一场新与旧的对立和选择,但最终,老房子依然以它们的建筑形态矗立着,除了像一首古老的歌吟唱着,也安稳地存在着,于是新的建筑在老房子前后的宅基地上动工了。古老永恒的神性给予了一代又一代人,永存着内心的爱和良善。他们虽然带来了积攒的钱,却不动用老房子原有的土地,这是神的安排。越来越多的人回到法依哨,当他们用钢筋搭起了脚手架以后,他们从城市学会的建筑理念,使他们使用的必然是新的建筑材料。就这样,在今天的法依哨,有越来越多的新人盖起了钢筋水泥的楼房,旁边是老房子。每次走在新与旧之间,我都会思考,如果文明无法被更多人接受,那么,文明不过就是一个干枯的神话而已。

走在法依哨的新与旧房屋之间,我突然发现了一种新的世界:这里有古老阿细人的老房子,如果你走进去,会发现那些还活着的老一辈的阿细父母亲,仍然住在里边,因为他们习惯了老房子的老火塘,习惯了生活在他们世世代代安居的土坯屋中;你也会走进两层或三层楼高的现代新宅,在里边你发现了洗衣机、冰箱和电视等智能家电和城市化的家具。从这个现实中,我惊喜地发现了法依哨村寨不仅仅完整地保留了古老建筑体的原址,也同时融入了现代文明的建筑体系,所以,走近法依哨,仿佛走进了古老和现代建筑的博物馆。这或许就是神的护佑,以及神性笼罩下的法依哨的传奇。

万寿菊和向日葵

　　万寿菊和向日葵哪一种最美？这需要我们回到田野上去，在法依哨的村庄外行走，我们都是用心观察的小野兽。我们是用脚在丈量土地上的水渠和阡陌路上的每一个细节，人生是用诸多细节组合的魔方。许多现代小孩儿手里玩着一个魔方时，他们的小手都在旋转。人类追梦时大都在奔跑，燕子筑巢之前也都在奔跑。那个用手旋转魔方的女孩儿，也是在奔跑。当我们走在田野上时，脚下的土地是松软的，这说明土地已经被翻耕过了，播种的时节又到来了。大片的土地已经栽上了万寿菊，能够想象万寿菊盛开的景象——以往在别的地方也看见过万寿菊，还在花海中拍过照片。万寿菊开花时是成片成片的金黄，比黄金的色彩要更艳丽吧！这世上很多迷恋黄金者，其实并没有见过真正的黄金，所以，就有了无数盗宝者的历险路。如果真见了黄金，那些从海上荡开的寻宝路，从战乱中走出的用生命换来的盗金路线，将会显得黯然失色。我想，真正的黄金应该像尘土那样质朴，无浮云之象。

　　万寿菊有一种绚丽的金黄，充满了喜气和吉祥，所以，只要路边有万寿菊向你摇曳，你就会升起吉祥的意念。近些年，法依哨的田野大面积地种植万寿菊，使其进入法依哨的路增添了更多色彩。万寿菊从根须到花朵都是提炼药草的精华，它味道中的香味又可以制造成精油……每次走到万寿菊身边，我都希望它们长快些。当它们还是幼芽移栽于泥土时，我就猜出了它们是万寿菊，薄薄的叶片、纤细的身体，很难想象它们会长出淡黄的、金黄色的花朵。两种颜色我更偏爱金黄色，这种超越黄金的颜色，使人羞于谈论金钱的意义。每次我都说，快长大吧，快绽放吧。

相比万寿菊，向日葵的民间性更牢固地根植在山野地角。万寿菊除了提炼香料和药品的功能之外，它的可观性也被现代旅人欣赏，向日葵则可以遍及任何地方，让人喻为太阳。那天，我看见一个贴汽车膜的青年人发微信时，称刚刚贴上的车膜是葵花黄。这是一种新鲜的称谓，葵花黄无处不在，只要你留意，在我们的身边，人们都在制造葵花黄，因为它让我们靠近太阳，摆脱了阴郁。如果用一个葵花黄的杯子喝水，还有什么可质疑的呢？杯子里的水来自源头；如果拖着一个葵花黄的箱子去旅行的人，想来一定会走进一片向日葵的山野去发呆……

万寿菊终于绽放了……那是我亲自载着最后三分之一书籍奔向法依哨的日子。一开始我以为我们搬家公司的车导航时走错了路，因为一条笔直的路两边全都是金黄色的花朵，往车窗外看时，因为车速有些快，我只感觉到路的两边，全部都是铺天盖地的金黄色。这密不透风的金黄色让我眩晕，我请开车的师傅将车停在路边……所有的车前前后后突然间就都停在了路边，路两边的金黄色让所有路过此地的人都头晕目眩。这一定是另一种晕花症状。走下车来的人，突然又被风推动着身体，走到了花海中去。不知不觉地，我也同样朝风中的金黄色融进去。我看见天边尽头的蜜蜂们，已经像云一样簇拥着飞过来了；我看见仙女般的女子们，站在金黄色花海中拍照；我看见收集香料的人、中药厂的制药师都来了……万寿菊绽放了，法依哨的田野不仅仅有烟叶、玉米和麦穗，现在又增加了万寿菊。

万寿菊来了，它是法依哨最年轻的花朵，当然，它带来了经济和旅游，同时也带来了摄影师和画家，带来了诗人和漫游者。从万寿菊走到向日葵，恰好是一首诗从开始到朗读完的距离。万寿菊和向日葵，哪一种存在更美？在两者之间，色泽、花型、香气、功能间的差异，却成为了装饰身体的最明显的标志。一个站在万寿菊花丛中的女人，和那些在向日葵下拍照的女人，最终目标就是在伟大的虚无主义中，寻找到沦陷中的无法自拔的自我和自然融入的画面，这也是人们奔向法依哨的理想和激情。走出花丛后，我又从理想中回到了现实，将另外剩下的三分之一书载往石头房后，我们不再头晕目眩了。卸完全部的图书后，搬家师傅们走了。

烟叶黄了

烟叶黄了,这是法依哨最忙碌的时候。有很多用手推车推着烟叶的人,大部分都是中年以上的妇女;收烟叶时,也有在城里打工的男人和女人会跑回家来,因为烟叶黄了后必须送进烤烟房,这是一个技术活。高高的白色的烤烟房,很多次进入我的镜头,并以各种角度存在着,它无疑是法依哨最令人瞩目的建筑物。如果从远处看,它像是战争时期的雕堡,卫兵在里边可以看得很远。它纯白色的墙壁上布满了雨蚀的痕迹。是啊,这世界到处都是痕迹弥漫,每一种痕迹都是一条小路,也是思考者们被唤醒后的忧郁的眼神所能看见的时间。

而时间如果没有物对应,有多虚无? 时间可以拉开距离,望出去茫茫然。如果时间就在眼前,你会忙得晕头转向,所以,节令产生了,哪一段时间该种植什么,该收获什么,时间将虚无变为现实。

烟叶黄了,哪怕待在石头房里读书画画,我也能听见村里的各条小路上都有摩托车载着烤烟叶驶过的声音,也有手推车被双手的力量推到山坡上时的震撼之声,每一种声音都会从石板路上过去。这一条条石板有些是新铺上的,更多的是自有村庄存在时就铺上的沙石路面。法依哨的山冈上到处都是喀纳斯地貌中的天然石头,所以,很多人家筑起的围栏,也都是用红色和青色的石块筑建的。虽然看上去这些石块有不规则感,但法依哨的民间石匠,却将它们完整地保留下来了,使之成为被蚁族蚕食,被黑暗之斧打磨过的天然艺术品。每家的门口都堆着像小山丘的石头,也堆集着在潮湿盛夏倾倒的落木,这两种物象是法依哨的阿细人家门口的门神。

烤烟房子的烟囱开始冒出了黑色的烟雾,这是一幅壮丽的景象:每一阵烟都会化为更奇异的色彩,但转瞬间就在奔往天空中消失了。现在,能看见烟囱的建筑物已经稀少了,新的建筑理念和材料已经替代了日常生活中更多的古老。法依哨依然采用村里的烤烟房,将收割的烟叶烤到更成熟的、更醇香的程度,所以,我看到的一只只烟囱正冒出比想象的更香郁的烟火。柴火在燃烧后的烟尘,还有从烟尘中弥漫出的烤烟叶味道,使尘埃和云图间有了更深切的相互致意。刚收割的烟叶,要堆在门口的石头上晾干湿雾,门口的烟农会翻开烟叶,将一些残缺的病变的叶子拣出来,因为一旦成为烤烟房的烟叶,最终将被烟商的货车拉走,去到更远的地方。

阿细人的史前遗产

法依哨的史前遗产在哪里？每次寻觅这些有关人文或精神领域的答案时，我都想以自己的方式回答。

从石头的悬浮力中寻找到火的源头，这需要摩擦力。先是身体取暖时的温度，背倚着树体、岩石，在蓝色的宇宙活下来，温度是阿细人生命的元素，融入烛尘光焰中，身体获得了温度。而夜幕那么长而空旷，寒冷穿过了蜥蜴的爪，穿过了舌尖下的味觉，两块石头，或者无意间采撷的草叶遇到了一块块石头后，摩擦出了火花，于是，火光四射，这就是传说中太阳的光泽。远古，是烟火升起之地，在火光中醒悟的远古众生们，发现火光落入枯草树枝后可以蔓延，那古老的部落有阿细人的祖先，他们发现了火种，用从大地磁石上跃出的火源，点燃了远古最黑暗的夜晚，先民们架起了柴火，干柴烈火从此诞生了，这是火的遗产。

阿细人在天幕下一直在用赤裸裸的脚行走，顺着曾经栖居过的岩洞走出来。是飞翔在高空的鸟族的翅膀，启发了阿细人的行走，人拥有四肢，但缺少翅膀，只有脚可以移动，用脚尖也可以勾勒鹰群飞过的路。哪怕原始森林同样有战乱，除了与野兽们的对峙和搏斗外，森林中同样有另一些来历不明的武士将领，自从地球上有物种起源的那天就已开始。简言之，自从地球上的万物万灵感受到饥饿，漫长的苦役就开始了。阿细人，带着弓箭，披着树叶，在一座座洞穴中住下,总感觉到树影婆娑,当一支箭射过来,意味着战乱就在眼前,野兽们在林中嚎叫着厮杀过来了。每个生命,都以饥饿的名义,在攻击中腾起身体。凡是生命,从古到今,都为了生存而迁徙。当原始森林响起了箭矢飞过声,阿细人又一次开始了行走。要找到避难所,要用赤裸裸的脚走出去,就像松鼠们从空中杉枝攀到另一些藤条后,早已经离开了原来的地方。众多的森林野兽们,循着气味在迁徙。人类,从来就没有停止过来自脚的运动,因为空中的翅膀在飞,地上的生灵们也必须行走。阿细人的先祖们,已经走出了原始森林,他们来到山冈上,决定住一些日子,于是开始挖洞。阿细人在筑屋之前宿于山洞,天亮后又出发,这是行走中的阿细人的关于路的遗产。

　　一根骨针要从天亮磨到天黑,这是慢活儿,那时候,一切都会慢下来。现代人,你无法去想象阿细人打磨一根骨针的慢。这些慢啊,犹如日月慢慢地从地平线升起来又落下去。这些慢啊,犹如树叶从青绿过渡到金色。这些慢啊,从石头或种子中落下去的,是不一样的生长之物。这些慢啊,没有时针可记录,也不受科学原理和化学物质,以及数据可控制。所有慢,都在那一时刻,围绕着一根骨针用心地磨制,首先要磨出细长的针尖,还要有针孔,从天亮到天黑,一根骨针可穿上线,那细细的线,从骨针孔中穿过去了。多年以后,我的母亲告诉我,人与人之间的关系,就是线可以穿过针眼,这个原理如此深邃,让我仿佛突然间就长出了柔软的翅膀,回到了古老的前夜:阿细人的祖先们从黎明到日落,手中磨制出的那根骨针,属于史前之夜。细小的针尖孔,从此穿过了一根线。历史,从此刻仿佛进入了又一种文明;所谓文明,就是芸芸众生们所发明而留下的生活史迹。线穿过了针眼,这仿佛就是一条河流的语言、史前的遗产。

双胞胎女孩儿

　　一对剪着短发的双胞胎女孩儿出现时,我们刚刚走完了一道斜坡——雾雨弥漫后的早晨,我们仍然坚持行走。今天是绕着村庄内部的小路行走。当双胞胎女孩儿再次出现时,我们走完了斜坡对面的小路,那高高的水泥房子多么寂寞:那对盖好了钢筋水泥房的中年夫妇又到城里打工去了,新房子空着,无人住;他们的儿女也在城里上学;而他们的父母健康康康的,仍然住在水泥钢筋房下面的老屋子里。这就是古老和文明的彼此映衬,所以,在法依哨村庄,既可以看见新的人生所向,也可以走进老房子。一座又一座新旧建筑,仿佛就是法依哨乡村的未来博物馆。

　　双胞胎女孩儿还没有到上小学的年龄, 村里又没有幼儿园,所以,当父母到田地干活儿以后,整座村庄,仿佛都成为了双胞胎女孩儿的幼儿园。她们剪着短发,圆圆的脸庞,穿着同样的运动衣裤,当我们第一次见到她们时, 两个人正在沿着一道老墙壁的光影行走。海惠动作很快,捕捉到了这个场景,后来还将这一对双胞胎姐妹画到了画布上。非常好的油画,逼真而又虚幻。我深信,海惠的这幅油画不仅仅是艺术, 还真实地展现了法依哨老墙壁下的光影交错,和一对双胞胎的快乐时光。

　　第二次见到双胞胎女孩儿时, 她们正站在便利店的门口,每人手里拿着一根棒棒糖。刹那间,我们似乎都看见了各自的童年,所不同的是,我们手里拿着的棒棒糖,没有任何色彩。双胞胎正在剥着棒棒糖上的红色纸衣,看上去,她们眼下最感兴趣的,就是将那只棒棒糖的甜蜜在嘴里吮吸干净……她们坐在池塘边的石头上,看着在池塘中洗澡的那头水牛,光阴在双胞胎脸上变幻着色彩,旁边长出的几棵向日葵已经黄了。我们没有打扰双胞胎吮吸棒棒糖的时光,因为我童年的记忆对我说,当我吮吸着那根棒棒糖时,不敢拼命地吮吸,为了留住它,我只敢用舌尖轻轻地舔舔它……

　　第三次碰见双胞胎女孩儿时,夕阳正落下并染红了头顶的天空。那樱桃色的晚霞,似乎是从画布上过来的,真实情况却是晚霞来到了画布上。我站在窗边往外看时,突然就看到了那对双胞胎女孩儿,她们正站在窗外最后一抹红色的晚霞中,抬头看着我们的窗户。我伸出手去,召唤着这对双胞胎女孩儿……她们点点头,我便跑下楼去开门。她们像一对花蝴蝶般跑进石头房时,整座青蓝色的空间布满了她们好奇的目光,她们在画与画之间、在书架与楼梯之间的穿行,给我们带来了童话般的快乐。当她们跑到海惠画出的那幅画前站定时,她们似乎认出了自己,惊喜地笑了……最后,当她们望着已经落山的太阳,她们用眼神告诉我,她们要走了。我们将她们送到门口,并邀请她们明天再来吧……双胞胎姐妹的眼神垂下来,那大一点儿的女孩儿说,明天一早,她们就要跟随父母到城市去上幼儿园了。我明白了,她的父母也要到城里打工去了,因此,这对双胞胎女孩儿,在村里游玩的孩子,将暂时结束过去的生活,跟随年轻的父母到现代化的大都市去生活。我们目送着双胞胎的背影,再见到她们时,她们应该长大了。城市和乡村的融合,将使走出去的孩子们,带着自己的母语和词根;当他们再踏上回乡之路时,也会将外面的世界带进来。

老火塘边弹吉他的青年人

　　那天，看见一个青年人，带着他外面的同学回到了法依哨。我们之前见过面，在路上问候过"早上好"。因为那是我们行走的早晨，当时，这个上大二的学生回家时，跟着中年的父亲盖房子。他不仅会拌沙灰，也会顺着脚手架往上爬，跟父亲站在一起，暑假他基本上都跟父亲盖房子。他的小名叫阿木，父亲站在脚手架上经常唤他的小名。这个名字就像他的村庄和他家的老房子般朴素。

　　我们也叫他阿木。冬天的傍晚，他从江南的大学回家来了，还带来了几个同学。新房子早就盖好了，但有趣的是阿木带着同学，却住进了原来的老房子，和爷爷奶奶住在一起。问他为什么不住新房子，他说，还是老房子温暖，因为爷爷奶奶每天都坐在火塘边，他的同学们喜欢上了老房子和老火塘里的生活，因为有火塘，傍晚就有村里的人来火塘一边唱歌一边弹乐器。因此，阿木邀请我们去他家的火塘边喝老酒，过一种边弹边唱的生活……

　　我们高兴地接受了这美好神秘的邀约，出发前没忘记带上两瓶自备的酒和饮料。当余晖还在天边尽头弹奏着告别音乐时，我们趁着那火热而缠绵的光泽，已经站在了阿木家的门口。火塘那燃烧的烟雾已经飘到了院子里，阿木听到我们的脚步声，就走出来迎接我们。今晚的火塘边已经坐满了，但他还是给我们留下来三个位子。周围的阵势不小，都是前来边弹边唱的人们。当然，除了阿木的几个同学外，都是村里上了年纪的人们，只有他们可以抱起琴来就开始弹唱。这真是一个灼灼焰火般热烈而忧伤的夜晚，我们喝够了火塘边大碗的苞谷酒以后，才意识到我们带了酒，便启开酒瓶。在混合的酒液中，在一座被火焰熏醉的老房子前，每个人都开始唱歌，阿木的同学们抱着吉他也在边弹边唱。我们虽然不会弹奏乐器，却和着沸腾不息的燃烧声，低声地唱着久逝的流行歌曲。

几个外来的大学生看上去都沉醉在老房子的火塘边，他们说，这是一生中最美好的夜晚……阿木突然从爷爷怀里取过了大三弦，他从火塘边站起来，跑到外面的院子里弹着怀里的大三弦跳了起来。所有人都站起来，到阿木家的院子里跳舞去了，这就是阿细跳月，天上的月光是多么皎洁，我们牵着手在跳舞，阿木的爷爷和奶奶不知道什么时候换了跳舞的盛装，他们牵着手出来了，就像从古老的阿细跳月中走了出来。

唱着歌就唱出了山湾湾水月亮，你相信这件事情是真的吗？倘若不信，你就跟随我去，很久很久以前的世纪与我们的现世，天空中架起了南来北往的网线，物流的高速公路和天空之鹰在比赛。只要你愿意，新人和旧人都可以在一起唱歌，岩石上有鸟停留过的痕迹；只要你愿意，我们彼此之间没有远古和现在的距离。法依哨，每天都有人从远古穿越而来，尤其是在那些被月光普照的夜晚。

告别前夜,跟两只狗狗商量

明天要离开法依哨,又要回城住些日子。而告别前夜,两只狗狗都会有些不安。我们在头一天的下午,会先收拾画画的空间,要把所有用过的画笔洗干净,仿佛每一支画笔上都有来自法依哨的天然色彩,土红色是田野上的主色调。在法依哨用得最多的色彩是柠檬黄、橙黄、朱红、普蓝、熟褐、白或黑等。当然,色彩是可以调出来的。石头房有一种色彩,那就是内心的安静。只要安静下来,你就可以用普蓝铺开法依哨天空的变幻。现在,我收拾着桌面上的色彩瓶、调色油等工具,两只狗狗观察着我的动静。尤其是欢欢,它有一种天生的忧郁,男孩儿抱着它回来的那个寒冷的暴风之夜,我伸手去抱它时,它紧紧地依偎着我,我当时就想让它摆脱惊恐不安的状态,把它取名为欢欢。

我对两只狗狗说,明天我们要回去了,吃过早饭后,会送你们回猪圈去生活一段时间,等我们回来了,再把你们接回来。这个时候,说起猪圈,我也不会再焦虑,因为猪圈干净透风,只不过没有跟我生活在一起而已。这太正常了,我在城里生活写作的房间也很小,狗狗和人一样,也要培养它们享受孤独的时间,也要让它们远离收养者,这样它们才会像人一样接受各种磨练。想通了这件事,我就跟狗狗们对话,我是认真的,我相信狗狗已经明白了事理,尽管荣荣仍在叫唤,不肯接受明天告别的事情,欢欢也像以往一样用一双忧伤的眼睛看着我,希望我会改变主意。然而,这件事是不可能改变的,从把狗狗带到法依哨时我就知道,两只狗狗再也不可能回到大城市去了。

就像石头房的书籍、墙壁上挂起的油画,它们也同样不可能回到城里的书房和墙壁上去了。哪怕是书也有不同的命运,有些书是放在图书馆的,让更多人阅读的;有些书是随一只只箱子去海上漂流的;有些书是放在枕边陪伴你做梦的。此刻,我又想起了鹞,在大城市,我的房间里也许会有燕子去屋檐下筑巢,但绝对不可能飞进一只鹞;在大城市,只有在动物园的四面笼子里,才可能看见鹞。

夜深了,我已经收拾好全部的东西,该道声晚安了。两只狗狗就睡在我的门外,我给狗狗们铺上了纯棉的垫子,狗狗们已经习惯了睡在门口的垫子上,有狗狗们陪伴我,我似乎多了两个忠诚的卫士;但我也知道,自从狗狗睡在门口以后,飞行在夜空之上的鹞再也不可能飞进来了。如果我想见到鹞,就只有走到小树林中去,但并不是每一次走进去都能与它相遇。人生有很多遗憾,所以,我们只可能在努力之下顺从天意的安排。

第二天,我们吃过早餐,就要把两只狗狗送走了。当我用狗绳套上狗狗的头颈时,两只狗狗都很兴奋,以为我要牵着它们去一个更好玩的世界。是的,我对狗狗们说,你们今天所去的地方,就是你们的家,所以,你们一定要乖乖的,这样我才会喜欢你们。两只狗狗看上去,目光中充满了期待。狗狗上楼时突然看见了门外的箱子,它们走到箱子边,嗅着箱子的味道,突然醒悟过来了,朝着我叫着。我说,我们走吧,狗狗又再一次兴奋起来了。路上,狗狗们不断地回头,也在不断地抬头看着去猪圈的小路。

喜鹊路

　　我把石头房门口的路,命名为"喜鹊路"。记得第一次跟随年轻的镇长进入这条小路,我就看见了喜鹊,凡是喜鹊出现之地,就会有屋顶和茂密的树木、安居的俗世。我的生活需要来自通向尘世之路的某一条小路,我对小路的弯曲和笔直深处的事物,充满了好奇和期待。当我开始阅读纸质书时,我就会看见著书的那些孤独和伟大的作家和思想家,经常在一条充满白昼流星的小路上行走。我自己身边似乎总有一条陪伴我生活的小路,无论置身何处,哪怕客居一座旅馆和客栈,我都会在第一时间去留意周围的那条小路。是的,其实在我们的周围,总会有一条小路,有时候也会寻找到许多小路它们相互交替出现在眼前,但总会选择你自己想走进去的那条小路。

　　年轻的镇长带领我们进入法依哨。除了主干道以外,还有许多条小路通向山脚下的房屋;有些小路中间还有小路,小路外面还有小路,看似是走到尽头的小路,突然间又出现了另一条小路。再往上就出现了通往石头房的小路,这条小路旁边又有通向法依哨小学的小路,还有通往小树林的小路;转过来又是通往石头房的小路,再往前就是过去通往粮管所的小路,再往前走又是通往山坡下田野的小路。当我来到坍塌的石头房时,我看见了前面屋顶上有一只喜鹊看着我。对于它来说,我是陌生的,但这只喜鹊在今后的日子会经常见到我。我和喜鹊之间都需要彼此等待,但我们之间建立的默契是长久的。自我入住石头房之后，那只喜鹊就飞到了院子里，它在小院子的草坪上走路，还飞到墙壁上看着我。当它发出喳喳喳的声音时，我知道它是在召唤另一只喜鹊，果然，另一只喜鹊飞过来了，两只喜鹊都在同一时刻发出了喳喳喳的合唱声。只要有喜鹊，尤其是看见喜鹊来了，听见了喳喳喳的欢鸣，那一天你都会喜气洋洋。

后来，喜鹊来了，在重新修复石头房时，喜鹊每天都会栖在石匠往上砌的石头上，或是栖在院子里零散的建筑材料上喳喳喳地叫着。后来，我来了，只要有喜鹊造访过的房屋、核桃树、屋顶花园，人间就有了说不清楚的灵性，而且那灵性是活生生的。最近，乡村设计师陆续进入村庄，镇长让我为石头房门前的路取一名，我说就叫"喜鹊路"吧！如果这个命名通过了，门前就有一条喜鹊路了。自从我命名以后，飞来的喜鹊越来越多了。人间有许多神奇的故事，当一只喜鹊飞进石头房之前，我正想在画布上画一只喜鹊，想它就来了，这绝对不是杜撰。我要画出漆黑的羽毛，喜鹊的黑与白就像从古老的神器中飞出的颜色，任何喧哗与骚动的背后，以及绚烂繁花的背后，都是一个旧时代的逝去。那些幽灵般走来走去的时空背后，是我最想前往的迷宫。

写作和绘画，是朝圣者的行走之路。孤独和宿命，让人往前走，所见之光，记得我的，也应该是文字中的我；忘却我的，同样是语言背后的意义，从一座凛冽、寒冷的废墟中飞出的鸟，引领我走过的路。

真实的情况是这样的：我站在窗边栏杆前，每天早晨我的身心都在此，虔诚地接受上苍的启示。对于天与地之间的距离，在我的内心就是黑暗和白昼的交替，有时候也是雨后的一道彩虹。这时候，是我一天中最纯净的时刻，每天要做什么事，要写下什么样的文字，要偶遇何人何物何事，要相约田野还是书房等等，都会在我接受上苍的启示时,在我的身体中成为一天中灵魂所倾向的目标。所谓目标,对我而言,就是沉下心来,就像将石头沉入河底底部;如果是一块巨大的石头,会沉入我身体中蔚蓝色的海洋,成为水底珊瑚礁石的近邻。

我坐下来想在画布上画一只喜鹊。如何将一只喳喳喳叫唤的喜鹊留在画布上? 这是一次有难度的绘画,不仅要画出喜鹊,还要在视觉表现上让人仿佛能聆听到喜鹊那喳喳喳的叫唤声。就在这时,那只我想画的喜鹊飞来了,真的飞过来了。喜鹊从外面的核桃树飞到敞开的木栏杆上,喳喳喳地叫唤着另一只喜鹊。在这样的日子,我没有时间焦虑过往的事。有时候我多么想像一只潜伏下来的蜜蜂和蝴蝶,蜜蜂以吮吸花蜜而活下去,吐露了全部的蜜汁,蜇痛了它最爱的时光,就莫名地消失于尘嚣,蝴蝶的飞行速度很快,无论在哪里,它留给人的只有那刹那间的掠过。

杀猪饭

　　冬天和初春之间，是法依哨的村民们请客吃饭的时间。这个时间也是村民最闲散的时间，因为翻开的土地正在接受日照，同时也处于休耕期。杀猪饭总是一家一家开始的，这一天，全村人都要去吃杀猪饭，这段时间，似乎是法依哨最热闹的日子，每天下午四点钟以后，院子里就摆上了露天的筵席。几十张四四方方的桌上摆满了香喷喷的乡村菜，所有的餐具都使用大碗，吃饭也用大碗。我作为法依哨的村民，也被邀请到村民家去吃杀猪饭。村里每家都养猪，到了这个季节就选择吉日杀猪，所以就叫杀猪饭，也叫年猪饭。杀猪饭给村里带来了仪典，人们都在轮番吃杀猪饭。

　　我发现村里的杀猪饭，有每一家的美食召唤着舌尖，聚集的有本村人，也有外来的亲戚和朋友。每一张四四方方的餐桌都是一个交际圈，人们边品美食边喝酒，像城里人一样谈论着村里村外的奇闻轶事，边说边敬酒。每家都有自酿的苞谷酒，院子里的那只土罐子里就是酒水，你只管喝，总有人给你不停地敬酒。村里人敬酒也都会站起来，他们在天色的变幻中敬酒时，似乎也是在敬天敬地，敬祖先的传说，敬田野上生长的庄稼，敬山顶的神先，敬身边的父母，还要敬所有飞禽走兽的灵魂。当村里人端着酒水敬祭天神地神时，我想我已经看见了众神就在周围，就在我们的人群中走来走去。

　　最后，敬酒的人们会回到现世，回到现世的家族里，回到屋居的儿女和婚姻中。杀猪饭里有一场场关于农事和经济的论坛,也会揭开未来村寨的理想生活。杀猪饭本就是劳作了一年的村民们的聚会,所以,外出打工者也都陆续回家来了。打工者们会给古老寂静的村庄,带来大城市的许多商业气息和现代化的动向。每一家的杀猪饭在大大小小的院落进行,你走进去就进入了一个家族的历史,因为,你会看见里边的房子布局、经济状态,也会看见宅院中种植的花草。年轻人和中年人是每一户举办杀猪饭时的主角,年轻人都已经走出了村寨,他们中有一部分人在外求学,求学的青年人给法依哨带来了书卷味;在城市打工的中年人经历了城市与乡村的双重洗礼,他们的脸上既有出生时就带着的阿细人的特性,同时也有在大都市接受的文化自信。中年人给聚会带来了有关生产力的速度和思考;老年人,就像院子里的守护神,他们经历了一座村庄的春夏秋冬以后,就像守在幕后的神,坐在后面。

法依哨的文化遗产和一个女人的梦

　　挂在老房子里的乐器，长年累月静默着，弹奏它的人早就离世了。当我看见墙上的乐器时，我同时也看见了乐器上布满的灰尘。我是跟着一个背着烟叶的女人走进院子的，她没有跟随中年丈夫和孩子到城里去打工。她说，她习惯了到田地去干活儿，习惯了守着家，因为他们的老人早就过世了，如果没人守着家，这座老房子很快就会坍塌。她告诉我，房子必须有人住，言下之意是在告诉我，有人住的房子，就延续了一个家族的风水。这也是我相信的，所以，我很钦佩这个中年妇女守望村庄的信念。

　　我随她进屋。她说，城里打工的丈夫告诉她，等到雨季过后，就回家来盖新房了。她说，她生了两个儿子，一个儿子在上大学，另一个儿子跟着父亲在城里盖房子。她看见我盯着墙上的乐器，不好意思地笑了笑说道，灰太多了，几天前她才刚擦过乐器的。她一边说，一边取来了一块干净的布，当着我的面取下了乐器，说这是她父亲用过的三大弦。她擦干净了大三弦上的灰尘，又挂回了老墙上。

　　这个女人，让我再次发现了法依哨村庄的文化遗产。包括她守望村庄的故事，她的言行举止，也都是现在村庄里的样子。

　　总要有人留守法依哨，这一座座祖先们留下来的老房子，只要有人居住，挂在墙上的乐器就会被人取下来，一次次地将灰尘擦干净。同时，她也在等待着两个儿子带来新的命运演奏曲，等待着今年的雨季结束后,丈夫会带上在城里盖房子的儿子,回到老房子旁边空出的宅基地上,盖上这个时代最流行的钢筋水泥房。

大雨突然来临,女人将屋外收割来的烟叶扛进了老屋,我也帮助她扛了几次。女人感激地说:"雨太大了,幸好有你帮忙。"我打电话告诉过在外上大学的儿子,村里有书院了,村里的孩子都会跑到书院去看书画画。儿子高兴地说,过春节了他就回来,还说回家后就去我的书院看书。

这一瞬间,我突然升起了新的更久远的信念:石头房里的书或画,在现在和未来的日子里,也将变成法依哨的文化遗产。就像墙壁上的乐器,此刻,并没有人弹奏,我却分明听到了从大雨中传来的声音。女人从火塘中翻出了已经被留存的烟火烤熟的洋芋,那个正午,我就坐在火塘边陪伴这个女人剥开了洋芋的皮。舌尖上的烤洋芋,也必然是法依哨的文化遗产。我这样想着就忍不住笑了,我感到一种来自内心的幸福和喜悦。

而所有这一切的背后,都充满了艰辛劳动和等待,以及所付出的代价。就像我在墙上乐器表面看见的尘灰,只有在它的履盖下,乐器才会发出忧伤而快乐的音符。芸芸众生的内心世界里,总有燃烧不尽的烈火,而当火焰熄灭变成灰烬后,里边的余温依然能烤熟洋芋。

凡·高从麦田走进了法依哨

　　法依哨有一块天然的调色板，有时候它是凡·高笔下麦田上的燃烧，只有保持完整的土地和种植的尘埃，才能出现一个多世纪以前凡·高的阿尔。当土地越来越稀少时，法依哨的农田耕地并没有因为河流的改道、高速公路的拓展而缩小面积。我想，如果凡·高来到法依哨，他就不会割下耳朵，因为他的耳朵是用来聆听的，天空中那么多的鸟群，都离凡·高很近；如果凡·高来到法依哨，除了绘制蓝花麦田、翻滚过的乌云和紫色的根须，从村庄田野上突然就盛开的万寿菊和向日葵，也是他最喜欢的。

　　如果凡·高来到了法依哨，他还会画出烟草和烟花。每到五六月，是烟花从你刚醒来的视线中绽放的花朵，凡·高天生就善于绘出紫蓝色忧郁的眼眶和花的虚无。如果凡·高看见烟叶从青绿到赤黄色，他会站在田野驻足停留，会带着画箱走进石头房的书画院，我知道，二楼的那间房子，至今还没有人居住过，就是为亲爱的文森特·凡·高而留下的。

　　七月是收割烟草的季节，烟农们都来到了烟草地里，各种颜色的手扶拖拉机和摩托车在这里扎堆，还有平板车、三轮车、手推车，牛车。在这个时代，人们都以最流行的交通工具取代缓慢的脚步声。当牛车突然出现在烟草地里时，我是从远处的乡村公路上跑过来的，我跑起来的速度让自己惊讶，这似乎是我年仅十八岁的青春期的奔跑。天空中的喜鹊和燕子啊,请原谅我如此奔跑,请原谅我用四肢如此地穿过了田野,奔跑的速度终于让我看见了烟草地里的牛车。我看见了亲爱的凡·高的调色板,在我之前,他已经来了,这真是一个艺术史上的传奇。他是怎么来的?是从他喜欢的法国南部过来的吗?他似乎没有老去,清瘦的面颊,安于现状的眼神,对于凡·高来说,只要有燃烧的向日葵、麦穗上的锋芒、收割过麦田后重新翻耕过的土地,还有紫蓝色的一抹天际色,以及充满了野性而又温柔的花朵,他就能活下去。

我走到牛车前,此刻,我已经看不见一路上正在往拖拉机和平板车上装烟叶的男人们,烟草堆得越来越高,男人们站在高高的烟草上面,穹顶离大地如此之近。天气不错,所以,烟农们趁着好天气都在努力地收割烟草。而在另一边,一对老去的烟农,也在往牛车上装烟叶,他们的动作不慌也不忙,还不时地从怀里掏出烟锅点燃烟丝,送到嘴里吸几口。我驻足喘息,刚才的兴奋,使我在刹那间恢复了青春期的一次奔跑,我已经记不住上一次奔跑,是为了跑过几公里去看麦田上的落日,还是为了跑过几公里之后去留住恋人离去的脚步。

凡·高正在一声不吭地绘画,他从来都是一个安静的人,少语而漠然,以至于后人都无法想象,凡·高那些充满了燃烧般激情的艺术作品是怎么完成的。这是艺术史上的一道谜题,也是我此刻,突然间想走进去的一场迷雾。刚刚还风和日丽,就在天空出现一团乌云以后,四野就起风了。两个老人看似缓慢,却已经将田里收采的烟草全部装上了牛车。凡·高看见天色变了,开始收拾画具。我们跟在牛车后面往前走,凡·高依旧穿着他深咖啡色的翻毛皮鞋,也跟在牛车后面往前走。虽然天色变了,但雨还没有降临。一头水牛拉着牛车往前走,我们也在往前走。如果梦能够继续,文森特·凡·高先生,今天一定会跟我走进石头房。门敞开着,凡·高走进去,这一幕又一次验证了色彩,就像人一样在前世让我们陷进去,今世又将我们唤出来,继续等待我们的来世。这多么像法依哨的未来,同样等待我们走进去。哦,法依哨从法国南部走来了,这是一个故事还是画布上的轮回?

调色板下的风景画

　　如果我想表达法依哨宁静明朗的天空，首先，我会在天空下行走很多路。行走，是现代人乐于选择的生活方式。更多人行走，是为了让身体舒服。由于生或死的冲突，现代人已经知道要照顾好自己。我的行走，当然离不开身体，当我行走时，因为四肢在舒展开去，我更容易满足于在天空之下，成为池塘边的一个思想者。调色板上出现了天蓝与草绿，这是天空的主色；天空下，有广阔的无忧无虑的地平线。

　　如果我想表达出内心热烈而充满激情的画面，我渴望着像法依哨土地上的烟草、麦子和玉米那样，随着时间的变化而生长，此刻，我会调出橙红、橙黄和黄色……这些颜色融入身体，像是田野上收尽了蜂群吟唱过的花色的落日。在壮丽的落日面前，我们不过是一只正在回家的蝴蝶，一群正唱着牧歌归来的山羊。

　　如果我生命中的阴郁和忧伤，在被细雨蒙蒙的夏天笼罩着，那么我在画布上等待着画笔穿过一道道明暗交替的长廊。开始吧，以灰蓝和灰绿色穿过了雨注后的天际线，这一天，我默默地等待着走出去，看雨后的法依哨的炊烟，此刻，我的笔下会涂抹开红色和黑色。很多时间里，法依哨的风景越过了阴影，当田园再次出现在眼前时，我将橄榄绿和橙色慢慢地嵌入，这是温暖的田园风光。

　　梦幻从来都是法依哨的基本主色，大胆地尝试用紫色、玫红，还有群青等色调,展现朦胧梦幻的瞬间,我经常沉浸在这些色光中,而一旦我离开调色板时,我发现法依哨还可以用熟褐、赭石和土色,调出更厚重的山野风光。

法依哨的新文化遗产

那头野牛又重新回到了那个地方,暴雨季节,村人会将野牛牵到可以避雨的老房子去。不过,野牛需要阳光,只有在那片山坡上,它才可以看到从古老史卷中走出来的路,那条古道是从人烟稀少的丛林深处走出来的。我深信,那头野牛就是从古卷中走出来的,看见了它前世的法依哨,所以,看上去,它就像一个小说家,晒着太阳,看着来来往往的村民,开始叙述它前世和今生的关系。每天,依然有村民在早晨割好青草,送到山坡上。我想,那头野牛无论如何都是法依哨的新文化遗产,因为,它的存在感让走过那片山坡的人们,总会去追溯阿细人是从哪里来的。

法依哨的小学,曾经是从前西三镇的小学校,后来,西三镇迁徙了,小学校留了下来,里边还保存着当时的黑板。我走到黑板面前,想象着那个时代的老师,他们曾经在黑板上写下的一笔一画,会唤醒很多人的回忆。有学校的地方,就有一代又一代人的成长史。世界的文明史册,是由人的生死离别构成的,也是由一代人一代人的命运所揭示的。站在法依哨的小学校址前,恰好遇见几个回乡的青年人,他们告诉我,他们就是在这座小学里学会了汉字,学会了汉语拼音,学会了数字。在夕阳西下的光圈中,他们站在校园的小路边,给我讲述着肩上拖着两根长辫子的语文老师,她当时就是二十岁左右。我想,这座小学校,也应该是法依哨的新文化遗产。

从云雾过来的人

　　法依哨多雾，从云雾那边过来的人，基本上是村民。有雾的早晨，我更喜欢走得远一些。我似乎行走在一百年前，或者更远更开阔的法依哨，我是村寨里的一部分，因为我喜欢黑与白，这是法依哨建筑中最主要的色彩，即使重回到今天的新派建筑，黑或白也是阿细人的宿命之色。上面飞过了雀鸟，有些雀鸟也会成为屋顶的浮雕。还有红或蓝，在阿细人的手工服饰上，这两种色彩仿佛会长出遥远的翅膀。往前走，核桃树早已挂果，它们每年都会往上长，也会往四周生长，所以，每一棵树都有它们理性的时刻；如果往上长得太快，树枝就收敛住枝条，开始往四周慢慢地生长。在法依哨，站在一棵被雾笼罩着的大树下，有一种低沉而又忧伤的激情，想跟这棵树站在一起。如果树身很大，就想伸手去抱抱树。这样的年华，从雾中感知人活着的意义或无意义的那部分阴影和枝条，它们其实是不可分离的一场遇见，犹如神秘的约定。

　　雾中走来的人从我身边走过去了，她是一个去锄草的女人，出门都会戴上帽子，肩上有背篓，因下过细雨，所以她穿着雨鞋。灰蒙蒙的雾气中，她走过我身边时，脚上红色的雨鞋高到膝头下面，那红色有些暗淡，如果雾消失，红色也许会越来越鲜艳。阿细女人下地干活儿时，喜欢穿紫色的外套，穿黑色的裤子。从雾中走来的人扛着锄头过去了，雨季就要来临，扛锄头的男人或许是去清理田边的沟渠。耕耘就像写作,离不开细节,每一个细节都会带来沉思或焦虑。村民出门往田野走去时,都会带上工具。我出门时也会带上一本书,还有钢笔、笔记本。从雾中走来的人,推着手推车,这是我最喜欢看到的雾中风景画之一,相比高速公路上那些疾风的速度,我更想和他们在一起多待一些时间。

从雾中走来的人,首先都是从黎明中醒过来的人;每次醒来,都会产生像雾状似的虚无感。它仿佛在催促你尽快地寻找到最真实的生活,找回你与外在世界千丝万缕的关系。在雾中的法依哨,只要走到村落和建筑之间,你总会发现永远有站在脚手架上盖新房子的人,哪怕是雨后的雾中,他们仍然站在脚手架上吸着香烟,说着方言,而他们的眼睛里是水泥和钢筋的结合。

从雾中走来的人,最终又朝更朦胧的雾中走进去了。那个中学生背着书包从雾中走路去西三镇上学,还有那个患过中风的中年男人,撑着拐杖也在雾中行走,看上去他的脚步越来越轻盈了,用不了多长时间,他就可以放开拐杖,回到地里跟他的女人去干活儿了。从雾中走来的人,总是那些奔往田边地角的农人,那些迎着闪电以血肉之躯来劳作的人们。

法依哨的风景画

夏之坡,有金色的野菊和向日葵在成长,你知道阿细人有多少祖传的植物体系吗?你知道阿细人身前身后有多少植物在生长吗?天,还是过去的天,平静的蓝,可以让阿细人躺在山坡上的大树下好好睡一个午觉。野菊和向日葵都在向天空生长,哪怕过了许多世纪,我同样能在山坡上找到一个位置,白昼以它亮晃晃的尺度,改变着人的命运。现代的阿细人,又在他们的村庄里盖房,然而,跨越百年前的土坯房,仍有婴儿出生后的啼哭,继承与传统,面临着另一场时间演变。而此刻,野菊和向日葵,正以自由的速度在生长。

我感觉不到这生长速度的快,因为,我又回到了几十个世纪之前的慢。慢或快哪一个更好?山路上有骑摩托车的阿细青年人,他们将山里白菜送到几十里外的冷库,车轮下卷起的尘土飞扬。中年以后的阿细妇女守住了家园,她坐在家门口数星星看月亮,绣布上的一针一线,要消磨尽她多少光阴?这种无法快起来的手艺,使她远离了城市的喧嚣,她梦到的和看见的真相都在眼前。当那些不该快起来的速度,载走了我们记忆中的一把锄头,你的田地是否会越来越荒芜?而风景另一边,绣花的中年妇女,扛好锄头又出门了,因为,当她坐在家门口绣花,偶然抬头,就看见一朵云上的另一朵云。云会驾起雾雨,这是她坐在家门口找到的真相。于是,在大雨来临之际,她想起了坡地上被另一场暴雨所堵塞的沟渠。

她曾在生长的野菊花和向日葵中躺下来,睡了一觉,像今天的我一样,在梦见了祖先的生活后重返现实。这个下午,阳光看上去很热烈,背后正孕育着一场暴风雨。她上了坡,就像是返回了祖先们劳动的地方,她刚疏通被堵塞的沟渠,乌云就来了,暴雨倾盆而下,她没有逃避,站在一片向日葵旁边,享受着这些从头到脚的、从古至今从未改变过的云中暴风雨的肆虐和疯狂。我看到了这一幕,一幅风景画,一个阿细女人,她命运中的日常生活,她不可改变的模样就像她的村庄和土地,就像黄色的野菊花和向日葵。

新旅人视觉下的法依哨

　　旅人来了,一大群男男女女,声音很像法依哨之前的那只大喇叭。是的,在池塘边的大榕树上,银灰色的大喇叭架在两个枝丫之间。这只大喇叭去哪里了? 许多时代的物件,有些进入了废品收购站,有些掷于荒原被野草湮灭,有些进入了博物馆留存于未来的航线。每个时代的器物,都映射出我们的记忆。更年轻的法依哨村民,肯定都没有见过那只架在大榕树的喇叭了。

　　手机时代以后,传达声音和信息更私人化了。那只喇叭可能被人遗忘了,如果你走了很远,一路上千辛万苦,突然翻过山就到了目的地,那么,你会下意识朝身后的茫茫黑夜看一眼,然后收回目光,也许这一眼之后就是漫长的遗忘。新的旅人分为年龄和审美的差别,还有年龄的距离。

　　刚刚进入法依哨的那群中老年人, 都是退休以后组成的团队。这些寂寞孤独的人,多数都是拿着社保退休金的人,也是一群现代人,走出了家庭,结束了为儿女们的操心,走进了这个背着照相机旅行的团队。如果想走进去,你必须喜欢唱歌跳舞,而且要努力把自己变成一个发烧友。具备这些条件以后,你才能进入这个以旅行为艺术生活的团队。进入团队的人还要具备长期在外的健康身体,因为旅行就意味着不断地出入行走。这个团队已经超越了在广场上跳大妈舞的群体,前者只要愿意在阳光之下锻炼身体,就可以去广场上跳大妈舞。

他们来到了法依哨，前前后后几十个人。他们来自同一座城市，听他们的口音就知道，他们的语音升降有相同的方向感。是的，听声音的起伏似乎就能猜测出他们生活安居的城市。而此刻，他们穿过了山坡上的田野正在往上走，越来越多的人下了高铁、飞机后，就尽可能地摆脱热门的旅行线路。因为当一条旅行路线从宁静的自然景观变为热门的打卡地时，你知道的，你在人头攒动中往前走，看不见风景，看见的只有人头和鞋子的摩擦声。这样的热门打卡式的旅行路线，不知道磨灭了多少人的幻想，也同时让那一条条通往远方山水峡谷和古道的旅行，失去了诱人的召唤力。

当热门打卡成为流行时代的口头禅时，通往法依哨的路，必须先经过山坡下的田野。它是如此地寂静，好像让人们突然就摆脱了人工智能的束缚。这束缚对于现代人来说，是比钢丝捆绑你的肉体更无聊和无意义的疼痛和焦虑，然而，现代人却无法摆脱这越来越强大的捆绑。

但总有人下了高铁、飞机后，不再让自己的身心受制于速度的捆绑，这只由中老年组织的艺术团队，似乎是被阿细跳月的传说引领而来的。他们脚踏着田野上的小路，肩上挎着照相机，当这个时代人人都在使用手机拍照时，他们偏偏要背上沉重的照相机器材。现在，他们已经开始对着田野上的物事拍照了。镜头下有一只蜜蜂正在吮吸着野花，他们从拍一只蜜蜂开始，在田野上拍麦子、树上的鸟巢和农夫的背影，慢慢地走上了通往法依哨的路。他们最喜欢拍摄的是白墙青瓦的老房子，遇见老屋门敞开着，他们问屋里有没有人时已经走进去了。这是一群在历尽俗世生活后开始迷上照相机和旅行的人，他们虽然已不再年轻，脚上穿的却是轻便旅游鞋，身上穿的是防晒衣。他们会站在一间老屋外合影,然后又散开独自去寻找画面。如果遇上一场篝火晚会,他们会牵起手来跟阿细人唱歌跳舞。

还有另一组年轻的自驾车旅人,他们无疑是这个地球上最有活力的探险者。他们因青春而产生能量,在闪电般的速度中就能寻找到他们年轻的身体想经历的风景和故事。是的,对于他们来说,只有融入青春年华所产生的风景和自然地貌,才会使他们忧郁的青春期荡漾着激情。他们将高高的越野车直接从田野开进了法依哨,他们在那个孤独迷茫的黄昏,走进了法依哨的火塘边坐下来。这里才是真正旅人出入的灵魂家园。凭着激情,他们可以大碗喝酒,也可以跟着那个火塘边最老的歌手唱歌。如果醉了,那一夜,他们就睡在火塘边。

还有一个人的旅行,我看见的那个青年人在法依哨已经住下来三天了,他是在网上知道这座阿细人村庄的。他跟着互联网里的路线找到了这个地方,他是一个背包族旅人,除了背着那只大包,身边也不需要旅伴。然而,我看见他每天都在村里走来走去,似乎有更多的慢时光让他住下来。他寄宿在一个村民家里,同那家村民一块儿吃饭。旅人,只要出了家门,走出的就是一条自己选择的路线。法依哨正在被更多的旅人看见,因为有独立思考的新旅人更期待走进法依哨古朴的村寨,走进还没有热门打卡点的法依哨的宁静和自然风景;阿细人的生活状态,就是新旅人想进入的地方。他们吃阿细人家里的饭,睡在老房子里的土坯墙下面,一旦回到大都市,他们又是另一种生活,骑着摩托车戴着头盔,像飓风般穿行于人流中⋯⋯在两种文明之间,这代人所承载的是高科技下的被智能化所彻底改变的人生,而在他们的步履中总有一条路,通往古老地球的原生态故乡。

多年以后

多年以后,我们总像是以马尔克斯在《百年孤独》中的想象和追索,想看见我们未曾经历和看见的一切。今天早晨,当我站在石头房的书架前,我又发现了一小片蜘蛛网——两天前我还清理过书架,当时并没有这片蜘蛛网,仅仅两天时间,书架上就增加了新的东西。不忍心去打扰那只在织网的小蜘蛛,更无法去中断它织网。我悄然地离开了,世上存在的生命,都有各自的生活动态,能不惊动就尽可能地让它们和你一样,在这个如日月星辰般浩瀚的世上找到自己的位置。多年以后,很多存在于现实的人的劫难或痛苦、生与死的无常和轮回,还不会有太多变化,我指的是这些书架上的书,还会有人阅读。如果,这个星球有一天真的再无人从书架上取下书,默默地阅读,那么,这个伟大而孤独的星球,也许只能朝着月球迁徙了吧!

多年以后,我已经走进另一个年轮,这时,我又想起了法依哨的那头野牛,直到如今还没有一个人可以真正地说清楚它是从哪里来的。正是因为每个诉说者的那一张张像在雾中出现的脸,这头野牛从哪里来的线索变得越来越模糊,这样一来,我就坚信这头野牛是从古老阿细人的史卷走到法依哨的,真实和想象同样会归于一条无边无际的路线。多年以后,那片山地上是否还会有那头野牛的影子?

多年以后,门前的喜鹊路依然如同此刻一样寂静,该出远门的打工族走得越来越远了,该留下来的依然会管理好田野上的风物志,如同管理好每一个家族的成群牛羊、山地牧场和土地。那时候,我已经越来越老了,然而,我依然关注着布满皱褶的眼皮下流动的时间,无论在哪里流动,生命不过是流动中的沙器和流动中的皮囊,除去油脂,才具骨感和力量。人,要收起颜值和衣饰之伪装,呈现你未知的那部分。我走出村外,又一次看见了通往盛开着马樱花的那条小路。语言就像长在身体里的种子,你有什么样的身体,就会长出什么样的因果。

多年以后,老火塘乐队从世界各地巡回演出回来,那些过了百岁的世纪老人们就像是灵童转世,重返法依哨的老房子。被闪电和雷霆劈断的古树重又发出鹅黄色的春芽。一个姑娘站起来唱歌,另一个少年在火塘边添着柴块。灵童转世的百岁老人们抱着乐器,弹奏的古旋律中又出现了阿细人的祖先们迁徙而来的羊肠小路。那小路越来越明亮,走到尽头就是法依哨。

多年以后,我是真的老了,陪我老去的还有那些被无数双手翻开的书籍,书中可能会夹着纸页,上面写下的文字犹如天书,而某一只蝴蝶标本依然斑斓如初。我坐在石头房的门口,两只狗狗去哪里了?我已老眼昏花,只认得从喜鹊路上飞来的另一只喜鹊,就是一遍遍飞到石头房又飞出去的喜鹊。

多年以后,仍然是值得我倾尽全力以赴约之地,法依哨那里的烟叶依然那么香,向日葵长得越来越高,烤烟房的屋顶栖着一群麻雀,这是烤烟房的冬眠期,所以,麻雀们在屋顶晒着太阳。我慢慢地扶着楼梯往上走,便想起了来来往往的风,还有吹干了油画布上的色彩,我站在一边拍照,总感觉自己还没完全尽力。艺术和写作没有任何捷径可走,你踏上的这条路,表面上看似风平浪静,却是一次次地踏着浪尖或沉入深渊独立自主的历史。每一次在风中晾干的油彩,都知道我的心灵有一面墙壁可以挂画,同时也知道我有一座荒野,可让我走进去,接受万物的启蒙。

多年以后,我像燕子飞走,像鸮一样隐于白昼的灼日之后,只能在黑暗中一次次地飞翔,让我回到老房子,这段飞行之路要绕开许多空中网络线。另外,我每天站在窗边时,已经预感到未来的法依哨将保留两种特色:一是法依哨已有的老房子将越来越古旧;更多的老年人也会遵循天道轮回,去他们该去的世界。这些老房子将对未来的旅行者彻底开放,当那一天到来时,轮回而来的飞禽走兽,各路飞来的昆虫,都会来到敞开的老屋,去会见前世的灵魂。二是法依哨的新式建筑的材料将完全的全球化。那时候,法依哨将有更多的民宿配有文明的生活器具。我预感到了有这两个特色的法依哨,将面临更多未知的融入,无论走得多远,时间绵绵不绝的尽头是未来,同样会产生守护法依哨灵魂的新人类,也会出现讲述法依哨故事的一代又一代老去的人。

多年以后,我老了,会随落日而逝,在我入住过的石头房的每一个角落深处,路过的人啊,无论你是谁,都请短暂驻足,因为里边有我的气息在弥漫。书架上的书,是来自世界的那些伟大先哲或作家们留存的传奇,我写下的书也在偏右的走廊的书架上,因为这里有敞开的窗户,有从田野上吹来的风,有蝴蝶和蜜蜂,有喜鹊和燕子每日陪我聊天唱歌,还有阿细人的精灵们会走过来跳舞,还有孤独的鸮,在黑暗中拍击翅膀而来。